書下ろし

犯行現場

警視庁特命遊撃班

南 英男

祥伝社文庫

目次

第一章　硬骨漢の死

1

衝撃に見舞われた。

突然だった。タイヤが軋《きし》み音をたてた。追突されたことは間違いない。

上体が前にのめる。シートベルトが胸部を圧迫した。

風見竜次《かざみりゅうじ》は足を踏ん張って、辛《かろ》うじて体を支えた。

タクシーの後部座席に坐っていた。二月上旬のある夕方だ。乗っている車が追突事故を起こしたのは、四谷《よつや》三丁目交差点の近くだった。新宿通りである。

風見は、新宿区内にある大学病院に向かっていた。

先を急いでいたのだが、不運にも交通事故に巻き込まれてしまったわけだ。恋人の根上《ねがみ》智沙《ちさ》から電話がかかってきたのは、数十分前だった。末期癌で入院生活をしていた彼女の母親が危篤《きとく》だという報《しら》せを聞き、風見はついに来るべきものが来たと思った。智沙の母は、余命いくばくもないと担当医に宣告されていた。

二十七歳の智沙は独りっ子である。母親の死期が近いことは、むろん感じ取っていただろう。だが、最愛の肉親の最期《さいご》を看取《みと》る覚悟まではできていなかったのではないか。

風見は一刻も早く大学病院に駆けつけたかった。運の悪さを呪《のろ》いたい気持ちだった。

智沙の父親は、一昨年《おととし》の四月に亡《な》くなった。病死と思われていたのだが、実は他殺だった。

一年四カ月前、風見はたまたま銀座《ぎんざ》の裏通りで柄の悪い男に追われていた智沙を庇《かば》ってやった。

その約四カ月後に彼は智沙の父の死の真相を暴《あば》いた。そんなことで智沙と再会し、恋愛感情が芽生えたのである。彼女は人目を惹《ひ》く美人で、気立てがよかった。

風見はこれまで幾人もの女性と交際してきたが、智沙には本気で惚《ほ》れていた。

かつて彼女は、翻訳プロダクションで働いていた。母親が深刻な癌に罹《かか》ってからは仕事を辞め、病人の世話に明け暮れていた。

風見は恋人の心細さを少しでも取り除いてあげたかった。そういうわけで、週に三日は世田谷区桜《さくら》にある智沙の自宅に泊まっていた。まだ入籍は済ませていないが、彼女と結婚する気でいる。

「お客さん、怪我はありませんか？　びっくりさせて、すみませんでした」

初老のタクシー運転手が振り返った。白髪《しらが》混《ま》じりで、柔和《にゅうわ》な面差《おもざ》しだ。

「大丈夫です。どこも痛《いた》めてません」

「そうですか。よかった！」

「前の灰色の旧型ベンツが急ブレーキを掛けたんだから、事故は避けられなかったですよね？」

「はい。慌《あわ》ててブレーキを踏み込んだんですけど、間に合いませんでした。お客さんに迷惑をかけてしまいました」

「気にしないでくださいよ。こっちは、どこも怪我しなかったんですから。ベンツの運転者は、急に道路に飛び出してきた野良猫でも避けようとしたんだろうか」

「そうなのかもしれませんね。とにかく、驚きました。まだ脚《あし》の震えが止まらないんで、すぐには車を降りられない感じです」

「気が鎮《しず》まってから、外に出ればいいんじゃないかな。運転手さんに非はないんだから、堂々としてればいいんですよ」

風見は言った。

そのすぐあと、今度は後続車がタクシーに激突した。

風見はいったん前屈《まえかが》みになり、すぐに反《そ》り身になった。首に軽い痛みを覚えた。鞭打《むちう》ち症になるほどの衝撃ではなかった。

タクシーが停止して一分以上が過ぎていた。後ろの車は、故意にタクシーにぶつかったのではないか。あるいは、前方不注意だったのだろうか。

風見は半身を捻《ひね》って、リア・シールド越しに後続車を見た。

年代物の茶色いポンティアックがタクシーに接触している。タクシーのリア・バンパーはひしゃげているにちがいない。

「なんてことなんだ。きょうは厄日《やくび》だな」

タクシー・ドライバーが嘆《なげ》きながら、運転席から出た。

ほとんど同時に、旧型のベンツから三十代半《なか》ばの男が姿を見せた。口髭《くちひげ》をたくわえ、黒っぽいダブルの背広を着ている。素っ堅気《かたぎ》ではなさそうだ。

ポンティアックのステアリングを操《あやつ》っていた坊主頭の男も、路上に降り立った。

右手首にゴールドのブレスレットを飾っている。三十二、三だ。やはり、どこか荒《すさ》んだ印象を与える。

「おっさん、なんで速度を落とさんかったんや！　わし、減速して、何度かブレーキ・ランプを点滅させたやんかっ」

ベンツの男が、タクシー・ドライバーに詰め寄った。喧嘩腰だった。

「待ってください。おたくさんは、まったく減速しませんでしたよ。そちらがブレーキを踏んでたら、当然、わたしもスピードを落としてました」

「おっさん、わしをなめとんのかっ」

「事実を申し上げただけです」

タクシー運転手が反論した。口髭の男がいきり立ち、タクシー・ドライバーの胸倉を掴《つか》んだ。

「こら、しばくぞ」

「そちらが非を認めないんでしたら、警察に判断を委《ゆだ》ねましょうよ」

タクシー・ドライバーは毅然《きぜん》としていた。

ポンティアックの男が無言でタクシー運転手の腰を蹴った。タクシー・ドライバーは不意を衝《つ》かれ、大きくよろけた。

「おまえが急に車を停めたんで、オカマ掘ってしもうたやないか」

「何を言ってるんです!?　停まってる車にわざと追突したんでしょうが！」

「そうやない。おまえのタクシーは低速で走っとった。それで、急ブレーキ掛けたんやんけ」

「違いますよ」

「言い訳すな！　卑怯《ひきょう》やぞ。年代物のアメ車やけど、わしの宝物なんや。フロント・グリルがぐちゃぐちゃやんか。どないしてくれるねん？」

「対物保険には入られてるんでしょ？」

「保険には入っとるけど、手続きがなんや面倒やないか」

「ええ、まあ」

「会社の渉外担当係を早《はよ》う呼びいや。二百万出してくれたら、わし、示談にしてやってもええと思うとる」

「当方に落ち度はありません。それどころか、こちらは被害者ですよ。ベンツを運転されてた方が車を急停止させなければ、追突事故なんか起こさなかったわけですからね」

タクシー運転手が弁明した。ベンツの男が険《けわ》しい顔で、拳《こぶし》を振り上げた。

「おっさん、殴ったろか？　わしを悪者にするんかいっ。急に目の前に仔猫《こねこ》が飛び出してきそうになったんや。わしが反射的にブレーキ・ペダルを踏み込んだんは、いわば不可抗力や。わしは、なんも悪くないで」

「警察を呼びましょう」

「事故扱いになったら、時間のロスは避けられんで。おっさんの会社がポンティアックのほうに二百万、わしに三百万払《はろ》うてくれたら、それで示談成立や」

「示談に応じる気はありません。わたし、一一〇番します」

「待たんかい」

丸坊主の男がベンツのドライバーに目配せして、タクシー運転手を路肩《ろかた》の前まで引きずり込んだ。車の陰だった。

どうやら関西弁の男たちは、つるんでいるらしい。おおかた二人は、同じ当たり屋グループに属しているのだろう。

風見は、そう直感した。先を急ぎたかったが、職業上、見て見ぬ振りはできない。もう少し車内で成り行きを見守ることにした。

三十九歳の風見は、警視庁捜査一課特命遊撃班の一員である。職階は警部補だ。大卒の一般警察官《ノンキャリア》だった。

特命遊撃班は、警視総監直属の隠密捜査機関だ。警察関係者以外は、その存在さえ知らない。班長を含めて特命捜査官は五人だ。揃《そろ》って異端のはみ出し者である。本庁に設《もう》けられている特殊遊撃捜査隊『TOKAGE《トカゲ》』とは別組織だ。

特命遊撃班は本庁の桐野徹《きりのとおる》刑事部長の指令で、捜査本部事件の支援要員として駆り出されている。言うまでもなく、司令塔は警視総監だ。

都内で殺人事件など凶悪な犯罪が発生すると、警視庁機動捜査隊初動班と所轄署刑事課の面々が合同で初動捜査に当たる。オブザーバーとして本庁捜査一課強行《きょうこうはん》犯捜査殺人犯捜査係員が事件現場に臨《のぞ》んでいるが、初動捜査権を持っているわけではない。

わずか数日の初動捜査で、加害者が逮捕されることは稀《まれ》だ。警視庁は所轄署の要請を受けて、捜査本部を設置する。

地元署の会議室や武道場に本部が設営されることが多い。本庁捜査一課強行犯捜査殺人犯捜査係の者たちが出張《でば》り、所轄署の刑事らと事件の解明に挑《いど》む。ちなみに捜査費用は全額、地元署が負担している。

所帯の小さな所轄署だと、管内で二件も殺人事件が起きたら、ほぼ年間予算は吹き飛んでしまう。

当然のことながら、地元署は初動捜査に力を入れる。だが、与えられた日数がいかんせん少ない。事件をスピード解決させられなければ、必ず捜査本部が立てられる。

本庁強行犯捜査係は、殺人犯捜査係を含めて第十係まである。第一・二係は実動部隊ではない。第三係から第十係のいずれかの班が所轄署に詰め、第一期捜査を担《にな》う。

三週間以内に犯人が検挙された場合、風見たちチームの出番はない。第二期捜査に入ってから、特命遊撃班に出動命令が下《くだ》る。その時点で、所轄署の刑事はすでに捜査本部を離れ、それぞれ自分の持ち場に戻っている。その補充として、本庁殺人犯捜査係の別班が追加投入される。たいてい追加要員は十数人だ。

二期目を過ぎても事件が落着しないときは、さらに新たな支援捜査員が加わる。難事件になると、延べ百人前後の刑事が捜査本部に送り込まれる。

特命遊撃班は、専従捜査員たちと競《きそ》い合う恰好《かっこう》になるわけだ。

捜査本部の刑事たちに疎《うと》まれることが多い。露骨に敵愾心《てきがいしん》を示す者もいる。

それでも特命遊撃班は、過去二年半で十件以上の難事件を解決に導《みちび》いた。優秀なチームと言えるだろう。ただし、あくまでも非公式の側面支援活動だ。

したがって、風見たち五人の活躍ぶりが表に出ることはない。

毎回、表向きは専従捜査員の手柄になっている。五人に特別手当が付くわけではない。

別に報《むく》われる特命捜査ではなかった。

だが、不満を洩《も》らすメンバーはひとりもいない。

全員が〝黒衣《くろこ》〟に甘んじて、殺人事件の捜査にいそしんでいる。チームのメンバーは誰も現場捜査が好きだった。士気は高い。青臭い気負いもない。真相に迫るプロセスを愉《たの》しんでいた。

風見は、神奈川県湯河原《ゆがわら》で生まれ育った。都内の中堅私大を卒業した春、警視庁採用の警察官になった。民間企業に就職する気はまったくなかった。

別に正義感に衝《つ》き動かされて職業を選んだわけではない。サラリーマンは性《しょう》に適《あ》わないと思っただけだ。ただ、なんとなく刑事には憧《あこが》れていた。制服は苦手だった。

風見は一年ほど交番勤務をしただけで、幸運にも刑事に抜擢《ばってき》された。押し込み強盗を三人も捕まえたことが高く評価されたようだ。

刑事として最初に配属になったのは、新宿署刑事課だった。都内で最大の所轄署である。少し誇らしかった。

拝命された強行犯係は、殺人や強盗事案《じあん》などを受け持っている。仕事は激務だった。徹夜で張り込みをさせられたことは、それこそ数え切れない。

職務はきつかったが、緊迫感はスリルに充《み》ちていた。凶悪犯と対峙《たいじ》すると、男の闘争本能を掻《か》き立てられる。犯人の身柄を確保したときの達成感は大きかった。

風見は二十代のころに新宿署、池袋署、渋谷署で強行犯係を務《つと》め、ちょうど三十歳のときに四谷署刑事課暴力犯係に異動になった。いわゆる暴力団係《マルボウ》刑事だ。風見は職務に励み、やくざや無頼漢どもを次々に検挙した。銃刀や麻薬も押収しまくった。

その功績が認められ、風見は二年後に本庁組織犯罪対策部第四課の一員に迎えられた。栄光の本庁勤めである。だが、風見は舞い上がることはなかった。淡々としていた。

同課は、二〇〇三年まで捜査四課と呼ばれていたセクションが母体になった新部署である。略称は組対《そたい》四課で、暴力団絡《がら》みの犯罪を摘発している。

筋者《すじもの》たちを相手にしている刑事は、体格に恵まれた強面《こわもて》が大半だ。組員と間違われる者も少なくない。

優男《やさおとこ》の風見は、明らかに異色だった。甘いマスクのせいで、暴力団関係者に侮《あなど》られやすかった。風見は色男だが、軟弱ではない。

男っぽい性格で、腕力もある。柔剣道の高段者だ。射撃術も上級だった。

風見は激昂《げっこう》すると、顔つきが一変する。

涼《すず》やかな目は狼のように鋭くなり、凄《すご》みを帯びる。若い組員たちはたじろぎ、きまって目を逸《そ》らす。裏通りに逃げ込むチンピラもいた。

風見は悪党たちを竦《すく》ませるだけではない。

自分に牙を剝《む》いた者は容赦《ようしゃ》なくぶちのめす。狡猾《こうかつ》な犯罪者には、迷うことなく反則技を使っている。場合によっては、半殺しにもしてしまう。

荒っぽさを秘めていることで、いつしか風見は裏社会の人間や同僚刑事たちから一目置かれる存在になっていた。敏腕刑事と呼ばれ、事実、優秀でもあった。

検挙件数は、常に課内でトップだった。幾度も警視総監賞を与えられた。連夜、美女たちに言い寄られた。何もかも順調だった。

だが、二年前に運に見放された。

風見は内偵捜査中だった銃器密売人に発砲され、つい逆上してしまった。相手をとことん痛めつけ、大怪我を負わせた。風見は過剰防衛を問われ、特別公務員暴行致傷罪で告発されそうになった。

しかし、懲戒免職にはならなかった。それまでの働きぶりが考慮されたのだろう。三カ月の停職処分を科せられただけだった。

風見は自宅謹慎中に虚《むな》しさに襲われた。

自分たち刑事が体を張って捜査活動を重ねても、闇社会の犯罪はいっこうに減らない。むしろ、暴力団関係者の累犯率《るいはんりつ》は高まっている。経済が停滞しているせいか。

徒労感が膨《ふく》らみ、ひどく気が滅入った。これまでの苦労は無意味だったのではないか。

そうした思いは、なかなか萎《しぼ》まなかった。

もともと風見は、警察社会の前近代性に馴染《なじ》めなかった。たった千数十人の警察官僚《キャリア》が二十九万人近い巨大組織を牛耳《ぎゅうじ》っていることに問題があると考えていた。機構そのものを改革しなければ、腐敗を喰《く》い止めることはできないだろう。しかし、個人の力ではどうすることもできない。

風見はこの際《さい》、依願退職して人生をリセットする気になった。実際、密《ひそ》かに働き口を探しはじめた。

だが、希望する仕事にはありつけなかった。落ち込んでいると、人事異動の内示があった。

転属先は、二年八カ月前に結成された特命遊撃班だった。

チームを率《ひき》いている成島誠吾《なるしませいご》警視とは旧知の仲だ。風見は年に四、五回、成島と酒を酌《く》み交わしていた。

捜査一課の管理官だった成島は口こそ悪いが、侠気《おとこぎ》のある好人物だ。

他人の悲しみや憂《うれ》いを敏感に察し、さりげなく思い遣《や》る。恩着せがましいことは決して言わない。粋《いき》な優しさを示す。そのダンディズムは、とても真似ができない。

風見は敬愛している成島が自分を引き抜いてくれたことを他者から教えられ、大いに思い悩んだ。

むろん、成島を支えたい気持ちはあった。だが、即断はできなかった。特命遊撃班の評判はあまりにも悪かった。救いがないほどだった。

はみ出し者の吹き溜《だ》まりと陰口をたたかれていた。それだけではない。窓際部署と嘲笑され、墓場とすら言われていた。

まだ四十路《よそじ》にもなっていない。人生を棄《す》てるには、いくらなんでも早すぎるだろう。

風見は辞表を懐《ふところ》に忍ばせ、特命遊撃班の刑事部屋を訪ねた。

すると、メンバーの中に息を呑《の》むほどの美女がいた。容姿が整っているだけではなかった。聡明そうで、色気もあった。

十一歳も年下の有資格者《キャリア》だが、きわめて謙虚だった。みじんの驕《おご》りも感じさせなかった。第一印象は清々《すがすが》しかった。

美人刑事は、どこか凛《りん》としていた。理智的でありながら、くだけた面もうかがえる。好みのタイプだった。

惚れっぽい性質《たち》の風見はたちまち転職する気をなくし、特命遊撃班の新メンバーになった。それから、はや一年八カ月が経《た》つ。

風見は美しい警視とペアを組みながら、冗談めかして口説《くど》きつづけてきた。

しかし、そのつど軽くいなされてしまう。脈はなさそうだった。

風見は一昨年の暮れに智沙と男女の仲になったからか、最近は美人警視を別の目で眺《なが》めるようになっていた。はるか年下の従妹《いとこ》に接しているような気分だ。

そのくせ、たまに美しい相棒に言い寄りたくなるときもある。

風見は無類《むるい》の女好きだった。だが、単なる好色漢ではない。根はロマンチストだった。本気で理想的な女性を追い求めていた。

目下《もっか》、智沙にのめり込んでいるが、人の心は不変ではない。恋の行方は予測不能だ。多情だろうか。

「誰か救《たす》けてください」

タクシー運転手が怯《おび》えた表情で叫んだ。ベンツの運転者と丸坊主の男に片方ずつ腕を捉《とら》えられていた。

風見はオート・ドアとは反対側の扉のロックを外し、素早くタクシーを降りた。

気配で、口髭の男が振り向いた。

「おたく、タクシーの客やな。別のタクシーを拾ったほうがええで」

「おまえらは、大阪あたりの当たり屋グループのメンバーだな？」

「何言うてんねん。わしらは、まともな大阪府民や」

「笑わせるな。おれは警視庁の者《もん》だ」

「フカシこくんやない。どう見ても、刑事《デコスケ》には見えんわ。売れない俳優やろ?」

「いま、警察手帳《チヨウメン》見せてやろう」

風見は懐に手を突っ込んだ。

その直後、坊主頭の男が体当たりするような動きを見せた。風見は半歩退《さ》がって、右脚を飛ばした。スラックスの裾《すそ》がはためく。

前蹴りは、相手の左の向こう臑《ずね》に極《き》まった。

骨が鈍く鳴った。ポンティアックに乗っていた男が乱杭歯《らんぐいば》を剝《む》いて、野太《のぶと》く唸《うな》った。声を発しながら、その場にしゃがみ込む。

「わしらを怒らせたいんかっ。上等やんけ!」

口髭の男が息巻き、ベルトの下から白鞘《しらさや》ごと短刀を引き抜いた。匕首《あいくち》を横ぐわえにすると、芝居がかった所作《しよさ》で刀身を抜いた。刃渡りは三十センチ近い。

風見は薄く笑った。

挑発だった。ベンツの男が刃物を水平に薙《な》いだ。

刃風《はかぜ》は高かったが、威嚇《いかく》の一閃《いっせん》であることは明白だった。切っ先は風見から一メートル《メートル》も離れていた。隙《すき》だらけだ。

「銃刀法違反と公務執行妨害罪もプラスされるぞ」

風見は大胆に踏み込んで、相手の急所を蹴り上げた。

的《まと》は外さなかった。まともに睾丸《こうがん》を蹴り上げられた口髭の男が一瞬、白目を晒《さら》した。それから唸りながら、飛び跳《は》ねた。

その動きは笑いを誘った。実にコミカルだった。

風見は相手の右腕を蹴り上げた。

匕首が宙《ちゅう》を泳ぎ、路面に落ちる。無機質な音がした。

風見は刃物をベンツの車体の下に蹴り込み、おもむろに上着の内ポケットからＦＢＩ型の警察手帳を取り出した。顔写真が貼付《ちょうふ》されている。

「ほんまに刑事やったんやな」

坊主頭の男が驚きの声をあげ、弾《はじ》かれたように立ち上がった。

「おまえらは共謀して、故意にタクシーにそれぞれ車をぶつけられたり、ぶつけたりした。おれが証人になる」

「勘弁してや。関西ではマークされとるんで、きょう、東京に来たばかりやねん。初仕事でご用になってしもうたら、シャレにもならんわ」

「二人とも、もう観念しろ。いま、所轄の交通課の者を呼ぶ」

風見は官給品の携帯電話を手に取り、押し開いた。

そのとき、二台の白黒パトカーが到着した。多重事故を目撃した者が一一〇番通報したのだろう。

「警視庁の方だったんですか」

タクシー運転手が安堵《あんど》した表情で笑いかけてきた。

「こっちが証人になりますんで、あなたは交通警官に事実を話してください」

「はい」

「こいつらが逃げないようにしましょう」

風見はタクシー・ドライバーに言って、二人組を路上に腹這《ば》いにさせた。

そのすぐあと、四人の制服警官が駆け寄ってきた。風見は刑事であることを明かし、経過をつぶさに話した。交通警官たちに後《あと》の処理を頼み、通りかかった空車を拾う。

目的の大学病院に着いたのは、およそ十分後だった。

風見は七階の病室に急いだ。シャワールームとトイレ付きの個室だ。

七〇七号室に入りかけると、五十年配の担当医と二人の看護師がひと塊《かたまり》になって廊下に出てきた。三人とは顔見知りだった。どの顔も打ち沈んでいる。

「先生、根上さんは？」

「数分前にご臨終されました。残念ですが、もはや手の尽くしようがありませんでした。まだ五十四でしたのにね。後でご遺体を清拭《せいしき》させていただきます」

ドクターが低く言って、目顔《めがお》で二人のナースを促《うなが》した。三人は目礼し、ゆっくりと遠ざかっていった。

風見は深呼吸し、病室に足を踏み入れた。

恋人をどう慰《なぐさ》めればいいのか。あいにく適当な言葉が頭に浮かばない。歩《ほ》を進める。

智沙はベッドの際《きわ》にひざまずき、亡くなったばかりの母親の顔をいとおしげに優しく撫《な》でていた。

「おふくろさんを看取《みと》れなくて、ごめんな。乗ったタクシーが事故に巻き込まれてしまったんだ」

「そうなの。母さんは結局、意識を取り戻さないままに父さんの許《もと》に……」

「穏《おだ》やかな顔をしてるな。モルヒネが切れたときの苦しそうな表情とは全然違うね」

「それが、せめてもの救いだわ。母の体はまだ充分に温《ぬく》もりがあるというのに、もう死んでしまったのね。とうとう独りぼっちになっちゃったわ」

「智沙、しっかりするんだ。おれがそばにいるじゃないか」

風見は死者に合掌して、恋人の背後に両膝を落とした。智沙の肩を両腕で包み込む。

それを待っていたように、智沙が嗚咽《おえつ》しはじめた。小刻みに震える肩が痛ましい。できるだけ智沙のそばにいてやりたかった。

「泣きたいだけ泣けよ。一生分の涙を流してもいいんだ。きみを産んでくれた母親が亡くなったんだからな」

風見は呟《つぶや》いて、両腕に力を込めた。

智沙の泣き声が高くなった。風見の視界も、涙でぼやけはじめた。

2

外は雪だった。

前夜から牡丹《ぼたん》雪が降りつづいていた。もう十センチ前後は積もっているのではないか。

午前九時前だった。智沙の母の葬儀が営《いとな》まれた翌日である。

風見は中目黒《なかめぐろ》の自宅マンションで、せっせと荷造りをしていた。住み馴《な》れた部屋を引き払うわけではない。

いつも使っていた家具や生活雑貨を根上宅に運ぶだけだ。母親の告別式が終わるまで、智沙は気を張っていた。だが、故人の遺骨が自宅に戻ると、彼女は悲しみに耐えられなくなった。その姿は痛々しかった。

風見は、恋人の悲しみが薄れるまで自分の部屋で一緒に暮らそうと提案してみた。しかし、智沙は亡母の納骨が済むまでは実家を離れたくないと答えた。考えてみれば、当然のことだろう。そこで、風見は自分がしばらく根上宅に世話になる気になった。

引っ越し業者の二トン車は、午前九時半に依頼主宅に来ることになっている。風見は梱包を終えると、1LDKの部屋をざっと掃除しはじめた。

独身の警察官は原則として、待機寮と呼ばれている官舎に入らなければならない。しかし、門限など規則があって、快適な生活は望めない。もっともらしい理由をつけて、民間のアパートや賃貸マンションに転居する者が多かった。

風見は二十代のころに単身用住宅から、この賃貸マンションに移った。陽当たりはあまりよくないが、東急東横線《とうきゆうとうよこ》中目黒駅から数百メートルしか離れていない。交通の便はよかった。

掃除機を片づけていると、私物の携帯電話が上着のポケットの中で身震いした。マナー・モードにしてあった。

モバイルフォンを摑《つか》み出し、ディスプレイを覗《のぞ》く。発信者は二つ違いの実兄だった。勤め人で、妻や両親と湯河原の実家で暮らしている。

風見は通話キーを押し込んだ。

「何か用かい？」

「竜次、ずいぶん素っ気ないな。たった二人の兄弟だろうが。いくら気が合わないからって、愛想《あいそ》がなさすぎるぞ」

「みんな、変わりないよな？」

「ああ、親父《おやじ》やおふくろは元気だよ。それから、女房もな」

「それはよかった」

「おまえ、なんで今年の正月に帰省《きせい》しなかったんだ？」

「ちょっと忙しかったんだよ。でも、元日に電話で新年の挨拶をしたぜ。喋ったのは、おふくろだけだったけどさ」

「竜次、おれがおまえを傷つけるようなことを言ったか？　女房は、それで竜次が正月にも実家に顔を出さなくなったんじゃないかなんて言ってるんだよ。そうなのか？」

「そうじゃないよ。兄貴とは人生観がまるっきり違うから、波長《はちょう》は合わない。しかし、別にプライドを傷つけられて、機嫌を損《そこ》ねたわけじゃない。単に忙しかったんだ」

「そうだったのか。女房は竜次のファンだから、寂しがってる。日帰りできるんだから、たまには親許に顔を出せよ。親父もそうだろうが、おふくろはとても竜次に会いたがってるよ。出来の悪い次男坊のほうがかわいいんだろうな」

「僻《ひが》むなって。そのうち湯河原に行くよ」

「今月中に来い」

兄が命令口調で言った。

「そういう強引さがちっとも改まってないから、兄貴は義姉《ねえ》さんに思い遣《や》りがないなんて言われるんだよ」

「おれは跡取りなんだ」

「いまは封建時代じゃないんだぜ。兄貴がそんな具合だから、おれは実家に寄りつかなくなったんだよ。わかってないな」

「そんなことを言うんだったら、おまえが実家に戻ってきて、両親と同居してくれ。家督《かとく》は竜次が相続すればいいさ」

「話を飛躍させるなよ。時間の都合がついたら、そっちに行く」

風見はうんざりして、通話を切り上げた。

兄は唯我独尊《ゆいがどくそん》タイプで、子供のころから弟を従わせたがる傾向があった。風見はそれが面白くなくて、ことごとく逆《さか》らってきた。そんなことで、大人になっても兄弟の仲はよくなかった。

思わず溜息をつく。

そのとき、部屋のインターフォンが鳴った。来訪者は運送会社の社員だった。風見は二人の若者を室内に入れ、荷物を運び出してもらった。

彼らは手際がよかった。四、五十分で、荷物を荷台に積み込んだ。風見は二トン車に同乗させてもらって、世田谷の根上宅に向かった。

智沙の家に着くと、引っ越し業者は風見の荷物を階下の客間に運び入れた。二人の青年が去ると、風見は荷をほどきはじめた。

あらかた片づいたとき、職務用の携帯電話が着信音を発した。電話をかけてきたのは、成島班長だった。

五十五歳で、特命遊撃班が結成されるまで捜査一課の管理官を務めていた。ノンキャリアの出世頭だった。

捜査一課を仕切っているのは、もちろん一課長だ。ナンバーツゥが理事官である。理事官の下には、八人の管理官がいる。それぞれが各捜査係を束《たば》ねているわけだ。

捜査一課には三百五十人以上の課員がいるが、管理官になれる者はごく一握りだ。成島は順調に出世してきたのだが、管理官時代にマイナス点を作ってしまった。

成島は連続殺人犯のふてぶてしい態度に思わず我を忘れ、被疑者を張り倒してしまったのである。よほど腹が立ったのだろう。その不始末で、成島警視は降格される破目になった。

だが、本人は格下げを意に介していない。かえって現場捜査に携《たずさ》われることを喜んでいるふうに見受けられた。成島は二十何年も殺人犯事案捜査に関わってきたベテランだった。

神田《かんだ》で生まれ育った班長は、江戸っ子そのものだ。

何よりも粋《いき》を尊《たっと》び、野暮《やぼ》を嫌っている。志《し》ん生《しょう》の大ファンらしく、いなせに生きることを
さっぱりとした気性で、権力や権威にひざまずくことを最大の恥だと公言している。物欲はなく、気前がいい。ジャズと演歌の両方をこよなく愛している変わり者だ。

好漢だが、見てくれはよくない。

ブルドッグに似た顔立ちで、ずんぐりむっくりとしている。短く刈り込んだ頭髪は、かなり薄い。酔いが回ると、べらんめえ口調になる。短気で、喧嘩っ早い。

他人に媚《こ》びることはなかった。部下を誉《ほ》めたりもしない。だが、親分肌で頼り甲斐《がい》があった。

妻とは三年九カ月ほど前に死別している。自宅は文京区《ぶんきょうく》本郷《ほんごう》三丁目にある。二十八歳

の息子や二十六歳の娘と一緒に分譲マンションで暮らしていた。長男は予備校講師で、長女はフリーのスタイリストだ。

「彼女はまだ悲しみにくれてるんだろうな」

成島が開口一番に言った。

「ええ」

「当然だよな。色男、できるだけ根上智沙さんのそばにいてやれよ」

「そうしてやるつもりで、自宅マンションから少し家具、衣類、生活雑貨なんかをさきほど智沙の家に運んだんですよ。彼女の気持ちが落ち着くまで一緒に暮らしたほうがいいと思ったんでね」

「そうか。そのほうがいいな」

「班長、もう二、三日、登庁しなくてもいいでしょ？」

風見は言った。成島が唸《うな》って、曖昧《あいまい》な応じ方をした。

「特命指令が下《くだ》ったんですね？」

「実は、そうなんだよ。先月の十三日、麻布《あざぶ》署管内で元新聞記者で人気テレビ・コメンテーターの滝沢《たきざわ》修也《しゅうや》、四十六歳が撲殺されたよな？」

「ええ。元AV女優の相場《あいば》くらら、二十八歳の自宅マンションでゴルフ・クラブで頭部をめった打ちにされて死んだんでしたね？」

「そうだ。五係の文珠《もんじゅ》班が第一期捜査に当たったんだが、犯人の割り出しには至らなかった。で、きょうから六係の白土《しらと》たちが追加投入されたという話なんだ」

「文珠、白土の両警部は自信家で特命遊撃班を邪魔者扱いしてるんだから、何も支援に乗り出さなくてもいいでしょ？」

「個人的には、おれもそう思うよ。しかし、特命任務だからな。桐野刑事部長に今回は側面捜査をしたくないとは言えないじゃないか」

「ま、そうですね。成島さん、今回はおれを助っ人捜査から外してください。文珠たちと反《そ》りが合わないってこともあるけど、智沙のそばにいてやりたいんですよ」

「そっちの気持ちはよくわかるよ。おれも『春霞《はるがすみ》』の友紀《ゆき》ママが悲しみに沈んでたら、いっさいの職務をほうり出して、彼女のそばにいてやりたいからな」

「でしょうね」

　風見は相槌を打った。『春霞』は、日比谷《ひびや》の映画館街の近くにある日本料理の店だ。成島の馴染みの酒場だったのだが、いまではチームのメンバーがよく通っている。

　和服の似合う美人女将《おかみ》は、班長のマドンナだった。三十代の半《なか》ばで、独身である。友紀ママのほうも、成島に好意を寄せている。

「そっちが御膳立てしてくれたんで、ママと一度洋画を観《み》に行ったんだが、二人とも妙に意識して、なんかぎこちないままで会話が弾《はず》まなかったんだ」

「その後、デートは？」

「してない。おれには、友紀ママはもったいなさすぎるよ。やっぱり、ママは谷間の百合でいいんだ。彼女は、店の常連客のアイドルだからな。独り占めしようなんて考えたら、ボコボコにされるだろう」

「でも、ママに惚れてるんでしょ？　できれば、友紀さんと再婚したいんですよね？」

「ああ、それはな。しかし、こっちは冴《さ》えない五十男なんだ。ママに申し訳ないよ、プロポーズなんてしたらさ」

「ママは、班長に求愛されることを待ち望んでるんだと思うな。勇気を出して、プロポーズしたほうがいいですよ」

「そうしたいが、やめとく」

「なぜです？」

「断られたら、もうママに会えなくなるからな。おれは、これからもずっと彼女を眺めていたいんだよ」

「まるで純情な高校生の坊やだな」

「悪いか？　いつまでも少年っぽさを留《とど》めてるおっさんがひとりぐらいいてもいいだろうが！」

「切なすぎますよ、話がね」

「いいんだ、いいんだ。そっちが抜けると、少々、心許ないな。しかし、風見の気持ちはよくわかる。わかった、今回は残りの三人だけを動かすことにしよう」

「わがままを言って、すみません」

「気にするな。色男、智沙さんを力づけてやってくれ」

成島が先に電話を切った。

風見はモバイルフォンを二つに折り畳んで、上着のポケットに突っ込んだ。

そのとき、智沙が客間に入ってきた。

「廊下で立ち聞きしてたわけじゃないんだけど、電話の遣《や》り取《と》りが耳に入ったの。特命の出動指令があったみたいね？」

「いや、違うよ。班長は別のことで問い合わせの電話をかけてきたんだ」

「竜次さん、嘘つかないで。わたしのことを心配してくれるのはありがたいけど、ちゃんと公私のけじめはつけてほしいの」

「もちろん、そうしてるさ」

「ううん、してないわ。警察官も一般市民と同じように私生活があるわけだけど、社会の治安を守るという大事な役目があるのよ。母が亡くなったことで喪失感は大きいけど、わたし、ある程度の覚悟はしてたの」

「そうだろうが……」

「ショックと悲しみはすぐには消えないだろうけど、必ず立ち直ってみせる。だから、竜次さんは、普段と同じように職務をこなしてほしいの」

「しかし、まだおふくろさんが亡くなったばかりだから、智沙のそばにいてやりたいんだ」

「ありがとう。でも、わたしのことは心配しないで。母の死で取り乱して、後追い自殺なんかしないから」

「そんなことは心配してないが、親類の人たちも帰られてしまったんで、智沙が心細いと思ってさ」

「きょうから竜次さんが家に泊まってくれるんだから、わたしはもう大丈夫よ。だから、すぐ職場に顔を出してちょうだい。そうしてほしいの」

「いいのかな」

「お願いだから、そうして！　誰よりも好きな男性《ひと》に心の負担をかけたくないのよ。わたしの気持ち、わかって！」

「智沙がそこまで言ってくれるんなら、これから桜田門に向かうよ」

風見は、すぐさま身支度をした。ほどなく根上宅を出て、表通りでタクシーを拾う。

警視庁本部庁舎に到着したのは、小《こ》一時間後だった。積雪のせいで、いつもより時間がかかってしまったのだ。

風見は通用口から庁舎内に入った。

地上十八階建てで、地階は四階まである。地下一階から三階までは車庫だ。地下四階は機械室になっている。

一階には大食堂のほか、交通執行課、都民相談コーナーなどがある。二、三階の一部は、留置場として使われていた。

四階から十六階まで、刑事部、交通部、生活安全部、総務部、警務部、警邏《けいら》部、公安部、警備部などがフロアごとに使用している。十七階と十八階に映写室、道場、大会議室などがあり、屋上にはヘリポートが設置されていた。ヘリポートの横には、二層式のペントハウスがある。機械室だ。

本部庁舎の隣の中央合同庁舎2号館には、警察庁と公安委員会が入っている。警視庁と違って、人の出入りは少ない。

警視庁本部庁舎内では、職員を含めて一万人近い人間が働いている。大所帯だ。エレベーターは十九基もある。低層用、中層用、高層用に分かれている。利用階数が異《こと》なれば、めったに他《た》のセクションの捜査員や職員と顔を合わせることはなかった。したがって、本庁勤めでも誰とも顔見知りというわけではない。

風見は中層用エレベーターに乗り込んだ。

六階で、函《ケージ》から出る。このフロアには、刑事部長室、刑事総務課、捜査一課、組織犯罪対策四・五課の刑事部屋、捜査一課長室などがある。

特命遊撃班の刑事部屋は、エレベーター・ホールから最も遠い場所にあった。給湯室の並びだった。

プレートは掲《かか》げられていない。

ドアにも室名は記《しる》されていなかった。九階の記者室に詰めている新聞社やテレビ局の人間に覚《さと》られることを警戒しているわけだ。

出動指令が下《くだ》されなければ、特命遊撃班の五人に職務はない。それでも原則として、平日は登庁を義務づけられていた。

特に登庁時刻は定められていなかったが、午前九時半までに小部屋に顔を出すメンバーが多い。

風見は特命遊撃班の刑事部屋に入った。

二十五畳ほどのスペースだ。出入口の近くに四卓のスチール・デスクが据《す》えられ、正面の奥に班長席がある。その斜め前にソファ・セットが置かれていた。

ソファ・セットには、成島をはじめメンバーの岩尾健司《いわおけんじ》警部、八神佳奈《やがみかな》警視、佐竹義和《さたけよしかず》巡査部長が腰かけていた。班長と紅一点の美人警視は正面に並んでいる。岩尾と佐竹は後ろ向きだった。

「色男、来てしまったのか」

成島が目を丸くした。相棒の佳奈も驚いている。岩尾と佐竹が相前後して振り返って、笑顔を向けてきた。

「おれは智沙のそばにいるつもりだったんだが、彼女が職務をきちんと果たせって言うもんだから」

「風見さん、わたしたち、のろけられてるんですか?」

佳奈が茶化した。

「好きなように解釈してくれ」

「智沙さん、当分、辛いでしょうね」

「風見君も大変だと思うよ」

岩尾の言葉が佳奈の語尾に重なった。佐竹が岩尾に同調する。仲間たちの眼差《まなざ》しは温かった。

風見は目顔で謝意を表した。

八神佳奈は東大法学部出身で、国家公務員試験Ⅰ種合格者だった。要するに、警察官僚《キャリア》のひとりである。地方の所轄署なら、署長になれる超エリートだ。

佳奈は警察庁長官官房の総務課時代にキャリアの上司の思い上がった考えを手厳しく非難し、警視庁捜査二課知能犯係に飛ばされた。彼女は出向先でも、理不尽な命令や指示には従わなかった。上司に逆らった理由を堂々と述べたようだ。女性ながら、気骨がある。

成島班長は、反骨精神の旺盛な人間を高く評価していた。異端者を庇《かば》う気質でもあった。どのセクションでも扱いにくいと思われていた美人警視を逸材《いつざい》と見て、特命遊撃班で引き取った。前例のない人事だった。

佳奈は北海道生まれだ。高校を卒業するまで札幌《さっぽろ》の実家で暮らしていた。社長令嬢である。父親は大きな洋菓子メーカーの二代目社長で、佳奈の実兄は役員を務めている。

父や兄と肌合いが違うキャリア警視は親の財力に頼ることなく、我が道を歩いている。その点も爽《さわ》やかだ。

岩尾警部は四十七歳で、哲学者めいた風貌をしている。

物静かだった。大変な読書家で、物識《し》りだ。

岩尾は三年八ヵ月前まで、本庁公安部外事一課に所属していた。公安刑事として、だいぶ有能だったようだ。三十代のころ、ロシア漁業公団の下級船員になりすました大物スパイの正体を見破り、根室《ねむろ》市内で検挙した。大手柄である。

真面目な岩尾は、女擦《ず》れしていない。その後、優秀な公安刑事はロシアの美人工作員ナターシャの色仕掛《ハニー・トラップ》けに引っかかり、機密情報をうっかり漏《も》らしてしまった。

そのペナルティーとして、岩尾は本庁捜査三課スリ係に異動させられた。厭《いや》がらせの異動だった。上層部は、岩尾が腐って退官すると読んでいたにちがいない。

だが、そうはならなかった。岩尾は黙々と職務を果たしつづけた。成島班長が岩尾をスリ係で終わらせるのはもったいないと考え、自分のチームに入れたと聞いている。

岩尾は美人スパイとの一件を妻に知られ、我が家から叩き出されてしまった。やむなく彼はビジネスホテルやウイークリー・マンションを転々と泊まり歩いていたらしい。

サウナで朝を迎えた日もあったそうだ。そんなことから、口さがない連中は岩尾のことをホームレス刑事《デカ》と呼んでいたという。

知り合ったばかりのころの元公安刑事は、ひどく陰気だった。容易には他人を寄せつけないような気配を漂わせていた。ロシアの金髪美女にまんまと騙《だま》され、人間不信に陥《おちい》っていたのかもしれない。

岩尾は、風見の挨拶にも実に素っ気ない接し方をした。無礼だと感じたほどだった。てっきり岩尾は偏屈《へんくつ》な男だと早合点してしまったが、後《のち》に社交下手だったとわかった。

岩尾夫婦はしばらく別居していたが、一昨年の十月によりを戻した。ひとり娘が父母には離婚する気はないことを感じ取り、わざと無断外泊したのである。

岩尾夫妻は狼狽《ろうばい》し、協力し合って娘の行方を追った。愛娘は、父方の伯母宅に身を寄せていた。両親は娘の仕組んだ芝居に引っかかり、元の鞘《さや》に納まったわけだ。現在、岩尾は妻子と和《なご》やかな日々を送っている。

佐竹は三十三歳で、かつて本庁警務部人事一課監察室の室員だった。

監察係は首席監察官や主任監察官の指示で、警察官たちの不品行や犯罪を摘発している。平の係員には、〝官〟が付かない。監察係と呼ばれていた。

彼らは警察庁の特別監察官と力を合わせて、毎年五、六十人の悪徳警官を懲戒免職に追い込んでいる。佐竹はそういう立場にありながら、警察学校で同期だった所轄署風紀係刑事の収賄《しゅうわい》を見逃した。致命的な失点だ。

しかし、動機は人間臭い。同期の刑事は親が生活苦で喘《あえ》いでいることを知り、風俗店やストリップ劇場に手入れの情報を事前に流し、数十万円ずつ謝礼を貰っていた。

自分の遊興費《ゆうきようひ》が欲しかったわけではなかった。歪《ゆが》んだ形だが、親孝行をしたかったのだろう。

気のいい佐竹は、ついつい情《じよう》に絆《ほだ》されてしまった。だが、弁解の余地はない。本来なら、職場から追放されるはずだ。しかし、たまたま前年度の免職者が多かった。

そうした裏事情があって、佐竹は刑事総務課に預けられた。だが、特に仕事は与えられなかった。成島班長が見かねて、佐竹をチームのメンバーとして迎えたのである。

彼は生来《せいらい》のお人好しらしい。結婚詐欺に引っかかったことがあるのだが、相手の女を憎み切れなかった。逆に、情けをかける始末だった。

佐竹は背が高い。大学時代はバスケットボール部の主力選手だった。まだ独身で、新宿区内にある官舎で暮らしている。

「もう刑事部長室に行ったんですか？」

風見は成島に訊《き》いた。

「いや、まだなんだ。捜査本部事件の第一期捜査情報資料に目を通してたんだよ」

「そうなのか」

「色男も、ざっと捜査資料に目を通してくれ」

「わかりました」

「これがデータです」

佳奈がソファから立ち上がって、歩み寄ってきた。風見はファイルを受け取り、自席についた。

3

ファイルを開く。

表紙とフロント・ページの間に十数葉《よう》の鑑識写真が挟《はさ》まっていた。

風見は写真の束《たば》を手に取った。すべて死体写真だった。

被害者の滝沢修也は、リビング・ソファの横に倒れている。俯《うつぶ》せだった。アイアンで何度も強打された頭部は数箇所、大きく陥没《かんぼつ》していた。

血糊で覆われ、頭髪はほとんど見えない。

首も血に塗《まみ》れていた。滝沢はグレイの背広姿だった。

死者の横顔も何カットか撮《と》られている。新聞記者出身のテレビ・コメンテーターは両眼を見開き、恨めしそうに虚空《こくう》を睨《にら》んでいた。最初の一撃を受けたときの表情がそのまま固まってしまったのかもしれない。おそらく被害者は、連続して頭部を打ち据えられたのだろう。

テレビ出演のときの顔つきとは、まったく違っていた。滝沢はテレビ番組で社会批判をするときも、決して声高《こわだか》に喋ったりしない。

端整で知的な顔で静かに論評していた。そのクールさが女性たちに受けていたようだ。

滝沢は毎朝《まいちょう》日報の政治部、経済部、社会部と渡り歩いた名物記者だった。記者時代からコメンテーターとしてテレビに出演し、ちょうど四十歳のときにフリーになった。

文筆活動のかたわら、各テレビ局の報道番組や討論番組にゲスト出演していた。

それだけではなく、講演で全国を飛び回っていたはずだ。ある民放テレビ局が滝沢をニュースキャスターとして起用しようと働きかけたらしいが、被害者はその誘いを断っている。

名物記者がニュースキャスターに転じれば、一気に知名度が高まり、高収入を得られる。現にそうした元新聞記者や元週刊誌編集長は何人もいる。

だが、滝沢は自分がタレント化することを嫌った。番組スポンサーに気兼ねしたら、公正な言論活動はできないと判断したのだろう。そういう潔癖さと硬骨ぶりが大衆に支持され、滝沢の著書はおおむねベストセラーになった。講演依頼も引きも切らなかったようだ。

それでいて、当の本人はどこか冷《さ》めていた。そのことで、さらに滝沢のファンは増えた。

風見自身も、体制と反体制の双方に平然と噛みつく滝沢修也の姿勢を好ましく感じていた。

テレビにちょくちょく出演している文化人の大半は、理想論を掲《かか》げる偽善者だろう。彼らは本音と建前を巧《たく》みに使い分けている。

だが、滝沢には偽善は感じられなかった。むしろ、露悪《ろあく》の気配さえうかがえた。

善人ぶったり、正義漢ぶる人間の素顔はたいがい逆だ。計算ずくで、好人物を装っているケースが多い。

真の好漢は、善人や正義の使者に見られることを極端に嫌うものだ。照れ隠しに、悪人ぶりたがる。風見の持論だった。

滝沢は、数少ない真っ当な言論人のひとりだったのではないか。それだけに、人気コメンテーターの死は惜《お》しまれる。

「あんたを殺《や》った犯人《ホシ》は必ず見つける」

風見は声に出して呟《つぶや》き、鑑識写真をひとまとめにした。写真の束を机上に置き、これまでの捜査記録に目を通しはじめる。

捜査本部事件が発生したのは、一月十三日だった。

滝沢修也は、港区六本木《ろっぽんぎ》五丁目二十×番地にある『鳥居坂《とりいざか》スターレジデンス』の四〇五号室の居間で撲殺された。凶器は事件現場に遺《のこ》されていなかったが、検視と司法解剖でアイアン・クラブと判明した。

四〇五号室の借り主は元ＡＶ女優の相場くらら、二十八歳だ。

くららはＡＶ女優として売れっ子だったのだが、三年前に覚醒剤所持で現行犯逮捕された。彼女は誰かが飲食店で自分のコートのポケットに麻薬入りの包《パケ》みをこっそり入れたにちがいないと供述し、覚醒剤の使用を強く否認した。

尿検査では、薬物反応は出なかった。しかし、そのことだけで元ＡＶ女優が無実だったとは言えない。覚醒剤を使用して一週間以上が経過していれば、尿から薬物反応はたいがい検出されないからだ。

昔は白い粉を水溶液に混入させ、注射器で体内に注ぐ方法が圧倒的に多かった。だが、それでは腕、腿《もも》、舌の裏などの注射痕で薬物を使用していたことが発覚してしまう。

そんなことで、二十年ほど前からストローで覚醒剤の粉を鼻から吸い上げる方法が増えた。ほぼ同時期に、〝炙《あぶ》り〟と呼ばれる吸引法も流行《はや》りはじめた。アルミホイルの上の白い粉を炎で炙り、その煙を吸い込む。

覚醒剤には、催淫《さいいん》効果がある。性感を高めたくて、性器や肛門に白いパウダーをまぶすカップルも少なくないようだ。

いずれの方法も、注射器を用《もち》いるよりはずっと見つかりにくい。相場くららは覚醒剤常用者と思われたが、尿検査では薬物反応は出なかった。

結局、彼女は麻薬所持で有罪判決を下《くだ》された。しかし、執行猶予が付いた。つまり、元AV女優は服役は免れたわけだ。

それでも、くららは週刊誌でさんざんバッシングされた。芸能界を追放された元AV女優は知人の紹介で、赤坂《あかさか》のクラブ『エスポワール』のホステスになった。巨乳と明るい性格が客に好まれたらしい。たちまち売れっ子になり、一年前からチーママに収まっている。

パトロンがいそうだが、第一期捜査ではその点は明らかになっていない。

くららが借りている部屋は1LDKだが、家賃は管理費込みで約二十三万円だ。交際している男性が家賃を負担しているのではないか。

死体の第一発見者は、四〇六号室に住む小料理屋の女将だった。隣室の主は到来物《とうらいもの》の干し柿を元AV女優にお裾分けするつもりで、四〇五号室のインターフォンを鳴らした。

事件当日の午後四時半ごろだった。

部屋からの反応はなかった。しかし、ドアの前の歩廊《ほろう》に血痕があった。発見者は不吉な予感を覚え、四〇五号室のドア・ノブに触《ふ》れた。

施錠《せじょう》はされていなかった。四〇六号室の居住者は恐る恐るドアを開けてみた。

そのとたん、血臭《けっしゅう》が鼻腔《びこう》を撲《う》った。発見者は相場くららの身に何か起こったと思い、無断で入室した。そして人気コメンテーターの撲殺体を発見し、ただちに一一〇番通報した。

東大法医学教室で行なわれた司法解剖で、死亡推定時刻は一月十三日午後二時半から四時半の間とされた。その時間帯、相場くららは勤め先のクラブのホステス二人と御殿場《ごてんば》にあるアウトレットモールにいた。そのことは裏付けが取れている。部屋の主が加害者であることはあり得ない。

元ＡＶ女優の自宅には、滝沢修也の数点の洋服と複数の靴が見つかっている。そのことから、捜査本部は被害者と相場くららは親密な関係であると考えた。

くらら自身は、滝沢と二年前から不倫の関係にあったと供述している。ところが、『鳥居坂スターレジデンス』の居住者で、人気コメンテーターが四〇五号室に出入りしていたと証言した者はいなかった。

滝沢の妻の七海《ななみ》をはじめ、被害者の周辺の人たちも故人と元ＡＶ女優に接点はないはずだと口を揃えている。

相場くらが嘘をついているのか。あるいは、滝沢は周《まわ》りの人間に覚《さと》られないよう細心の注意を払いながら、元AV女優と密会を重ねていたのだろうか。

聞き込みによると、被害者は妻と仲睦まじかったらしい。

夫妻は子宝に恵まれなかったこともあって、労《いたわ》り合っていたようだ。ただ、滝沢は親しい友人たちには、子供が欲しかったと洩《も》らしていたという。

現在、四十四歳の七海が妊娠する気配はなかったのだろう。それで、被害者は不倫相手に自分の子供を産んでもらいたいと願っていたのか。そうだとしたら、滝沢修也は変装して相場くらの自宅に通っていたのかもしれない。

そう推測できる根拠はあった。マンションの居住者の中に、五十前後の男が月に二、三回、元AV女優の部屋を訪ねていたと証言した者がいたのだ。

証言者の話によると、その正体不明の男はいつもハンチングを目深《まぶか》に被り、サングラスをかけていたらしい。背恰好《せかっこう》は被害者に似ていたような気がするとも証言している。

人気コメンテーターは、時に過激な発言もしていた。そのことで、他者に恨まれたり、憎まれたこともあったにちがいない。

捜査本部はそう考え、被害者に批判された団体や個人の動向を探《さぐ》ってみた。しかし、不審な組織や人物はいなかったようだ。

殺害された滝沢には、熱烈なファンがいただろう。また、女性にも好《す》かれていたそうだ。被害者を敬愛していたファンの中にストーカーじみた者がいた可能性もある。

本庁殺人犯捜査第五係と麻布署の刑事課のメンバーは、ファン関係者のことも調べた。しかし、不審者は浮上してこなかった。

第一期捜査情報で知り得たことは、おおむね以上だった。

風見は鑑識写真の束をファイルの間に挟み、静かに閉じた。ロングピースに火を点《つ》け、頭の中で筋を読みはじめる。

それから間もなく、佳奈が隣の机に向かった。彼女の自席だ。

「智沙さんのことが気がかりで、いつものように捜査に集中はできないんでしょうね？」

「うん、まあ。普段と同じようには、職務を果たせないかもしれない」

「風見さん、あまり無理をしないで。その分、わたしたちが頑張りますから。あっ、ちょっと大きなことを言いすぎました。殺人捜査では、わたしをはじめとして、岩尾さんも佐竹さんもまだキャリアが浅いですもんね」

「三人とも、もう駆け出しじゃないよ。頼りにしてるぜ。八神は、どう筋を読んでるんだい？」

風見は煙草《たばこ》を深く喫《す》いつけ、相棒に問いかけた。

「相場くららはパトロンがいるのに、滝沢修也に色目を使って接近したんじゃないのかしら？　被害者は素敵だったもの」

「八神も、殺された人気コメンテーターになら、抱かれてもいいと思ってたんだ？」

「どうして話を飛躍させるんですかっ。わたしは、気骨のある言論人として被害者をリスペクトしてたんです。男性としても、魅力はありましたけどね」

「なら、滝沢修也に口説《くど》かれたら、拒《こば》めないだろうな」

「なんで話をそっちに持っていくんですか。いつもそうなんだから」

「ちょっとからかってみたんだよ。八神は、やっぱり東大出の優等生だな。滝沢にベッドに誘われたら、素っ裸になって逆にのしかかっちゃう。そのぐらいのジョークは返せよ」

「わたし、淫乱女じゃありません！」

「そんなふうに生真面目《きまじめ》に反応するのが、まだ真面目すぎるんだよ。おれたちは気が合うんだから……」

「ストップ！　その先はわかってます。体も合うはずだ。そうつづくんでしょ？」

「ビンゴ！　今夜あたり、体を合わせてみるか？」

「将来を誓い合った女性《ひと》がいるのに、よくそんなことが言えますね。最低だわ！」

「智沙とは、まだ婚約したわけじゃない。半同棲はしてるがな。何度も言ったように、男と女の関係はいつどうなるかわからない」

「そんな不誠実なことを言ってると、わたし、根上さんに告げ口しちゃいますよ」

「八神は、絶対にそんなことはしないね。そっちはおれを困らせることはしないさ。なぜならば、八神はおれに惚れてるからな。おれも、そっちと赤い糸で結ばれてることは忘れてないよ」

「わたしたち、赤い糸でなんか結ばれてません。うぬぼれるのも、いい加減にしてほしいわ」

「むきになるなって。軽い冗談だろうが。ま、いいさ。八神の読み筋通りだとしたら、相場くららのパトロンが嫉妬心から、滝沢修也を撲殺したってことになるな」

「違いますかね？」

佳奈は自信なさそうだった。

「金で愛人を囲うような男が、それほど相手にのぼせるケースは少ないと思うがな。口にこそ出さないだろうが、世話をしてる愛人のことは単なるセックス・ペットと思ってるんじゃないのか。それ以上でも、以下でもないと考えてるんだろう」

「そうかな？」

「おれは、そう思うね。だから、愛人がパトロンの目を盗んで浮気してたとわかったら、相手の女をお払い箱にするだけだろう」

「でも、愛人を別の男に寝盗《と》られたら、プライドが傷つくでしょ？　それからパトロンが愛人に本気でのめり込んでたとしたら、彼女にちょっかいを出した男を抹殺《まっさつ》したくもなるんじゃありません？」

「金で女を縛《しば》るような男は、そんな純情じゃないさ。相場くららにパトロンがいたとしても、本部事件には関わってない気がするな」

「そうでしょうか。尊敬してた滝沢修也が元AV女優の自宅マンションで殺害されたのはショックだけど、二人は親密な間柄だったんですかね？　そうだとしたら、少しテレビ・コメンテーターは減点ね」

「男の人格と下半身は、別物と考えたほうがいいという説もあるぞ。滝沢修也が相場くららと不倫関係にあったとしても、おれの被害者に対する評価は変わらないね」

「わたしは、いやだな。ちょっと幻滅しちゃいますよ」

「八神は、まだ男の勉強が足りないな。この世に騎士《ナイト》みたいな野郎なんていないんだ」

「数は少ないでしょうけど、わたしは存在すると思いたいわ。それはともかく、相場くらの部屋に滝沢修也の数着の衣類と二足の靴があったわけだから、二人は不倫の仲だったんでしょうね？」

「その可能性は全面否定できないが、まだわからないぜ。犯人がテレビ・コメンテーターに何らかの恨みを持ってて、小細工を弄《ろう》したとも考えられるからな」

「そうなら、加害者は元AV女優の部屋に自由に出入りできる人物でしょうね。風見さん、やっぱり相場くららのパトロンが怪しいんじゃありませんか？」

「まだ何とも言えないな」

風見は、短くなった煙草の火を灰皿の底で揉《も》み消した。ちょうどそのとき、成島が声をかけてきた。

「もう資料を読み込んだか？」

「ええ」

「それじゃ、みんなで打ち揃って刑事部長室に行こう」

「そうしますか」

風見はファイルを佳奈に返し、椅子から勢いよく立ち上がった。

ほどなく成島を先頭にして、五人は小部屋を出た。同じフロアにある刑事部長室に急ぐ。

成島班長がドアをノックすると、じきに桐野部長が応対に現われた。チームの五人は入室し、横一列に腰かけた。ソファ・セットは十人掛けだった。

桐野が成島と向かい合う位置に坐る。スリーピースに身を包んでいる。五十七歳だ。髪はロマンス・グレイで、知的な風貌だった。女性警察官たちに慕《した》われていた。

桐野刑事部長は、国家公務員Ⅱ種試験を通った準キャリアだ。Ⅰ種有資格者に次ぐエリートである。俗に〝準キャリ〟と呼ばれているⅡ種合格者の数は少ない。Ⅰ種合格者ほどスピード出世するわけではないが、もちろんノンキャリア組よりはずっと昇進は早かった。

「風見君、交際相手のお母さんが亡くなったそうだね。成《なる》さんから聞いたよ」

「そうですか」

「成さんから今回の特命捜査から風見君を外してやってくれと言われてたんだが、大丈夫なのかな？」

桐野が言った。

「こっちは今回は外してもらうつもりだったんですが、つき合ってる彼女が普段通りに職務に励んでくれと言ったもんで……」

「そうか。こちらは、ありがたいよ。第一期捜査に当たった五係の文珠敦夫《あつお》係長は、特命遊撃班を目の敵《かたき》にしてたね？」

「二期目から投入した六係の白土功《いさお》係長も、きみらには友好的じゃなかったっけな？」

「ええ、まあ」

「二人とも、うちのチームにお株を取られっ放しなんで、面白くないんでしょう」

成島が刑事部長に言った。

「そうなんだろうが、妙な自尊心は棄《す》ててもらわないとな。捜一《そういち》の殺人犯係が上で、成さんのチームが下ってわけじゃないんだ。手柄を立ててるのは、たいてい特命遊撃班なんだから、文珠も白土もみんなの支援活動に感謝すべきだ」

「そうですよ。それなのに、あの二人は自分らに辛く当たってばかりいる。以前の事件《ヤマ》では、チームの捜査を妨害までしたんですから、本当は力を貸したくない気持ちですね」

佐竹が桐野に訴えた。

「そんなことがあったのか。あんまり非協力的だったら、理事官に言って、五係と六係の連中を引き揚げさせよう。それで、九係と十係を投入させるよ。九係の仁科《にしな》係長は、きみらの側面支援に感謝してるからな」

「刑事部長、どうせなら、いますぐに五係と六係を桜田門に呼び戻してくださいよ」

「いますぐってわけにはいかないが、やりにくいようだったら、遠慮なく言ってくれ」

「すでにやりにくいですよ」

岩尾が苦く笑って、仲間の膝を掌《てのひら》で叩いた。佐竹は口を尖《とが》らせたが、かたわらの佳奈に目顔でたしなめられた。結局、言葉は発しなかった。

「チームワークに乱れはないようだね」

桐野部長が誰にともなく言った。メンバーは相前後して頬を緩《ゆる》めたが、言葉を発する者はいなかった。

「捜査は難航してるらしいが、きみらが動きだせば、二期捜査中に片がつくだろう。大変だろうが、頑張ってくれ。な、岩尾君？」

「公安畑にいたわたしはまだ殺人事件捜査のエキスパートではありませんが、成島班長はベテランですからね。風見君も数々の手柄を立ててますし、佐竹君や八神さんも頼りになります」

「そうだろうな。昼食を摂《と》ったら、四人で麻布署に一度顔を出して、一応、文珠や白土に仁義を切っといてくれないか」

「わかりました」

「耐えられないような厭味《いやみ》や屈辱的なことを言われたら、すぐに成さんに報告してくれないか。ただちに五係と六係を引き揚げさせるよ」

「よほど不快な思いをさせられたら、そうさせてもらいます。しかし、つまらないセクショナリズムに拘《こだわ》ってると、事件の解明が遅れることになるでしょう。そんなことになったら、被害者とその遺族に申し訳ありません。なるべく感情的にはならないようにします」

岩尾が言った。

「きみは大人なんだな」

「どうせ自分は、まだガキですよ」

「佐竹君、僻《ひが》まないでくれ。わたしは、きみの一本気なところも評価してるんだ」

「本当ですか？」

「もちろんさ」

「それなら、勘弁してやります」

「おまえ、態度がでかすぎるよ。相手は刑事部長殿だぞ」

風見は混《ま》ぜっ返した。笑い声が幾重《いくえ》にも重なった。

4

怒りが膨《ふく》らんだ。

二十分も待たせるのは、明らかに厭《いや》がらせだろう。

風見は、ドアを蹴りたい衝動を抑《おさ》えた。

捜査本部前の廊下である。麻布署の三階だ。午後一時過ぎだった。

風見たち四人は文珠と白土が出てくるのをじっと待っていたが、いっこうに二人は姿を見せない。捜査会議中というわけではなかった。

「自分、もう限界です」

佐竹がドアを拳《こぶし》で叩きはじめた。岩尾が苦く笑う。だが、制止はしなかった。元公安刑事も、さすがに腹を立てはじめているのだろう。

「文珠警部、いつまで待たせるんですっ」

佐竹が怒鳴《どな》った。しかし、なんの反応もなかった。

「ふざけやがって。文珠と白土をぶん殴ってやる！」

風見は言って、佐竹を横に移動させた。ノブに手を伸ばしかけたとき、美人警視が風見を押しのけた。

次の瞬間、佳奈は荒っぽくドアを開けた。すぐ近くで、文珠と白土が談笑していた。

「あなたたち、わたしを軽く見てるんじゃないの！　文珠警部、どうなんです？」

「これは、警視殿……」

「何が警視殿よっ。この際《さい》、厭味を言わせてもらいます。あなた、いつから警視になったわけ？」

「いえ、まだ警部《オブケ》のままです」

文珠がしどろもどろに答えた。

「自分の職階を振り翳《かざ》したくはないけど、警察は階級社会よね？」

「ええ、その通りです」

「わたしが女だからって、なめるんじゃないわよ！」

佳奈が言い放った。文珠が白土と顔を見合わせ、居ずまいを正した。

「お待たせして申し訳ありません。ちょっと捜査班のメンバーに指示を与えてたものですから……」

白土が弁解した。四十六歳だった。かたわらに立っている文珠は、四十三だ。

はるか年下の警察官僚に叱られたわけだから、不愉快だったにちがいない。だが、風見は二人の警部に同情する気にはなれなかった。

「わたしたちは、わざわざ挨拶に出向いたんですよ。廊下で二十分以上も待たせるなんて、喧嘩を売ってるとしか思えないわ」

「警視、それは曲解《きょっかい》です。我々は本当に……」

「文珠警部、言い訳する前にまず謝るべきでしょ？」

「その通りですね。失礼しました。申し訳ありませんでした」

文珠と白土が慌《あわ》てて廊下に出てきた。岩尾が二人の前に進み出て、白土に話しかけた。

「目障《めざわ》りでしょうが、またチームで支援捜査をさせてもらうことになりました」

「仁義を切ってもらったんだが、五係と六係のメンバーで片をつけられそうなんですよ」

「容疑者の絞り込みができたんですね？」

「ええ、まあ」

「その人間は何者だったんです？」

「滝沢修也に個人的な恨みを持ってる者ですよ。しかし、まだ状況証拠しか押さえてないんで、被疑者の氏名や年齢は明かせません」

「例によって、いつものはったり《ブラフ》か」

風見は会話に割り込んだ。

「はったりじゃない！」

「だったら、怪しい奴の名前ぐらい教えてくれてもいいでしょ？」

「きさま、その口の利き方は何だっ。警部補《ホ》の分際《ぶんざい》で……」

「ワンランク職階が上だからって、偉ぶるな。あんたたちこそ、警視の八神に無礼な振る舞いをしたんだぜ」

「それについては、さっき文珠が謝罪したじゃないか」

「形だけの謝罪だったがな。しかし、あんたは八神に詫びてない。そうだったよね？」

「申し訳なかったと思ってる」

白土が小声で言った。

「八神にちゃんと謝れよ」

「きさま、おれに命令するのか⁉」

「気に入らないんだったら、殴り合ってもいいんだぜ」

「高校生じゃあるまいし……」

「鼻先で笑ったな。奥歯を喰いしばれ！」

風見はファイティング・ポーズを取った。

岩尾が仲裁に入り、文珠と白土を等分《とうぶん》に見た。

「捜査本部の情報は流してもらわなくても結構だ。我々は側面捜査を開始する」

「急に口調が変わったたな」

文珠は驚きを隠さなかった。

「わたしも警部だ。年下の同格の者に敬語を遣《つか》うこともないだろう。何か文句があるのかな。だったら、言ってくれ」

「いいえ、別に文句はありません」

「なら、生意気な口を利くな。我々は自分らの流儀で支援活動をするが、捜査の邪魔をしたら、承知しないぞ。どっちもよく憶《おぼ》えておけ！」

岩尾が文珠たち二人に言い放ち、体を反転させた。風見たち三人は岩尾に従った。

麻布署の駐車場に達すると、佐竹が岩尾に握手を求めた。

「ガツンと言ってくれましたね。自分、スカッとしました。岩尾さんは普段は物静かですけど、言うときは言うんだな」

「二人とも、わたしよりも年下だからね。自分よりも若い奴らをあまり増長させてはいけないと思ったんだ」

「カッコよかったですよ。それはそうと、班長の指示通り自分と岩尾さんは滝沢修也が出入りしてたテレビ局や出版社を回りますか」

「そうだね。風見君と八神さんには、滝沢の奥さんから再聞き込みをしてもらおう」

岩尾が言って、灰色のプリウスに歩み寄った。佐竹が片手を挙げ、プリウスの運転席に乗り込む。

風見たちペアはプリウスが走りだしてから、オフブラックのスカイラインに近づいた。

ハンドルを握ったのは、佳奈だった。風見は、いつものように助手席に坐った。

「捜査資料によると、被害者宅は杉並《すぎなみ》区永福《えいふく》二丁目にあるんだったな？」

「そうです。向かいます」

相棒が覆面パトカーを穏《おだ》やかに発進させた。

六本木通りから渋谷を経由して、井《い》ノ頭《かしら》通りをたどる。およそ三十分で、滝沢宅に着いた。

被害者の自宅は閑静な住宅街の一画にあった。敷地は百坪前後で、奥まった場所に白い洋風住宅が建っている。二階家だ。庭木が多い。

佳奈がスカイラインを滝沢宅の生垣《いけがき》に寄せた。

風見は先に車を降りた。寒風が頰や首を刺す。吐く息は白かった。

佳奈がインターフォンを鳴らした。

ややあって、中年女性の声がスピーカーから流れてきた。未亡人の七海だった。相棒が身分を告げ、捜査に協力を求める。

「すぐにそちらに行きます。門扉《もんぴ》の内錠を掛けたままですので……」

未亡人が快諾《かいだく》し、ほどなくポーチに姿を見せた。円《つぶ》らな瞳が印象的な美人だった。色白で、気品があった。

風見と佳奈は警察手帳を呈示《ていじ》し、それぞれ姓だけを名乗った。

「滝沢七海でございます。夫の事件で警察の方たちには、ご迷惑をかけております。まだ重要参考人は割り出せていないようですね？」

「捜査本部に詰めている殺人犯捜査五係と六係のメンバーはベストを尽くしているんですが、残念ながら……」

「それで、あなた方が再聞き込みをなさることになったのね？」

「ええ、そうです」

「とにかく、お入りになって」

七海が石畳のアプローチを進み、洒落《しゃれ》たポーチに上がった。黒いニットドレスが似合っていた。

風見たちコンビは、まず故人に線香を手向《たむ》けた。遺骨は階下の奥の和室に置かれていた。多くの供物《くもつ》と花に囲まれて、遺影は驚くほど大きかった。

「別室に移りましょう」

七海がそう言い、風見たちを玄関ホールに面した応接間に導《みちび》いた。二十畳ほどの広さで、大理石のマントルピースがあった。

家具や調度品は安物ではなかった。しかし、趣味は悪くない。風見は相棒と長椅子に並んで腰かけた。

　未亡人がいったん応接間を出て、ダイニング・キッチンに足を向けた。少し待つと、洋盆《トレイ》を持った七海が戻ってきた。トレイには、二つのコーヒーカップが載《の》っていた。

「どうかお構いなく」

　佳奈が恐縮した。未亡人が小さくほほえみ、コーヒーテーブルにカップを置いた。それから七海は、風見の前のソファに浅く腰かけた。

「お答えしにくいことをいろいろ質問させていただきますが、よろしくお願いします」

　風見は口を切った。

「わたしが知っていることは、何もかもお話しします。一日も早く犯人を見つけてほしいんです。滝沢を一分一秒でも早く成仏《じょうぶつ》させてあげたいんですよ」

「お気持ち、よくわかります。早速ですが、滝沢さんは元AV女優の相場くららの自宅マンションで撲殺されたわけですが、部屋の主とは何も接点がなかったとか？」

「ええ、なかったはずです。捜査本部の方々は、滝沢とその女性とは何もつながりがないと確認したんでしょ？」

「ええ、その通りです。ただですね、『鳥居坂スターレジデンス』の四〇五号室には、ご主人の数点の洋服と二足の靴がありました。そのことから、初動捜査では滝沢さんと相場くららは親密な関係だったと見たようですが、二人に接点があったという証言は得られませんでした」

「夫には愛人なんかいなかったはずです。滝沢は割に女性には好かれてましたけど、結婚以来、一度も浮名を流したことはありませんでした。わたしたち、夫婦仲はよかったんですよ」

「それでも新婚時代はともかく、結婚して十年以上経《た》つと、浮気心が頭をもたげる旦那が多いんではありませんか?」

「そうかもしれませんが、滝沢が背信行為に走るとは思えません。夫は性的には淡白《たんぱく》なほうでしたし、まだ……」

「奥さんを愛してらした?」

「ええ、そうだったと思います」

未亡人がはにかんだ。初々《ういうい》しかった。

「その通りなんでしょうが、たまには別の花を愛《め》でてみたいという気持ちになることもあるんじゃないのかな。自分の尺度《しゃくど》なんですがね」

「そういう男性が多いかもしれませんが、夫は浮気なんてしてなかったでしょう。わたしたち、大恋愛をして結ばれたんです。それに子供ができなかったんで、一般的なご夫婦よりも結びつきが強かったんですよ」

「そうですか。言いにくいんですが、滝沢さんは親しい友人に子供がほしかったと洩らしたことがあるらしいんですよ」

「ええ、それは事実です。だからといって、滝沢が愛人をこしらえ、その女性に自分の子供を産ませようなんて考えるわけありません。滝沢はリベラルな考え方を貫《つらぬ》いてましたんで、そんな身勝手な真似はしないわ。わたしたち夫婦は、いずれ養子を迎えようと話し合ってたんですよ。五十代に入ってから子育ては大変だろうと考えて、秋ごろには三歳未満の女の子を福祉施設から……」

「実際に養子探しをしてらっしゃったんですか？」

風見は訊《き》いた。

「ええ。都内の幾《いく》つかの乳児院を滝沢と訪ねました。でも、なかなか誰かひとりに絞ることが難しくて、養子を選ぶことができなかったんですよ」

「そうだったんですか。参考までに訪ねられた乳児院名を教えてもらえます？」

「いいですよ」

七海が三つの乳児院名を挙げた。相棒が手帳に書き留《と》める。

「そういうことでしたら、滝沢さんは愛人に自分の子を産ませようなんて考えないだろうな」

「ええ、絶対に考えられませんよ」

「そうなると、相場くららの自宅にあった数点の洋服と二足の靴のことが謎として残るわけだ。奥さん、いただきます」

風見は言って、コーヒーをブラックで一口《ひとくち》啜《すす》った。釣られて佳奈も、コーヒーカップを持ち上げた。

「事件現場に夫の衣類と靴があったという話は麻布署の方から聞きました。滝沢はテレビに出演したり、講演もしてました。それでね、背広や靴の数が普通のサラリーマンの方よりも多かったんですよ」

「そうでしょうね」

「ですから、わたしも正確な数は把握《はあく》してなかったんです。それで、空き巣に二、三、盗まれたことに気づかなかったわけです」

「そのときに盗られた服と靴が……」

「はっきりとは断定できませんけど、おそらく空き巣に持ち去られた物が事件のあった部屋に故意に残されたんでしょう」

七海が言った。一拍置いて、美人警視が口を開いた。

「空き巣に入られたのは、いつのことなんですか？」

「先月の七日の夕方です。わたしが買い物から戻ると、家の中が荒らされてたんですよ。引き出しはことごとく開けられてました。でも、現金や貴金属はまったく盗《と》られてませんでした。そのときは夫の洋服や靴が持ち去られてるとは思わなかったんで、警察に被害届を出さなかったんです」

「最初の聞き込みのとき、空き巣に入られたことは所轄署か本庁《うち》の捜査員に話されました？」

「事件現場に滝沢の衣服と靴があったと言われて、一応、話しました。だけど、深くは質問されなかったの」

「そうなんですか」

「多分、刑事さんたちは夫が元AV女優と不倫の関係にあると思ってたんでしょうね」

「空き巣に入られたとき、奥さんはちゃんと戸締まりをしてたんでしょ？」

風見は確かめた。

「はい。でも、帰宅したとき、玄関のドアはロックされてませんでした。特殊な錠ではないんで、空き巣に入《は》った者がピッキングでロックを解除したんでしょう」

「鍵穴の一部が欠《か》けてませんでした？」

「いいえ」

「鍵穴にゴム粘土を詰めて、形を取ったような痕跡は？」

「それもありませんでしたね」

「そうですか。自宅の玄関ドアの鍵は、ご夫婦が一本ずつ持ってらしたのかな？」

「夫が一本、わたしがスペアキーを含めて二本持ってました。一本を紛失《ふんしつ》したときのことを考えて、わたし、スペアキーを持ち歩いてたんですよ」

「なるほど。ほかに血縁者に予備の鍵は預けてなかったんでしょ？」

「ええ。誰にも預けてません」

「ご夫婦で旅行に出かけたときも？」

「はい。親や兄弟に自宅の鍵を預けるケースは珍しくないようですが、留守中に泥棒に入られて、身内が事情聴取されたりしたら、気の毒な気がしたんでね」

「どなたにも、スペアキーは預けなかったわけか」

「そうです」

未亡人が大きくうなずいた。

「滝沢さんは下戸《げこ》じゃないんでしょ？」

「ええ、お酒は嫌いじゃなかったですね」

「ご主人の行きつけの酒場はご存じですか？」

「銀座の『ジュピター』と『赤と黒』というカウンターバーには、週に一回程度は通ってたようですね」

「そうですか。赤坂の『エスポワール』というクラブには行ってませんでした？　その店で、相場くららがチーママをやってるんですよ」

「滝沢はホステスさんのいる酒場は好きじゃないんです。接待されて高級クラブに行く以外は、女性のいる店には通ってなかったはずです」

「そうか。このお宅に脅迫電話がかかってきたり、ファックスで脅迫文が送信されてきたことはありました？」

「そうしたことはありませんでした。ですけど、テレビ局や出版社には夫の発言が偏《かたよ》ってるというお叱《しか》りの手紙が届いたり、メールが寄せられてたようです。ただ、詳しいことは聞いてないんですよ。滝沢はわたしを不安がらせたくなかったんだと思います」

「優しいご主人だったんですね」

　佳奈が話に加わった。

「ええ、いろいろわたしを労《いたわ》ってくれました。滝沢がこんなことになって、突っ支《か》い棒をなくしたような気持ちです」

「そうでしょうね。ところで、奥さんは犯人に心当たりはあります？」

「そこまではわかりませんけど、経済産業省の元キャリア官僚の田畑航平《たばたこうへい》さんの失踪と夫の事件は何らかの関わりがあるような気がしてるの」

「その方のことをもっと詳しく教えてください」

「わかりました。田畑さんは経産省の審議官まで出世したエリート役人だったんですけど、熱血漢なんです。もう四十三になったはずですけど、精神が青年みたいに若々しいの。田畑さんは在職中に高級官僚と政治家の馴《な》れ合いを痛烈に批判して、政財官界の癒《ゆ》着《ちゃく》ぶりを総合月刊誌で実名で暴《あば》いたんですよ」

「それは、いつのことなんです？」

「半年ほど前ですね。それで職場で陰湿ないじめに遭《あ》って、三カ月前に退職したんです。田畑さんは求職活動中に謎めいた失踪をしたまま、未《いま》だに消息不明なんですよ」

「その田畑氏の行方がわからなくなったのは、いつなんです？」

風見は手で佳奈を制して、先に問いかけた。

「去年の十二月二十八日のことです。田畑さんは奥さんに近くの書店に行くからと言って自宅を出て、姿をくらましてしまったらしいんです」

「当然、家族は捜索願を所轄署に出したんでしょうね？」

「ええ。奥さんの瑞穂《みずほ》さんは、そう言ってました。滝沢は二年ほど前にあるパーティーで田畑さんと出会って、たちまち意気投合したようです。夫は反骨精神に富んだ元官僚の軸のある生き方に共鳴し、ご夫婦をこの家に何度か招いたんです。ですんで、わたしも田畑さんご夫婦とは面識がありますの」

「そうですか。田畑さんのご自宅は、どこにあるんです？」

「武蔵野《むさしの》市吉祥寺《きちじょうじ》北町《きたまち》四丁目です。武蔵野署の斜め裏あたりにあります」

「後《あと》で行ってみましょう。ご主人と田畑航平さんは力を合わせて何か不正を暴こうとしたのかもしれないな」

「そのあたりのことはよくわかりませんけど、滝沢が田畑さんから情報を提供してもらってたことは間違いないと思います。失業中だからって、少しばかり謝礼を渡してたようですよ」

七海が口を結んだ。

そのすぐあと、ドア・チャイムが鳴った。七海が風見たち二人に断ってから、玄関ホールに出た。

「どなたでしょう？」

「わたしだよ。七海のことが気になって、ちょっと様子を見に来たんだ」

「ありがとう。兄さん、入って。いま警視庁の方たちがいらしてるの。再聞き込みされてるんですって」

「それじゃ、ちょっとお邪魔しよう」

来訪者が玄関の三和土《たたき》に入った。

風見と佳奈は長椅子から立ち上がり、応接間に入ってきた七海の実兄の柿崎友宏《かきざきともひろ》と自己紹介し合った。

ちょうど五十歳の柿崎はバブル経済が弾けるまで大手証券会社でトレーダーとして活躍し、高給を得ていたらしい。現在は税理士として、数人の事務員を雇っているという話だった。目許《めもと》が妹とよく似ている。

七海は少し前まで自分が坐っていたソファに実兄を腰かけさせると、応接間から出ていった。柿崎のコーヒーを淹《い》れるつもりなのだろう。

「バブルのころは学生でしたんで、特に恩恵には浴してないんですよ」

風見は柿崎と向かい合うなり、笑顔で話しかけた。

「そのほうがよかったと思うな。わたしはバブルに翻弄《ほんろう》されてしまったんですよ。証券会社でトレーダーをやってたころは毎日、億単位の金を動かして、大きな利益を産み出してました」

「会社や顧客に喜ばれ、七、八千万円の年俸を得てた。自分が大物になったような錯覚に陥《おちい》り、拝金主義者になってましたね。金こそ力なりと本気で思ってましたよ。気分がハイになってて、夜ごと銀座の高級クラブを飲み歩いてたな。ホステスやボーイに万札のチップを渡したりして、それこそ有頂天の日々でしたね」

「そうだったんでしょうね」

「しかし、バブルが弾けたとたん、すべてが悪いほうに転がりはじめた。トレーディングはことごとく裏目に出て、会社や客に大きな損失を与えてしまってね。当然のことですが、閑職に追いやられ、年俸は十分の一になってしまいました。わたしはそれまでの生き方に疑問を覚え、精神的な充足感が何よりも大切なんだということに気づきました。それで会社を辞めて、税理士の資格を取得したんですよ。トレーダーの全盛時代と較《くら》べたら、たいした収入は得られませんが、心はずっと豊かになりました」

「そうですか」

「物質的な豊かさを追い求めると、それこそきりがありません。本来、人間は強欲ですからね」

「ええ、おっしゃる通りだと思います。欲に背中を押されて突っ走ってると、疲れ果てて生きてる歓《よろこ》びさえ感じなくなります。それで、わたしはゆったりと自分らしく生きることにしたんです。スローライフも悪くありませんね」

「正解だと思いますよ」

「人間、パンを得るだけでは虚《むな》しいですよね。それだから、わたしは五年前に弱者救済の非営利団体『大地の芽』を立ち上げたんですよ。他人の役に立つボランティア活動をしたくなったわけです」

「税理士事務所を経営されながら、非営利団体の代表を務《つと》めてらっしゃるわけか。偉いですね」

「いえ、たいして偉くないですよ。人扶《ひとだす》けというより、自分扶けをしてるんです。ええ、そうなんですよ」

柿崎は面映《おもはゆ》そうだった。

「どっちにしても、ご立派です。なかなか真似のできることではありません」

「わたしも、そう思います」

佳奈が同調した。

「自分のことばかり話してしまって、ごめんなさい。事件の捜査はスムーズに進んでないようですね？」

「そうなんです。柿崎さん、犯人に心当たりはありませんか？」

「あなたのような美しい刑事さんにカッコいいとこを見せたいんですが、犯人にはまるっきり思い当たりませんね。しかし、妹の連れ合いはテレビや著作でタブーに挑《いど》むような言動を繰り返してたから、敵は少なくなかったんでしょう。田畑とかいう経産省の元審議官と組んで修也君は、国家を私物化してる連中をばっさりと斬《き》る準備をしてたんじゃないのかな」

柿崎が腕を組んで、考える顔つきになった。

三人の間に沈黙が落ちたとき、七海が兄のコーヒーを運んできた。風見たちコンビは雑談を交《まじ》えて、なおも粘ってみた。

しかし、特に収穫はなかった。

風見たち二人は引き揚げることにした。ほどなくコンビは、ほぼ同時に腰を上げた。

第二章　不透明な接点

1

スカイラインがガードレールに寄せられた。

滝沢宅を後《あと》にして、わずか数百メートルしか走っていない。

「八神、どうした？　おしっこしたくなったか？　女が立ち小便するわけにもいかないな」

「違いますよ。吉祥寺の田畑航平の自宅に行く前に、滝沢夫妻が実際に三箇所の乳児院を訪ねたかどうか裏付《ウラ》けを取っておきたいんです」

「そっちは、滝沢七海が嘘をついてるのではないかと疑ってるのか？」

風見は助手席で相棒に訊いた。

「疑ってるわけではないんですけど、夫婦が養子を貰う気でいたんだったら、もっと早い時期に乳児院や児童福祉施設を回るんじゃないかと思ったんですよ」

「言われてみれば、確かに八神の言う通りだな」

「ちょっと時間をください」

佳奈がツイード地のジャケットのポケットから、職務用の携帯電話と手帳を取り出した。

風見は何気なくルームミラーを仰《あお》いだ。

すると、三十メートルほど後方の路上に灰色のエルグランドが停止していた。運転者は、なぜか下を向いている。

文珠か、白土が部下にスカイラインを尾行させていたのか。専従捜査員の中には特命遊撃班に先を越されることを恐れ、風見たちの動きを部下や元警察官の調査員に探《さぐ》らせた者もいた。

五係と六係の係長は、どちらも負けん気が強い。どっちかが、風見たちの捜査活動を知りたくなったのかもしれない。

風見はルームミラーとドアミラーを交互に覗《のぞ》き、エルグランドのナンバーを読み取った。

捜査車輛ではない。警察の車のナンバーの頭には、サ行の平仮名《ひらがな》が付いている。レンタカーでもなかった。レンタカーなら、必ず数字の頭に〝わ〟が冠せられている。

相棒が乳児院に電話をかけはじめた。

風見は端末を操作して、エルグランドのナンバー照会をした。所有者は造作なく判明した。

エルグランドは経済産業省の車だった。失踪中の田畑航平は、三カ月前まで同省の審議官を務めていた。元キャリア官僚は、捜査本部事件の被害者と親交があった。

しかも二人は、何か不正を暴《あば》こうとしていたと思われる。田畑を裏切り者と見ていた元上司か元同輩が、元審議官の失踪に関わっているのだろうか。そうだとしたら、その人物は滝沢の事件にも絡んでいる疑いがある。

風見はロングピースをくわえてから、覆面パトカーを降りた。

煙草に簡易ライターで火を点《つ》ける振りをして、地を蹴る。エルグランドに向かって疾走しはじめた。駆けながら、煙草を投げ捨てた。

その直後、不審な車が急にバックした。数十メートル後退し、脇道に入った。

風見は全速力で駆けた。前髪が逆立《さかだ》った。衣服も体に吸いついた。

脇道に駆け込む。すでにエルグランドは遠のいていた。追っても無駄だろう。

風見は踵《きびす》を返した。来た道を引き返すと、スカイラインの近くに佳奈が立っていた。

「何があったんですか?」

「逃げたエルグランドを運転してた男は、おれたちの動きを探ってたにちがいない」

風見は言って、怪しい車のナンバーから所有者を割り出したことを明かした。

「経産省の車なら、田畑航平の失踪に元上司か元同僚が何らかの形で関わってそうですね。それから、人気コメンテーターの死にも」

「八神、だいぶ成長したな。おれたちの読みは大きくは外れてないと思うよ」

「風見さん、これから霞が関の経産省に乗り込んで、失踪者の元上役や元同僚たちに揺さぶりをかけてみます?」

「それは時期尚早《じきしょうそう》だな。田畑の妻に会うのが先だ」

「わかりました。滝沢夫妻が三つの乳児院を回ったことは嘘じゃありませんでした」

「そうか」

「何人か養子にしてもいいと思うような乳児がいたようなんですが、ご夫婦は即断はしなかったそうです」

佳奈が報告した。

「そういうことなら、滝沢修也が愛人に自分の子供を産ませようとしてたとは考えられないな」

「ええ、そうでしょうね」

「よし、吉祥寺の田畑の家に行ってみよう」

風見は覆面パトカーの助手席に腰を沈めた。美人警視が運転席に慌《あわ》ただしく乗り込み、スカイラインを発進させた。

車が武蔵野市内に入って間もなく、風見の官給携帯電話が着信音を発した。発信者は岩尾だった。

「滝沢修也がよく出演してた民放テレビ局を二つ回ったんだが、どちらの局にも人気コメンテーターの発言を非難する手紙やファックスがかなり寄せられ、脅迫めいた言葉も綴《つづ》られてたよ。しかし、単なる警告に近い威《おど》しといった感じだったね」

「つまり、滝沢の辛口コメントに立腹して、彼に殺意を覚えた視聴者はいないだろうってことですね？」

「わたしだけじゃなく、佐竹君もそう思ったらしいよ。これから、わたしたち二人は被害者の本を出してた出版社を訪ねてみるが、風見・八神班には何か収獲があったのかな？」

「ええ、少しばかり」

風見は滝沢七海から聞いた話だけではなく、不審なエルグランドのことも伝えた。

「経産省の関係者がきみらを尾行してたんなら、田畑航平の失踪に関わってそうだな。それから、人気コメンテーター殺しの件にもね」

「ええ、多分。田畑の奥さんから何か大きな手がかりを得られるといいんだがな」

「そうだね。密に連絡を取り合って、できるだけ早く真相に迫ろう」

岩尾が電話を切った。風見はモバイルフォンを折り畳み、相棒に通話の内容をかいつまんで語った。

「テレビの視聴者や被害者の著書の読み手の中に容疑者がいなかったら、経産省関係者が臭いんじゃないかしら？」

「いままでの捜査結果だと、そうだな。しかし、結論を急ぐのは避けよう。おれたちが勇み足を踏んだら、警視総監、刑事部長、成島班長の立場が悪くなるからな」

「ええ、予断は禁物ですね」

「ああ」

「ところで、智沙さんに電話したほうがいいんじゃないかしら？　家には、もう親類の方たちはいないんでしょ？」

「ああ、智沙ひとりだよ」

「それだったら、ちょくちょく電話かメールで智沙さんを力づけてあげるべきだと思うな。ご両親が亡くなって、まったく家族がいなくなってしまったわけだから、とっても寂しい思いをしてるでしょうし、不安でしょうからね」

「そうだろうな。しかし、いまは職務中だからさ」

「あら、いつから優等生になったんです？　不良っぽさが風見さんの魅力なのに」

「からかいやがって。あんまりおれを虚仮《こけ》にしてると、八神を妊娠させるぞ」

「品のあるジョークとはいえないけど、風見さんらしさを取り戻したな。本当に智沙さんに連絡したほうがいいですよ」

「そのうち電話をするって」

「ええ、そうしてあげてくださいね。それから余計なお節介ですけど、この際《さい》、智沙さんと結婚したほうがいいんじゃないのかな？　彼女のこと、好きなんでしょ？」

「八神と同じぐらい好きだね」

「また、はぐらかす。わたし、真面目に訊いたんですよ」

「智沙には惚れてる」

「それなら、年貢《ねんぐ》を納めればいいのに。これまで数多くの女性と恋愛してきたんだから、そろそろ落ち着いてもいいでしょ？」

「そう思ってるんだが、どこかにおれの理想通りの女がいるかもしれないじゃないか」

「呆《あき》れた！　まだそんなことを言ってるんですかっ。智沙さんがかわいそうだわ」

「八神は平気なのか、おれが智沙と結婚してもさ」

「わたしたちは単なる相棒でしょ？　どうしてそういう発想になるのかしら？　ちょっとイケメンだからって、自信過剰なんじゃありません？」

佳奈がステアリングを捌《さば》きながら、真顔《まがお》で言った。呆れ顔だった。

「八神は、やっぱりお嬢《じょう》だな。ちっとも擦《す》れてない」

「冗談だったんですか？」

「もちろん、そうだよ。おれは、そこまでうぬぼれが強くないって」

「そうだったのか」

「ちょっと残念だったか？」

「いい男が二枚目ぶると、もろ厭味になりますよ」

「八神は、まだ冗談のキャッチボールが下手だな。ま、仕方ないか。そっちは社長令嬢だからな」

「わたしは、ただの洋菓子屋の娘です。お嬢と呼ばないでって、班長と風見さんに何度も言ったはずですっ」

「大人の女がそんなことで、むきになるなって。もっともそういうガキっぽさを留《とど》めてる八神も悪くない。なんか話が逸《そ》れたが、おふくろさんが亡くなった直後に智沙と結婚するのは、なんかスタンドプレイっぽいだろ？　おれは、それが厭なんだよ」

「風見さんは自意識過剰ですね。好きな相手が悲しみに打ち沈んでるから、ずっとそばにいてあげたいという思いが強まって、結婚する気になった。それでいいじゃありませんか。物事はシンプルに考えたほうがいい気がするな」

「そうなのかもしれない」

風見は口を結んだ。

会話が途絶《とだ》えた。それから数分後、田畑航平の自宅に着いた。建売住宅だろう。同じような造りの二階家が通りの両側に並んでいる。敷地は五十坪そこそこだろう。その横には、スポーティーな自転車が見えた。中学生のひとり息子の自転車だろう。

田畑宅のガレージには、白っぽいアリオンが駐《と》められている。その横には、スポーティーな自転車が見えた。

「マイカーが車庫に入ってるから、田畑瑞穂は自宅にいるだろう」

風見は先にスカイラインから出た。佳奈が素早く車を降り、門柱に走る。インターフォンを響かせると、失踪者の妻が応答した。

「どちらさまでしょう？」

「警視庁の者です。滝沢修也さんの事件の再捜査にご協力いただきたいんですよ。わたし、八神と言います。ご主人の失踪と一月十三日の事件はリンクしてるかもしれないんですよ」

「そうなんですか。いま、そちらに行きます」

「わかりました」

佳奈が少し門扉《もんぴ》から離れた。

ほどなく玄関ドアが開けられ、田畑の妻が現われた。三十九歳のはずだが、幾分、老《ふ》けて見える。心労で、やつれているのか。

風見は警察手帳を見せ、姓だけを名乗った。相棒も警察手帳を呈示した。

二人は、階下のほぼ中央にある居間に請《しょう》じ入れられた。風見は相棒と並んで布張りのリビング・ソファに坐った。

瑞穂が手早く三人分の緑茶を淹《い》れ、佳奈の正面に腰を下ろした。

「こちらに伺《うかが》う前に永福町の滝沢さん宅にお邪魔したんですよ。ご主人が去年の十二月二十八日に近くの書店に行くと言って出かけたまま、消息がわからなくなったことは間違いないんですね？」

風見は、まず確かめた。

「はい、その通りです。普段着でふらりと外出したんで、たいしてお金は持ってなかったと思います。携帯は持って出かけたんですが、数時間後には電源が切られてました」

「田畑さんは実際に近くの書店に行かれたんですか？」

「ええ、それは間違いありません。夫の帰りが遅いんで、わたし、携帯に電話してみたんです。でも、電源が切られてたんで、本屋さんに行ってみたんですよ」

「ご主人は書店に何時ごろまでいたんだろうか」

「夫は単行本を一冊買って、午後六時四十分ごろに書店を出たと店長が証言してくれました。ですけど、その後の足取りがふっつりと……」

「そうですか。失礼ですが、ご夫婦の間で何かトラブルは？」

「特にありませんでした。田畑がわたしには何も言わないで半年前に『現代公論』に内部告発めいた原稿を実名で寄せたときは、自殺行為だと夫を詰《なじ》りましたけど、そのことが痼《しこ》りにはならなかったと思います。田畑は曲がったことが大嫌いな性格で、損得なんか考えないんですよ」

「熱血派のキャリア官僚だったようですね？」

「ええ、その通りです。うまく立ち回っていれば、審議官留《ど》まりではなく、事務次官になれたかもしれないのに」

「持ち前の正義感を棄《す》てることができなかったんで、政財官界の黒い関係を暴く気になったんでしょう」

「そうだったようです。夫は経産省の先輩キャリアたちの不正を表沙汰にしたんで、裏切り者と敵視されてしまったんです。相手の方たちの名はイニシャルにしてあったんですが、関係者なら、すぐに誰かわかりますんでね。槍玉《やりだま》にあげられた元上司たちは慌てたでしょうし、田畑に憎しみを感じたはずです」

「田畑さんは『現代公論』に寄稿して、すぐに降格されたんでしょうか？」

佳奈が話に割り込んだ。

「ええ、そうです。審議官からメディア・コンテンツ課の課長補佐に格下げになったんですよ。しかも、ろくに仕事も与えられなかったそうです。その上、有形無形《ゆうけいむけい》のいじめを受けたらしいんです。それだから、田畑は三カ月前に辞表を書いたんですよ」

「エリート官僚だったご主人がそんな扱いを受けたら、腐ってしまいますよね？」

「夫はキャリアでしたが、さほど出世欲はなかったんですよ。官僚仲間には末は事務次官だと言われてましたが、当の本人は経産省の事務方のトップになりたいなんて思ってなかったんです。ただね、元上司や元同輩たちの陰険な仕返しには耐えられなくなったんでしょう」

「そうなんでしょうね」

「まだ息子は中学生なんで、子育てが終わってるわけではありませんけど、田畑は依願退職する気になったんです。わたしは反対しませんでした。夫が心を病《や》むようなことになったら、後悔するでしょうからね」

「賢明な選択だったと思います」

「ええ、そうですよね。退職してから田畑はすぐに求職活動をしたんですが、もう四十三ですから、なかなか働き口は見つかりませんでした。年齢がネックになったということよりも、内部告発じみたことをしたんで、各企業から危険人物と見られて敬遠されたんでしょう」

「そうなのかもしれませんね」

「だけど、夫は少しも悲観してませんでした。妻子を養うぐらいはできるだろうと楽観してたんですよ。それに働き口が見つからなかったら、滝沢修也さんがブレーンとして雇ってくれると言ってくれてたらしいんです」

「そうだったんですか。ご主人は滝沢さんとあるパーティーで知り合って、たちまち意気投合したようですね？」

「ええ。田畑は気骨のある滝沢さんを尊敬し、自分の目標にしてたんですよ。二人は同志意識を持ってたんだと思います」

瑞穂が言って、二人の来訪者に茶をすすめた。風見は日本茶で喉を湿らせてから、田畑の妻に語りかけた。

「あなたのご主人と殺された人気コメンテーターは協力し合って、私利私欲に走ってる政治家、財界人、高級官僚たちを告発することになってたんじゃありませんか？」

「具体的なことはわかりませんが、夫は国家を私物化してる権力者や実力者を叩き潰《つぶ》さなければ、この国は再生できないと口癖のように言ってましたね。多分、滝沢さんも同じことを考えてたんでしょう」

「田畑さんが去年の十二月二十八日に失踪し、一月十三日には滝沢修也氏が殺害された。二つの事案《じあん》は、つながってると思われます」

「わたしも、そんな気がしてきました。刑事さん、経済産業省の事務次官の布施隆幸《ふせたかゆき》さんのことを少し調べていただけませんか。布施事務次官は大企業の増資や吸収合併の情報をキャッチすると、身内に株のインサイダー取引をさせて、総額で一億五千万円以上の売却益を得たらしいんですよ」

「その話が本当だとしたら、金融商品取引法違反です。立件されれば、経産省のトップは失脚しますね」

「布施事務次官は半導体大手が別の同業メーカーと経営統合すると知って、母方の従弟《いとこ》にインサイダー取引をさせ、たった二カ月で約三千万円の売却益を手にしたそうです。さらに同じ方法で、総額一億五千万円以上の売却益を得たらしいの。夫は、そのインサイダー取引疑惑のことを『現代公論』に書いたんです」

「そうした不正の証拠をご主人は押さえてたんでしょうね？」

「わたしもそう思ったんで、夫が失踪して十日目に書斎の隅々まで調べてみたんですよ。ですけど、USBメモリー、ICレコーダーのメモリー、デジタルカメラなどはそっくり消えてました」

「空き巣に入られたことは？」

「そういうことはありません」

「なら、インサイダー取引の立件材料は滝沢氏に預けたとも考えられるな」

「あっ、そうですね」

「その件は、こちらで調べてみましょう。布施事務次官のほかに、田畑さんが内部告発した人物はいます？」

「資金協力課課長の高城茂久《たかぎしげひさ》さんはインフラ輸出関連企業に袖の下を使わせて、贅沢《ぜいたく》な暮らしをしてるようですよ。キャリアのひとりらしいんですが、プライドの欠片《かけら》もないと田畑が軽蔑してました」

「奥さん、ご主人が寄せた内部告発文は『現代公論』の何月号に掲載されたんです？」

「掲載誌を十部買いましたんで、一冊差し上げます。経産省のキャリア官僚たちが国会議員たちとも不適切なつき合いをしてることもペンで暴いてるんで、じっくりと読んでみてください。もしかしたら、書かれた政官財人の中に滝沢さんを殺害して、田畑を拉致《らち》した犯人がいるかもしれませんので」

瑞穂が立ち上がって、別室に移った。

「滝沢宅に引き返して、田畑さんから何か預かってないかどうか訊いてみましょうよ」

佳奈が小声で言った。

「それは電話で問い合わせれば済むことだろう」

「あっ、そうですね」

「『現代公論』の告発文を読んで、気になる人物を二班で手分けして少しマークしてみよう」

風見は、残りの緑茶を一気に飲み干した。

2

期待外れだった。

風見は相棒と肩を並べて武蔵野署を出た。田畑宅を辞去した後《あと》、二人は所轄署に立ち寄った。元キャリア官僚の捜索願は間違いなく出されていた。

地元署員は何日か費《つい》やして、田畑航平の足取りが消えた書店の周辺で聞き込みを重ねたらしい。だが、目撃情報は得られなかったという。その後、失踪者の友人や知人にも当ったそうだが、何も手がかりは得られなかったという話だった。

「人手が足りないことはわかりますが、所轄署がもう少し動いてくれてたら、何かヒントを得られてたかもしれないんですよね」

相棒が残念そうに呟《つぶや》いた。田畑宅を辞した直後、彼女は滝沢七海に電話をしていた。未亡人は、亡夫が田畑航平から何かを預かった様子はうかがえないと答えたらしい。

嘘ではないだろう。七海が事実を隠す理由はない。

「譲ってもらった『現代公論』の田畑の寄稿文を読んで、おれは布施事務次官が最も臭いと感じたよ」

「わたしも同じです。布施は経産省の事務方のトップでありながら、身内に株のインサイダー取引をさせ、総額で一億五千万円以上の売却益を得てたんですからね」

「そうだな。堕落したキャリア官僚と言ってもいいだろう」

「ええ。大学の先輩だと思うと、恥ずかしいわ。布施事務次官の次に怪しいのは、資金協力課課長の高城茂久、四十七歳だわね。インフラ関連企業に便宜《べんぎ》を図ってやるからと言って、賄賂《わいろ》を暗に要求してたわけですから。ううん、実際に数社から金品を受け取ってたんでしょう。田畑航平はイニシャルにしてますけど、確信ありげに告発してましたからね」

「そうだな。三番目に疑わしいのは、民友党《みんゆう》の衆議院議員の大槻登《おおつきのぼる》、六十四歳だね。大槻は閣僚経験者で、経産省の族議員のひとりだ」

「ええ、そうですね。大槻は経産省の新エネルギー対策課に自分の後援会の副会長を務めてる地熱発電会社を優遇してやってくれと圧力をかけつづけて、課長と補佐の奥さんを……」

「地熱発電会社の非常勤役員にしようとしたようだな。前政権を担《にな》ってた民自党《みんじ》の族議員よりも、抱き込み方が露骨だ」

「そうね。地熱発電会社は大槻代議士に根回ししてもらったお礼に当然、裏献金をしたんでしょう」

「そう思ってもいいだろう。大槻のほうは、岩尾・佐竹班に調べてもらうか」

「ええ、そうしましょうよ。それで、わたしたちは布施事務次官と高城資金協力課課長の二人に探りを入れてみましょう」

「そうするか」

二人は駐車場に足を向けた。風見はスカイラインの助手席に坐ると、すぐ岩尾に電話をかけた。スリーコールの途中で、通話状態になった。

「滝沢修也の著書を刊行した大手出版社を二社訪ねたんだが、読者の中に本部事件の加害者はいそうもないね。コメンテーターの思想はラジカルすぎるという批判的な感想文が十数通、版元に寄せられてたんだが、いずれも差出人は氏名と住所を明かしてるんだよ」

「それなら、感想文を寄せた読者はすべてシロと考えてもいいんでしょう」

「だろうね。そちらに何か進展は？」

岩尾が問いかけてきた。風見は、田畑が月刊総合誌に寄稿した告発内容を詳しく喋った。

「経産省の布施事務次官が田畑航平の失踪に関与してるんだろうか。高城という課長も疑わしいといえば、疑わしいね」

「ええ。おれと八神は、布施と高城に探りを入れてみますよ。岩尾さんたち二人は、国会議員の大槻登を調べてもらえますか」

「わかった。成島さんには、わたしから中間報告をしておこう」

岩尾が電話を切った。すぐに佳奈が口を開いた。

「特に岩尾・佐竹班には、収獲はなかったようですね？」

「そうらしい」

風見は、岩尾との遣《や》り取《と》りを手短に伝えた。

「テレビの視聴者や本の読者の中に本部事件の容疑者はいないと考えてもよさそうですね？」

「ああ。コメンテーター殺しと田畑の失踪はつながってそうだから、視聴者や読者はシロだろう。八神、経産省に向かってくれ」

「はい」

美人警視が覆面パトカーを走らせはじめた。

霞が関にある経済産業省に着いたのは、午後四時数分前だった。風見たちは一階の受付で身分を告げ、布施事務次官に面会を求めた。

あいにく会議中とのことだった。資金協力課課長の高城茂久は面会に応じてくれた。ロビーで数分待つと、高城課長がエレベーターのケージから出てきた。

いかにも切れ者といった印象で、縁なしの眼鏡をかけていた。佳奈が警察手帳を見せ、来意を告げた。

「元審議官のことですか。ロビーでは目立ちますんで、外で話をしましょう」

高城は言うなり、さっさと歩きだした。風見たちは高城に従った。

高城が立ち止まったのは、本省舎の裏だった。人の姿はなかった。

「寒いのに外に連れ出して、申し訳ない。他人《ひと》に見られたくなかったんでね」

「警視庁の風見です」

「お二人は、田畑航平の行方を追ってるのかな？」

「ええ。失踪者が『現代公論』に寄稿した文章で、高城さんにお目にかかる気になったんですよ」

「やっぱり、わたしとわかっちゃいましたか。そうだよね。わたしのことはTというイニシャルで書かれてたが、資金協力関係の中間管理職と記《しる》してあったから。当然、察しはつくよな」

「ええ。ストレートに訊きます。告発文に書かれてたことは？」

「でたらめですよ。事実ではないんだ。わたしがインフラ関連企業に何か餌《えさ》をちらつかせて、袖の下を使わせてる疑いがあるなんて中傷です。デマゴギーだ。事実無根なんだよ」

「そうなら、名誉毀損《きそん》で訴える気になるんじゃないですか？」

「そうするつもりだったんだ。それで、知り合いの弁護士に相談したんですよ。しかし、実名で中傷されたわけじゃないから、告訴しても裁判が長引くだろうって言われたんだよ」

「それで、泣き寝入りすることになったわけですか」

「結果的にはそうなるんだろうが、あいつを、田畑航平を赦《ゆる》したわけじゃない。彼は審議官までスピード昇格したけど、キャリアの先輩や同輩に嫌われてたんだ。正義の使者気取りで、まず我々キャリアが襟《えり》を正して一般公務員に範を示すべきだと主張し、政治家や財界人と無防備に接触しないようにしようと言い回ってたんだ」

「エリート役人たちが政治家や大企業と癒着してた事例は少なくないでしょ？」

「それは過去の話さ。いまの霞が関の官僚たちは、どこの省も特定の国会議員や企業と親しくしてませんよ。汚職に巻き込まれたら、一生を棒に振ることになるからね」

「その通りなんですが、毎年、収賄容疑で検挙されるキャリア官僚がいます。偉くなった役人は結構な俸給を得てますが、大企業の重役のように接待交際費をたっぷりと使えるわけじゃない。男なら、金や女に弱いもんでしょ？」

「そういう人間もいるかもしれないが、わたしは何も疚《やま》しいことはしてないっ」

「そう興奮なさらずに……」

風見は微苦笑した。

「おたくがおかしなことを言いだしたから、むっとしたんだよ」

「後ろめたさがなかったら、何も感情的になることはないでしょ？」

「わたしをまだ疑ってるのか⁉ きみ、無礼だぞ」

「高城さん、冷静になってください」

佳奈がなだめた。

「わ、わかったよ」

「田畑さんが去年の十二月二十八日の夕方から行方がわからなくなってることは、ご存じでしょ？」

「噂で、そのことは聞いてたよ。田畑は『現代公論』に根も葉もないデマや中傷を書いたんで、降格された。そのことで絶望的になって退職したものの、働き口が見つからなかった。だから、悲観的になって、厭世的《えんせいてき》な気持ちになったんじゃないのかね」

「そうだとしたら、田畑さんはどこかでひっそりと人生に終止符《ピリオド》を打ったと……」

「おそらく、そうなんだろうな」

「田畑さんの奥さんの話だと、そんな精神的に脆《もろ》い方とは思えないんですよ」

「わたしもそうだが、エリート・コースを歩いてきた者は案外、挫折《ざせつ》に弱いんだ。だから、あの男も生きる気力を失ったんだろうね」

「でも、まだ息子さんは中学生なんですよ。奥さんや子供を遺《のこ》して、自分だけ命を絶《た》つなんて無責任でしょ？　硬骨な熱血漢が、そんなことはしないんじゃないかしら？」

「そうだろうか」

「田畑さんは何者かに拉致《らち》されて、どこかに監禁されてるとは考えられませんか？」

「誰がなぜ、そんなことをしなきゃならないんだ？」

「田畑さんの告発文は単なるデマや中傷ではなかったんではありませんかね？　そう考えれば、田畑さんが急に行方不明になったことの説明がつきます」

「きみまで、わたしを犯罪者扱いするのかっ。わたしはインフラ関連企業から金品を貰ったこともなければ、高級クラブや料亭で接待された覚えはない。ああ、ただの一度もないよ」

「布施事務次官はどうなんでしょう？」

「事務次官は本省のトップなんだぞ。血縁者が株のインサイダー取引で一億五千万円以上も儲けたなんて話は、絶対に嘘っぱちさ。そんなばかなことをさせるわけないよ」

「そうなら、布施事務次官は田畑さんを告訴しそうですけど、裁判沙汰にはしてないんでしょ？」

「あまりにばかばかしいんで、告訴する気になれなかったんだろう」

「高城さん、ちょっと待ってください。告発内容が事実無根なら、事務次官は著《いちじる》しく名誉を傷つけられたわけですよ」

「そうだが、わたしと同じように布施さんは実名を出されたわけじゃないからね」

「しかし、経産省に事務次官はひとりしかいない。F氏が布施さんだと誰にもわかるはずです」

風見は、相棒よりも先に口を開いた。

「そうなんだが、大物官僚だから、中傷なんかで腹を立てることはなかったんだろう。だから、まともに取り合わなかったんだと思うね」

「そうなんでしょうか。告訴したら、東京地検特捜部はインサイダー取引の件を調べることになる。事務方のトップは、それを恐れたとも考えられるな。意地の悪い見方をすればね」

「おたくは、経産省《うち》のトップまで犯罪者扱いするのかっ」

「そうじゃありませんよ。そういう可能性がゼロではないと言いたかっただけです。それはそうと、資金協力課で灰色のエルグランドを使ってませんか？」

「使ってないよ、エルグランドなんか」

「そうですか」

「何か含みがありそうだな。どういうことなのか、はっきりと説明してくれ」

「いいでしょう。経産省所有のエルグランドに乗ってた男が我々の聞き込み先に現われて、捜査車輛を尾《つ》けてたんですよ。ひょっとしたら、尾行者はあなたの部下かもしれないと思ったんですがね」

「わたしが、なんで警察の動きを気にしなければならないんだ⁉　くどいようだが、わたしはインフラ輸出関係企業から袖の下を使われたことなんか一遍《いっぺん》もないっ」

「そう言ってましたね。エルグランドの男は誰の指示で、こちらの動きを探ってたんだろうか」

「そんなこと、わたしは知らんよ。もういいね！」

高城は風見を睨《にら》みつけ、庁舎の出入口に回り込んだ。

「怒らせちまったな」

「風見さん、揺さぶり方が際《きわ》どすぎましたよ。わたし、ひやひやしました。エルグランドの男は、高城課長の部下ではなさそうですね。空とぼけてる感じじゃありませんでしたから」

「そうだったな。事務次官の布施がおれたちの動きを昔の部下にでも探らせたのかもしれないな」

「そうなんでしょうか。高城茂久は収賄の件は中傷だと言い張ってましたけど、風見さんの心証は？」

「田畑航平が単に個人攻撃をしたくて、『現代公論』に告発文を寄せたとは思えないな」

「ええ、そうでしょうね。ということは、収賄の疑いはあるわけか」

「仕事帰りの高城を尾行してみよう。その前に、また事務次官に面会を申し入れてみようや」

「もう会議は終わったかしら？」

「それを祈ろう」

風見は先に歩きだした。すぐに相棒が従《つ》いてくる。

二人は建物を回り込み、受付に歩《ほ》を運んだ。ふたたび事務次官に取り次《つ》いでもらう。少し前に会議は終わったらしい。

風見は佳奈とエレベーターで最上階に上がり、事務次官室をノックした。男性秘書が応対に現われた。コンビは、それぞれ警察手帳を呈示した。

「あちらにお掛けください」

四十代半《なか》ばの秘書がソファ・セットを手で示した。風見たちは一礼し、ソファに歩み寄った。

布施隆幸は窓を背にして、大きな執務机に向かっていた。

「警視庁の風見です。連れは八神といいます。貴重なお時間を割《さ》いていただいて、ありがとうございます」

「去年の暮れに武蔵野署の方が経産省《うち》に来たらしいが、まだ田畑君の消息はわからないようだね？」

「そうなんですよ」

風見は短く応じた。布施が机から離れて、ゆっくりと歩み寄ってくる。紳士然としているが、どこか冷たい感じだ。

「ま、掛けましょう」

「はい」

風見たち二人は、布施がソファに腰を沈めてから着席した。例によって並んで坐った。

「日本茶でよろしいですか？」

秘書が事務次官に声をかけた。

「いや、茶の用意はしなくてもいいよ」

「しかし……」

「いいから、きみはちょっと席を外してくれ」

布施がうっとうしげに言った。高級官僚の尊大さが感じられた。秘書が目礼し、事務次官室から消えた。

風見は相棒に目配せした。佳奈が黙ってうなずき、バッグから『現代公論』を取り出した。

布施が顔をしかめた。風見は、それを見逃さなかった。

「田畑君は、心のバランスを崩してしまったんだろうな。その総合月刊誌に寄稿して、悪意に満ちた文章ばかり発表したんだから。わたしが親類の者に株のインサイダー取引をさせて、大変な額の売却益を得たなんてもっともらしく書いてる。総額で一億五千万以上も儲けたんだったら、わたしはリタイアしてるよ。退職金をプラスすれば、悠々自適の生活ができるからね」

「書かれてることは、まったくのでたらめなんですか？」

「もちろんだよ。きみは、風見さんだったね？」

「そうです」

「きみも公務員だから、わかるだろう。事務次官は事務方のトップだよ。ここまで登り詰めた人間が汚職で自らの破滅を招くと思うかね？　仮に停年後、関連特殊法人に天下《あまくだ》りしなくても、わたしは複数の民間企業から役員にならないかと誘われるだろう」

「でしょうね」

「さっきの話と矛盾するが、一億五、六千万の金は退職後に楽に稼げるよ。不正な手段で金を得る必要はないんだ。そうだろう？」

「そうですが、ご家族に知られたくない金が必要だったら、インサイダー取引でまとまった売却益を得たいと考えるかもしれません。たとえば、若くて美しい愛人を囲ってパトロン気分を味わいたくなったりしたらね」

「わたしをそのへんの成金《なりきん》どもと一緒にしないでくれ。そもそも女に狂う年齢《とし》じゃないよ」

「まだ五十四なら、男盛りでしょ？　そういう気分になっても、別に不思議ではないと思いますがね」

「そんな俗物じゃないよ、わたしは」

「それでは、うかがいます。田畑航平が暴いた告発内容が中傷やデマの類《たぐい》なら、なぜ布施さんは元審議官を告訴なさらなかったんです？」

「わたしは田畑君が審議官になるまで、目をかけてたんだ。大学の後輩で同じ有資格者《キャリア》だということもあるが、一本筋が通ってたからね。だから、彼を高く評価してたんだよ」

「そうですか」

「しかし、田畑君は審議官になってから、判事のように他者を裁《さば》くようになってしまった。彼は根が真面目なんだが、親の遺産で少し贅沢《ぜいたく》をするようになった先輩や同僚が賄賂を受け取ってると疑いはじめた。なんの証拠もないのにね」

「寄稿した内容は、すべて中傷に過ぎないとおっしゃるわけですか？」

「わたしに関する記述は、事実無根だよ。それから高城資金協力課課長の件も、同じだろうね。高城君がインフラ輸出関連企業から金品を貰ってたなんて考えられない。彼の奥さんは、資産家の娘さんなんだ。義理の父母が亡くなったら、細君には五、六億円の遺産が入るはずなんだよ」

「しかし、それは先の話でしょ？　いま、リッチな暮らしをしてるわけじゃありませんよね？　若いときに遊んでこなかった男は、中年になって女に狂いやすいもんです。高城課長に不倫相手ができたら、金が欲しくなるでしょ？」

「高城君は、女にうつつを抜かすような男じゃないっ」

布施が反論した。言い返しかけたとき、相棒の佳奈が空咳《からぜき》をした。

揺さぶり方がまずいというサインだろう。風見は佳奈に発言を譲った。

「事務次官のおっしゃる通りでしたら、田畑さんはなんで自爆テロみたいなことをしたんでしょうか？　わたし、それがどうしてもわからないんですよ」

「田畑君は自分は事務次官にはなれないかもしれないと捨て鉢になって、順調に昇進してるキャリアたちを引きずり下ろしてやれと考え、でたらめな告発文を発表したんじゃないだろうか。多分、そうなんだろう」

「そうなんでしょうか。田畑さんと親しくしてた同僚がいたら、ご紹介いただけませんかね？」

　佳奈が頼んだ。

「田畑君に心を許してた元上司や同僚はいないと思うな。さっき言ったように彼は審議官になってから、別人のように他人に厳しくなったからね。そのころから、田畑君はみんなに嫌われてたんだよ」

「そうなんですか」

「悪いが、この後、経産大臣と会わなきゃならないんだ。申し訳ないが、もう引き取ってくれないか」

　布施がどちらにともなく言って、ソファから立ち上がった。風見たちは礼を述べ、事務次官室を出た。

「高城と布施の両方が告訴してないことが引っかかるな」

佳奈が歩きながら、低く言った。

「そうだな。とにかく、まず高城の私生活を探ってみよう」

「了解！」

「張り込み開始だ」

風見は足を速《はや》めた。

3

見通しは悪くない。

職場から出てくる男女職員の姿がはっきりと見える。といっても、人影は疎《まば》らだった。

間もなく午後七時になる。

風見は調理パンを頬張りながら、経済産業省の出入口に視線を向けていた。スカイラインの車内だ。飲みかけの缶コーヒーを手にしている。

事務次官の布施は、運転手付きの公用車で午後五時四十分ごろに職場から去った。

「高城課長、なかなか出てきませんね」

ハム・サンドを食べ終えた佳奈が言った。少し焦《じ》れている様子だった。

「八神、ゆったりと構えてろ。焦れると、ろくなことにならない。おれは刑事になりたてのころ、長時間の張り込みに焦れて、つい張り込み先の建物に近づいちまった。それで、マークしてた対象者《マルタイ》に張り込んでることを覚《さと》られてしまったんだ。先輩にこっぴどく叱られたよ」

「そんなことがあったんですか」

「ああ。徹夜の張り込みにはならないだろうから、そう焦るなって」

「はい」

「それにしても、侘《わび》しい夕飯だよな。調理パンをぱくついて、缶コーヒーを喉に流し込む。毎日、張り込みがつづいたら、確実に栄養失調になるだろう」

「ええ、そうですよね。特命指令が下ってなかったら、いまごろは智沙さんの手料理をおいしく食べてたんじゃありません？」

「おふくろさんの納骨が済むまでは、本格的な料理をする気にはなれないだろう」

「あっ、そうでしょうね。風見さん、智沙さんに電話したほうがいいんじゃないですか？」

「そうだな」

風見は缶コーヒーを空《から》にすると、覆面パトカーを出た。

寒気が厳しい。体を丸めながら、スカイラインから四、五メートル離れる。

風見は私物のモバイルフォンで、智沙の携帯電話を鳴らした。

コールサインが虚《むな》しく響いているだけで、なかなか通話状態にならない。風見の胸を不吉な予感が鳥影《ちょうえい》のように掠《かす》めた。智沙は心労で倒れてしまったのか。

不安が募《つの》ったとき、電話がつながった。

「待たせて、ごめんなさい」

智沙の声は、涙でくぐもっていた。

「泣いてたんだな?」

「母さんの遺影を見つめてたら、泣けてきちゃって。さんざん涙を流したのに、また悲しくなってしまってね」

「智沙、何か喰《く》ったか?」

「朝、トーストとフルーツ・ヨーグルトを食べたきりよ。お昼に冷凍の海老ピラフをこしらえたんだけど、とても食べる気になれなかったの」

「無理にでも、ちゃんと飯を喰わなきゃ駄目だよ。何か好きな物を腹一杯食べて、早目に寝《やす》め。おれは夕飯を喰ったから、何も用意しなくてもいい」

「そう。まだ帰れないんでしょ？」

「いま張り込み中なんだ。なるべく早く智沙の家に戻るよ。とにかく、腹を満たすんだ。そうすれば、少し元気になれるだろうからな」

「食欲がないの」

「それでも何か喰ったほうがいいな。そして、とにかく睡眠をたっぷりと取るんだ。いいね？」

「ええ、そうしてみる」

「智沙、おふくろさんの納骨が済んだら、結婚しよう」

風見は我知らずに口走っていた。

「竜次さんにそう言ってもらえて、わたし、とても嬉しいわ。でも、そんなに気を遣《つか》わないで。あなたに無理をさせたくないの」

「無理なんかしてない。おれは、本当にそうしたいと思ってるんだ」

「いまの言葉で充分よ。結婚のことは、もう少し先でいいの。悲しみがもっと薄れてからでないと……」

智沙が声を詰まらせた。

「思いっきり泣けよ。おふくろさんを亡くして間がないんだから、子供のように大泣きすればいいんだ」

「ううん、違うの。いまのは嬉し泣きよ。竜次さんに大事にされて、わたし、幸せだと思ったら、胸の奥が急に熱くなってしまったの」

「そうだったのか。智沙、本当に先に寝んでてくれな」

風見は終了キーを押した。私物のモバイルフォンを上着のポケットに仕舞《しま》ったとき、成島班長から電話がかかってきた。

「少し前に岩尾君から報告があったんだ。民友党の大槻代議士は平河町《ひらかわちょう》の自分の事務所の近くにあるスタンド割烹《かっぽう》で、地熱発電会社『エコ・アース』の代表取締役社長の夫馬幹《ふまみき》彦《ひこ》、五十六歳と会食中らしいよ」

「そうですか」

「夫馬社長は大槻議員の事務所を訪ねた際《さい》、青いビニールの手提《さ》げ袋を持ってたそうだ。だいぶ重そうだったらしいから、中身は札束と思われる」

「裏献金を届けたのかもしれませんね」

「その疑いはあるな。色男、それからな、こっちは『エコ・アース』の役員名簿をチェックしてみたんだよ。そうしたら、経産省新エネルギー対策課課長と課長補佐の女房がそれぞれ非常勤役員になってた」

「そうですか」

「族議員の大槻の圧力に屈《くっ》して、課長と課長補佐は抱き込まれ、『エコ・アース』を優遇することになったんだろう」

「その見返りとして、課長と課長補佐の妻は『エコ・アース』の非常勤役員にしてもらった。そして、多額の年俸を得てるんだろうな」

「そっちの言った通りなんだと思うよ。消息不明の田畑航平はそうしたことを、殺害された滝沢修也と一緒に何らかの形で暴くつもりだったんじゃないのかね？」

「そう考えれば、大槻議員、夫馬社長、新エネルギー対策課課長、課長補佐の四人は元キャリア官僚の失踪と人気コメンテーターの死に関与してる疑いがあるわけだな」

「ああ、そうだね。四人の中で最も疑わしいのは衆議院議員と地熱発電会社の社長だな。経産省の課長と課長補佐にも犯行動機はあるわけだが、中間管理職だからね。大物とは言えない」

「そうですね。二人の役人も収賄の事実が明るみに出たら、懲戒免職になって、有罪判決が下《くだ》される。だけど、国会議員や会社経営者と較《くら》べたら、ダメージは小さい」

　風見は言った。

「そうだな。だから、課長と課長補佐は田畑の失踪や滝沢殺しには関与してるとは考えにくいね」

「ええ。汚職が暴かれたら、大槻代議士と夫馬社長は再起は難しくなるだろうな。となると、どちらかが怪しいわけか」

「閣僚まで務めたことのある大槻のほうが疑わしいんじゃないのかね？　夫馬社長よりも、失うものがでっかいからな」

「おれも、国会議員のほうが怪しい気がします」

「そうか。岩尾・佐竹班には、大槻議員をマークさせよう。ところで、そっちのほうはどうだい？　事務次官と資金協力課課長は、まだ職場にいるのか？」

成島が問いかけてきた。

「事務次官の布施は夕方、公用車で職場を後《あと》にしました。必要なら、明日、事務次官に張りつきますよ。いまは、高城課長が出てくるとこを待ってるんです」

「そうか。相手に気づかれないよう尾行してくれ」

「了解！」

「今夜は高城の動きを探るだけにして、早めに根上さんの家に戻ったほうがいいな」

「そうするつもりです」

風見は通話を切り上げ、覆面パトカーの中に戻った。ドアを閉め、成島班長から聞いた話を佳奈に伝える。

「大槻代議士が確かに最も臭《くさ》いですね。国会議員が田畑航平が滝沢修也に預けた可能性があるUSBメモリーやICレコーダーのメモリーなんかを犯罪のプロか誰かに奪わせたんでしょうか？」

「そうなのかもしれない。ひょっとしたら、滝沢宅に空き巣に入った奴がコメンテーターの洋服や靴と一緒に汚職の証拠を盗み出したんじゃないかな？」

「それ、考えられますね。いま、ふと思ったんですけど、元AV女優の相場くららは大槻議員の愛人なんじゃないのかしら？」

「八神、冴《さ》えてるじゃないかと言いたいとこだが……」

「違いますかね？」

「『鳥居坂スターレジデンス』の居住者のひとりは、月に何度か五十代の正体不明の男が元AV女優の部屋を訪ねてたと証言してる」

「第一期捜査情報によると、そうでしたね」

「民友党の大槻議員は、確か六十四だ。年相応に年輪を重ねてるから、とても五十代には見えないだろう」

「でも、その男はハンチングを目深に被って、いつもサングラスをかけてたって話でしたよ」

「そうだったな」

「動作が年寄りっぽくなければ、五十代に見えるんじゃありません？」

「そうか、そうだろうな。正体不明の訪問者は、大槻登かもしれないわけか」

「ええ、まだ否定はできないと思うわ。事件後間もなく、相場くららは『鳥居坂スターレジデンス』の部屋を引き払って西麻布の別のマンションに転居してますが、近いうちにわたしたちも元AV女優に会ったほうがいいでしょうね。くららは滝沢修也と不倫の関係だと供述してますけど、それが立証されたわけじゃないんですから」

「その通りだな。おれも、相場くららは何かを隠してるような気がしてたんだ。しかし、けっこう強《したた》かな女みたいだから、正攻法では口を割らないだろう。だから、まず外堀から埋めたほうがいいと判断したんだ」

「そうだったんですか。わたし、風見さんが最初に相場くららの再聞き込みをしようと言いだすと思ってたんですよ。滝沢修也が元AV女優と不倫関係にあったとは思えなかったんでね」

「そうかな。滝沢修也も所詮《しょせん》は、ただの男だったのかもしれないぞ。くららに色っぽく迫られて、つい味な気分になったんじゃないのかね？」

「人気コメンテーターは、誰かさんとは違うと思います」

「色香には惑《まど》わされっこない？」

「ええ」

佳奈が大きくうなずいた。

「八神は、まだ男性研究が足りないな。知性派でも、男は男なんだ。セクシーな美女に裸で迫られたら、大多数の野郎はナニしちゃうよ。男の体のメカニズムを識《し》ってたら、滝沢修也を美化したり、神聖視するようなことはないんだがな」

「本部事件の被害者は、そんな野獣みたいな男性《ひと》じゃないですよ」

「八神、人気コメンテーターと一年ぐらい同棲したことがあるような口ぶりだったな」

風見は相棒を茶化した。

ちょうどそのとき、経産省の建物から高城課長が出てきた。背広の上にチャコール・グレイのウールコートを重ね、前ボタンを掛けていた。首には黒っぽいマフラーを巻いている。右手に提《さ》げているのは、黒いビジネス鞄《かばん》だ。

資金協力課課長は職場の斜め前で、空車ランプを灯《とも》したタクシーを停めた。後部座席に乗り込み、車を永田町《ながたちょう》方面に向かわせた。

「追尾します」

佳奈が覆面パトカーを走らせはじめた。一定の車間距離を保《たも》ちながら、高城を乗せたタクシーを追う。

タクシーは国会議事堂の近くで停止した。

ワンメーターの距離だった。高城はタクシーが走り去ると、黒縁眼鏡をかけてから車道の端で空車を待ちはじめた。タクシーを乗り換えたのは、誰にも行き先を知られたくないからだろう。

「ワンメーターで車を降りて別のタクシーに乗り換えようとしてるのは、疚《やま》しい場所に行くんですかね？　たとえば、不倫相手の自宅マンションか風俗店に行くとか」

相棒が車を路肩に寄せ、小声で言った。

「そう筋を読んだか。おれは、高城の行き先は銀座六丁目か七丁目にある高級クラブと見当をつけたんだが……」

「インフラ関連企業の接待を受けるんじゃないかってことですね？」

「ああ、そうだ」

風見は答えた。

そのすぐあと、高城がタクシーを拾った。タクシーはUターンし、内堀《うちぼり》通りに向かった。佳奈が車の向きを変え、タクシーを追走しはじめた。

タクシーは内堀通りをたどって、ほどなく晴海《はるみ》通りに入った。そのまま直進し、銀座四丁目交差点を通過する。

「外れだったな」

「銀座の高級クラブに接待されるんではなく、築地の料亭に招かれてるんじゃありませんかね？」

「八神の勘が正しけりゃ、ゼネコンか土木会社が一席設けたんだろうな。単にうまい酒と料理を供するだけではなく、招待主は〝お車代〟を高城に渡すつもりでいるんだろう」

「そうでしょうね」

佳奈が口を閉じた。

タクシーは築地四丁目交差点を右折した。少し先には、料亭街がある。スカイラインも右に曲がった。

タクシーは二つ目の四つ角を左折し、七、八十メートル先で停まった。黒塀に囲まれた老舗《しにせ》料亭だった。

高城がタクシーを降り、料亭の敷地内に吸い込まれた。

風見は、スカイラインを老舗料亭の手前の暗がりに停止させた。佳奈が手早くヘッドライトを消す。

風見は五分ほど時間を遣《や》り過ごしてから、車を降りた。

「接待側の名を料亭の従業員から聞き出すんですね？」

相棒が低い声で問いかけてきた。

風見は無言でうなずき、覆面パトカーのドアを閉めた。

急ぎ足で老舗料亭に向かう。打ち水でうっすらと光る玄関前の石畳に男が屈《かが》んでいた。六十年配だった。

玉石を細長い板で平らに均《なら》していた。半纏《はんてん》を羽織っている。下足番だ。

「警視庁の者です」

風見は下足番に穏やかに話しかけ、警察手帳を見せた。相手が腰を伸ばして、探るような眼差《まなざ》しを向けてきた。

「何か？」

「少し前に経産省の高城課長が入っていきましたよね？」

「は、はい」

「課長を招《よ》んだのは、大手ゼネコンなんでしょ？」

「そうしたご質問には、お答えかねます」

「老舗料亭が汚れた金の授受場所になってたとマスコミに報じられたら、困るんじゃないのかな?」

「それは……」

「あなたに迷惑はかけませんよ。捜査に協力してもらいたいな」

「わたしから聞いたと女将には絶対に言わないでくれますか?」

「ええ」

「それなら、喋ってしまいます。高城さんは、大日《だいにち》建設工業の野々村《ののむら》専務のお座敷に行かれたんですよ」

「準大手の土木建設会社だな。何回ぐらい招待されてたのかな、高城課長は?」

「七、八回ですかね」

「招かれたのは、高城課長だけなんですか?」

「ええ、そうです。高城さんのお力で、野々村さんの会社は公共事業の設備投資金を融通してもらえることになったと喜んでました」

「高城は、いつも手土産を貰ってたんだろうな」

「ええ、まあ。野々村専務は帰りしなに銘菓を高城さんに……」

「菓子箱の下には、帯封の掛かった札束が何束か入ってたんだろうな」

「そうなんですかね」

「あなたも察しはついてたはずだ」

風見は薄く笑った。下足番がにたつく。

「ここを出た後、高城は何人かの社員と一緒に銀座に繰《く》り出してるんでしょ？」

「いいえ、いつも高城さんは六本木の秘密カジノに行かれてるようですよ。課長はギャンブルがお好きなんだな」

「高城はギャンブル資金を大日建設工業から引っ張って、派手な賭け方をしてるんだろうな」

「さあ、どうなんですかね？　そうだったとしても、野々村専務の会社は総工費何百億円かの公共事業を落札できたようだから、損はしないんでしょう」

「だろうね。協力に感謝します」

風見は言って、下足番に背を向けた。六本木の秘密カジノを突き止めたら、きょうの捜査は打ち切るつもりだ。

風見は老舗料亭を出ると、覆面パトカーに駆け寄った。

4

朝食の用意が調《ととの》った。

といっても、二人分のフレンチ・トーストを作り、ハム・エッグスとフルーツ・サラダをついでにこしらえただけだ。経済産業省の高城課長を尾行した翌朝である。八時を回ったばかりだった。

根上宅のダイニング・キッチンだ。

風見は少し早起きして、キッチンに立ったのである。智沙はまだ寝ているはずだ。

朝食を用意する気になったのは、いわば気まぐれだった。それでも、悲しみに打ち沈んでいる智沙に余計な負担をかけたくないという気持ちもなくはなかった。

風見はコーヒーを沸《わ》かしはじめた。

サイフォンが湯気を吐き出したころ、智沙がダイニング・キッチンに入ってきた。ガウン姿ではない。普段着をまとい、薄化粧をしていた。

「キッチンで何か物音がすると思ってたら、朝食を作ってくれてたのね」

「起こしちゃったか。ちゃんとした家庭料理なんか作れないから、これで我慢してくれ」

「フレンチ・トースト、作れるんだ？　昔の彼女に作り方を教わったみたいね」

「実家にいたころ、おふくろがよくフレンチ・トーストをおやつにこしらえてくれたんだよ。それで、自然と作り方を覚えちゃったんだ」

「そういうことにしておきましょうね」

「本当だって。昨夜《ゆうべ》は、ぐっすりと寝てたな。眠れてよかったじゃないか」

「竜次さんに言われたようにお腹一杯に食べたら、だんだん瞼《まぶた》が重くなってきちゃったの。竜次さんがいつ横になったのか、まったくわからなかったわ」

「ああ、目を覚まさなかったな」

「わたし、鼾《いびき》をかいてなかった？」

「軽い寝息をたててただけだよ」

「そう」

「食べよう」

風見は智沙をダイニング・テーブルにつかせ、二つのマグカップにコーヒーを注いだ。

二人は差し向かいで朝食を摂《と》りはじめた。風見は暗い話題を避け、意図的《いとてき》におどけた。

肉親を喪《うしな》った悲しみは深い。しばらく喪失感は消えないだろう。しかし、死者が蘇《よみがえ》ることはない。時間をかけて、悲しみを薄らげるほかは術《すべ》がないのではないか。

「このフレンチ・トースト、とってもおいしいわ。これから毎朝、竜次さんに作ってもらおうかな」

「作ってもいいが、糖分摂りすぎで腰のくびれがなくなっても困るだろうが？」

「ええ、そうね。フルーツ・サラダの彩《いろど》りのバランスもいいわ。これも、お母さん仕込みなの？」

「それは、テレビの料理番組で覚えたんだよ」

「うまくごまかしたわね。うふふ」

「切り方が下手だから、アボカドの厚みが均等じゃなくなっちゃったんだ」

「ううん、これで上出来よ。わたしだって、同じ厚みには切れないもの」

「智沙は優しいんだな。惚れ直したよ」

「ありがとう。支援捜査のほうは、うまく進んでる？」

「大きな手がかりはまだ摑んでないんだが、第二期で落着させなきゃな」

「大変だろうけど、頑張ってね。わたし、滝沢修也のファンだったの」

智沙がマグカップを宙に浮かせながら、遠くを見るような眼差しになった。

「人気コメンテーターは男前で、ダンディーだったからな」

「外見も素敵だったけど、芯《しん》があったでしょう？　イデオロギーに囚《とら》われることなく、とことん是々非々《ぜぜひひ》主義を貫《つらぬ》いてたわ。高名な言論人でも明らかに番組スポンサーや様々な柵《しがらみ》を考えながら、何かコメントしてる。世の中のタブーに本気で斬り込む評論家、学者、ジャーナリストなんかほとんどいないでしょ？　マスコミで発言してる人たちがすべて御用文化人とは言わないけど、打算や思惑《おもわく》が透けて見えちゃう」

「そうだな。その点、滝沢修也は開き直ってたというか、命懸《が》けで言論活動をしてたって感じだった」

「ええ、そうね。漢《おとこ》の中の漢だったと言えるんじゃないかな。言論人の多くはカッコいいことを言ってるけど、腰抜けばかりだもの」

「手厳しいな。しかし、確かにその通りかもしれない。あらゆる権力や権威に楯突《たてつ》ける言論人は皆無《かいむ》に等しいからな。一部のマスコミは本部事件の被害者のことをドン・キホーテと揶揄《やゆ》してたが、勇気ある真のリベラリストだったんだろう」

「わたしも、そう思うわ。偽善者っぽいとこが全然なかったから、一層、死が惜《お》しまれるわね」

「おれの相棒の八神も、滝沢修也を高く評価してたよ」

「そう。八神さんとは一度、会釈《えしゃく》し合っただけだけど、彼女、とってもいい感じよね。東大出の警察官僚《キャリア》で女優並の美人なのに、高飛車な感じは少しもしない。竜次さんは八神さんとコンビを組んでるわけだから、彼女に心を奪われても仕方ないと思う」

「智沙、何を言いだすんだ!?　八神のことは嫌いじゃないが、彼女は相棒だぜ。異性として眺めたことなんて、ただの一度もないよ。ああ、ただの一度もな」

風見は言葉に力を込めた。智沙に心の中を見透かされているようで、にわかに落ち着きを失った。

「そんなふうにむきになると、かえって怪しいな」

「いい加減にしてくれ。八神は年の離れた妹、いや、従妹《いとこ》みたいな存在なんだ」

「竜次さんがもしも八神さんに心を移したら、わたしは潔《いさぎよ》く負けを認めるわ。それほど彼女は魅力のある女性だもの」

「きょうの智沙は、どうかしてるぞ」

「そうかな?」

智沙が謎めいた微笑を浮かべ、品よくコーヒーを飲んだ。

風見は話を逸《そ》らしたかった。しかし、あいにく適当な話題が思い浮かばない。食べかけのフレンチ・トーストを口の中に放り込む。

やがて、食事を摂り終えた。

風見は身繕《みづくろ》いをして、智沙の家を出た。今朝も寒い。最寄《もよ》りの私鉄駅に向かって百数十メートル歩くと、横に黒いスカイラインが停まった。運転席に坐っているのは、佳奈だった。

「八神、どういうことなんだ？」

風見はびっくりしながら、覆面パトカーの助手席のドアを開けた。

「色男、おはようございます」

「班長の真似してないで、わかりやすく説明してくれ」

「はい。昨夜《ゆうべ》、マークした高城茂久は世田谷区内の公務員住宅で暮らしてるんですよ」

「そうなのか」

「ええ。ここから数キロ離れてるだけです」

「ふうん」

「寒いから、とにかく車に乗ってください」

佳奈が促《うなが》した。風見は助手席に腰を沈め、ドアを閉めた。

「昨夜《ゆうべ》、築地の料亭の前で大日建設工業の野々村《ののむら》専務が高城課長に手土産を渡したとこを一眼レフのデジタルカメラで、わたし、盗み撮りしましたでしょ？　それから、高城が六本木の秘密カジノに入っていく姿も撮影しました」

「そうだったな。あの秘密カジノを仕切ってるのは明和会《めいわ》だってことは、前夜のうちに組《そ》対《たい》四課で確認済みだ。高城が大日建設工業から現金を貰ったかどうかは未確認だが、賭博の件で高城を引っ張ることはできる」

「別件で高城の身柄を所轄署に引き渡したら、回り道になるでしょ？」

「そうか、読めたぞ。八神は、きのうの夜に撮った画像で高城をすぐに揺さぶってみたいんだな？」

「そうです」

「八神も、だんだん不良刑事《デカ》になってきたな」

「わたし、風見さんに感化されちゃったんですよ」

「いい傾向だ。相棒が堅物だったら、反則技は使いにくいからな」

「オーケーですね？」

「ああ」

「では、高城茂久の自宅に向かいます」

佳奈がにっこりと笑い、捜査車輛を発進させた。きょうは、キャメルカラーのパンツ・ルックだった。薄手のタートルネック・セーターはカシミヤだろう。

「昨夜《ゆうべ》、高城が秘密カジノに入る前に声《バン》をかけるべきだったな。手土産の菓子箱の下に札束が入ってることを目認してれば、前夜のうちに高城が田畑航平の失踪に関与してるかどうかわかったんだがな」

「多少のロスは、気にしなくてもいいんじゃありませんか？　捜査よりも、智沙さんのそばにいてあげるほうが大事ですよ。お母さんを亡くされて間がないんですから」

「八神は、いい人間だな。恋敵の智沙にまで優しさを示せるんだから。女ながら、器《うつわ》がでっかいね。惚れ直したよ」

「相変わらず、言動が軽いですね」

「まだ八神はわかってないな。おれは根がシャイだから、本当の気持ちをストレートに表現できないんだよ。冗談めかしてしか、女に言い寄れないんだ。これまで知り合った女の中では、八神が一番だな。智沙はナンバーツウだ」

風見は冗談半分に言った。数秒後、相棒が急ブレーキをかけた。上体が前にのめった。

「何だよ、急に？」

「Uターンして、智沙さんの家に引き返します。それで、いま言ったことを智沙さんの前で繰り返してもらいます」

「本気かよ⁉」

「冗談です」

「驚かせやがって」

風見は口を尖《とが》らせた。佳奈が愉快そうに笑って、またスカイラインを走行させた。

「智沙さんを大事にしないと、罰《ばち》が当たりますよ。相棒をからかってないで、彼女を元気にさせることだけを考えてください」

「わかったよ。いつの間にか、八神はすっかり大人の女になってたんだな。見直したよ」

「とうに娘っ子じゃないつもりですけどね」

「そうでござえますか。これは、お見それいたしやした」

風見は道化《どうけ》て、口を噤《つぐ》んだ。

車内は静寂に支配された。スカイラインは右左折を繰り返し、十数分後に公務員住宅に到着した。マンション風の造りで、出入口は一箇所だった。

佳奈がアプローチの近くに覆面パトカーを停める。

「高城がまだ自宅にいるかどうか、わたし、確認してきます」

「この時刻なら、まだ部屋にいるだろう。ここで、高城が出てくるのを待とう。もう出勤してたら、職場に行けばいいさ。高城だって、家族にはみっともない姿を見られたくないだろう」

「そうでしょうね。では、そうしましょう」

「ああ」

二人は車内に留《とど》まった。
五、六分待つと、高城がアプローチから姿を見せた。風見は相棒に目配せして、先に車を降りた。佳奈が倣《なら》った。
風見は大股で進み、無言で高城の肩を軽く叩いた。

高城がぎくりとして、すぐに足を止めた。

「お、おたくは⁉」

「きのうの晩、築地の老舗料亭で大日建設工業の野々村専務から袖の下を使われたな？多分、菓子折の下に何百万円かの現金が入ってたんだろう」

「な、何の話かさっぱりわからないな」

「とぼけても意味ないぜ。おれたちは昨夜《ゆうべ》、あんたを尾行してたんだよ。あんたは料亭で接待を受けてから、明和会が運営してる六本木の秘密カジノに行った」

「えっ⁉」

「大日建設工業の専務から渡された金をルーレットやカードゲームに注《つ》ぎ込んだんだよな？もうわかってるんだっ」

「………」

「ここで立ち話をしてると、何かと都合が悪いはずだ。覆面パトカーに乗ってくれ」

風見は高城の片腕を摑んで、スカイラインまで歩かせた。

佳奈が小走りに駆け、リア・ドアを開ける。

風見は高城を先に後部座席に坐らせ、自分も横に腰かけた。高城は蒼《あお》ざめ、全身を小刻みに震わせていた。

佳奈が運転席に入り、すぐさまスカイラインを走らせはじめた。彼女は心得顔で車を数百メートル先の裏通りに入れた。捜査車輛を停止させ、デジタルカメラの再生画像を黙って高城に見せた。

「こういう画像を押さえてるんだから、シラを切っても無駄よ」

「誰かに見られないようタクシーを乗り換えたんだが……」

「あなたは資金協力課課長の立場にあるのをいいことに、大日建設工業がインフラ整備の受注ができるよう他のセクションとつるんで、資金協力金の貸与を約束した。その謝礼として、多額の汚れた金を受け取ってたんでしょ？」

「…………」

「何回かに分けて貰ったお金で、六本木の秘密カジノで遊んでた。そうよね？」

「…………」

「黙ってないで、ちゃんと答えなさい。男らしくないわよっ」

「もう言い逃れはできないな。そうだよ」

「トータルの収賄額は？」

「約五千万円だね。でも、もう百万そこそこしか手許に残ってない。カジノで遣《つか》っちゃったんだ」

「そうした不正の証拠を行方不明中の田畑航平に握られてしまったんじゃないの？」

「彼には、大日建設工業と癒着してるんじゃないかと怪しまれてたよ。しかし、収賄の証拠は摑まれてないはずだ」

「証拠を押さえてなかったら、田畑は『現代公論』にあんな告発文は書けなかったんじゃないのか。下手したら、名誉毀損になるからな」

風見は口を挟んだ。

「それだから、彼はわたしの実名を伏せて、Tという仮名にしたんだろう」

「そうじゃないだろうが！　あんたは、田畑航平に収賄の証拠を握られた。そうだよな？」

「その可能性がなかったとは言い切れないね。わたしは、田畑に何度か尾行されてたから」

「やっぱり、そうだったか。田畑航平をそのままにしておいたら、いまに手が後ろに回ることになる。あんたはそう思い、誰かに去年の十二月二十八日の夕方、田畑を拉致させたんじゃないのかっ。それから月日が流れてる。ずっと監禁してたとは思えない。すでに田畑を誰かに始末させたんだろうな？」

「わ、わたしは彼の失踪には絶対に関わってない。誰かに田畑を殺させてもないよ。わたしは大日建設工業から約五千万円を貰って秘密カジノに通ってた以外は、何も悪いことはしてない。どうかそれだけは信じてくれないか」

「あんたが田畑航平の失踪に絡んでないとしたら、事務次官の布施隆幸が怪しくなってくるな。布施は血縁者に株のインサイダー取引をさせて、一億五千万以上の売却益を稼いでたようだから」

「事務次官がインサイダー取引で大儲けしたという噂は、省内で囁かれてたよ。でも、その真偽はわからないんだ。嘘じゃない。本当なんだ」

「事務次官の金回りが急によくなったなんて話は耳に入ってないか？」

「私生活が派手になったという噂は聞こえてこないが、若い愛人ができたらしいという話は……」

「聞いたことがあるんだな？」

「ああ、一度だけだがね。しかし、それが事実かどうか知らないよ。布施さんは事務方のトップなんだから、親戚の者に株のインサイダー取引なんかさせてなかったと思うよ。それから、愛人がいるという噂もデマなんじゃないのかな」

「噂の真偽は我々が確かめる」

「大日建設工業には、借金して全額を返済する。秘密カジノに通ってたことも法律に触《ふ》れることはわかってるよ。猛省するから、なんとか大目に見てもらえないか。お願いです。わたしを破滅させないでください」

「自業自得でしょ!」

佳奈が叱りつけた。

「そうなんだが……」

「風見さん、どうします」

「本庁《うち》の捜二の知能犯係に身柄《ガラ》を引き渡そう。なにも東京地検特捜部に点数稼がせることはない。公務員の汚職事案は捜二の守備範囲だからな」

「そうですね」

「車を出してくれ」

風見は上体をシートに預けた。

高城が両手で頭を抱え、意味不明の言葉を口走った。スカイラインが走りだした。

風見は口の端を歪めた。

第三章　迷走捜査の日々

1

取り調べが開始された。

本部庁舎の四階にある捜査二課の取調室1だ。

風見たちコンビは、取調室1に接している面通《めんとお》し室《しつ》にいた。

警察関係者たちに〝覗き部屋〟と呼ばれている小部屋だ。二畳ほどのスペースで、マジック・ミラー越しに取調室が見える。

ほぼ中央に灰色のスチール・デスクが据えられ、右側のパイプ椅子に高城茂久が坐っていた。手錠は打たれていない。

高城と向かい合っているのは、知能犯係主任の兼子恒雄《かねこつねお》警部補だ。五十五歳である。一見、銀行員風だ。叩き上げだが、汚職や大口詐欺事件を長く担当してきたベテラン刑事である。

風見とは旧知の仲だ。佳奈の昔の同僚でもあった。

兼子主任の斜め後ろの机には、記録係の三十代の巡査部長が向かっていた。上杉《うえすぎ》という苗字だったのではないか。去年の春、所轄署から本庁に異動になった男だ。スポーツマン・タイプだった。

「大日建設工業の専務から、何回かに分けて総額で約五千万円の現金を築地の料亭で受け取ったことは認めるね？」

兼子が被疑者に確かめた。

「ええ。しかし、野々村学《まなぶ》専務から貰った現金は数日中にそっくり返済します。妻の父親、つまり岳父《がくふ》はかなりの資産家なんですよ。五千万円ぐらい用立ててくれるはずです」

「収賄が発覚したんで、貰った金は返す。それで、いいってもんじゃないでしょ？」

「そうなんだが、収賄容疑で起訴されたら、わたしの人生は終わりです」

「身から出た錆《さび》だね」

「猛省してるんです。ですんで、なんとか温情を……」

「あんた、犯した罪の大きさを自覚してないな」

「捜査二課の課長は、昔っから警察官僚が就《つ》くことになってるんでしょ？」

「課長の若月到《わかつきいたる》警視は有資格者《キャリア》だが、外部の圧力には決して屈したりしない人物です」

「でも、わたしと同じキャリアだから、仲間意識はあるんじゃないのかな。若月という課長に会わせてもらえませんかね？」

「ふざけたことを言うな！」

「でも……」

高城が目を伏せた。

「あんたみたいな腐った高級役人がいるから、日本は駄目になってしまったんだ。どんなに泣きを入れても、地検送りにしてやる。もちろん、贈賄側の大日建設工業も摘発する」

「なんとか見逃してもらえないだろうか。もちろん、それなりの謝礼は払いますよ」

「金で罪を消せるわけないでしょ！」

知能犯係主任が両方の掌《てのひら》で机を叩いた。高城が身を竦《すく》ませた。

「兼子さんが怒鳴っても仕方ないですよ。高城は、まるで反省してないんですから」

美人刑事が小声で言った。

「高城は自分らキャリアは、特別な存在だと思い上がってるんだろうな」

「ええ、そうなんでしょうね。自分らが政治家を裏でコントロールしてるんだから、収賄ぐらいは大目に見ろと内心では思ってるんじゃないかしら？」

「そうにちがいない。八神みたいなまともなキャリアは少数派なのかもしれないぜ。そっちや田畑航平のような官僚が多ければ、社会はこんなにも腐敗はしなかっただろう。真のエリートは社会のために働くことに意義と誇りを持ってたはずだが、高級官僚はただのエゴイストばかりになってしまった。八神には悪いがな」

「悪くありませんよ。事実、その通りなんですから」

「しかし、真っ当なキャリアがひとりもいなくなったわけじゃない。八神、若月さんと力を合わせて少しでも世の中をよくしてくれよな」

「有資格者とかノンキャリアとかは別にして、すべての公務員や政治家が国民の税金で食べさせてもらってることに感謝して、きちんとした仕事をすべきですね。そういう心掛けがあれば、特定の企業や労働者団体と癒着するようなことはなくなるでしょう」

「そうだろうな」

風見は口を結んだ。

「野々村専務の一存で、あんたに袖の下を使ったわけじゃなさそうだ。会社ぐるみの贈賄だったんだね？」

兼子が高城に問いかけた。

「野々村さんは、会社の役員が全員知ってることだから、安心してギャンブル資金を受け取ってくれと言ってた」

「そう。手許には百万程度の現金しか残ってないそうだが、ばかな遣《つか》い方をしたもんだな。明和会に限らず秘密カジノはどこもカモにできそうな客には、最初の数回はわざと勝たせるんだよ。それで、遊び馴《な》れてないリッチマンをうまくカモってるんだ」

「そうなのか。ルーレットでもバカラでも、いかさまをやってるようには見えませんでしたけどね」

「暴力団が仕切ってるディーラーたちは巧《たく》みにいかさまをやってるのさ。明和会の秘密カジノには、誰の紹介で通うようになったんだい？」

「銀座のクラブで知り合った会社経営者ですよ」

「そいつは、おそらく素っ堅気《かたぎ》じゃないな。明和会とつながりのある人間なんだろう。その男の名は？」

「椎橋《しいばし》って名乗って、名刺もくれたんだ。でも、印刷されてた会社は実在しなかったんです」

「あんたは、最初っからカモとして狙われてたんだよ。ところで、消息不明の田畑航平のことは苦々しく思ってたんじゃないのか？『現代公論』にインフラ輸出企業との癒着ぶりを仮名ながら、すっぱ抜かれたわけだからね」

「田畑のことは裏切り者と思ってましたよ。でも、あの男の失踪にわたしは絡んでませんｂ。そのことは、風見という刑事にはっきりと言ったはずだがな。なぜ、いまさら蒸し返すんですっ。不愉快だ」

「それなら、布施という事務次官が株のインサイダー取引で不正に儲けた事実が発覚することを恐れて、誰かに元官僚の田畑航平を拉致させたのかな？」

「布施さんだって、田畑の失踪には関与してないと思うよ」

被疑者が言い放って、目をつぶった。もう話すことは何もないということだろう。

「高城はシロだな。六階に上がろう」

風見は相棒に言い、先に面通し室を出た。佳奈が従《つ》いてくる。

二人は捜査二課を出ると、エレベーター乗り場に向かった。六階に上がり、自分たちのアジトに入る。

成島、岩尾、佐竹の三人がソファに腰かけ、コーヒーを飲んでいた。

「色男、高城はやっぱりシロか？」

班長が風見に声をかけてきた。

「そう思っていいでしょう。高城は田畑の失踪にも、本部事件にも関わってないみたいですね」

「そうか」

「しかし、事務次官の布施はちょっと怪しいですね。株のインサイダー取引で一億五千万以上儲けたようで、若い愛人を囲ってるという噂があるらしいんですよ」

「風見・八神班は、布施事務次官をマークしてみてくれ」

「了解！」

「大槻議員も疑わしいな。岩尾君の報告によると、『エコ・アース』の夫馬社長は大槻と別れるとき、受注の契約が決まったら、改めて後援活動に力を入れると囁いたらしいんだよ。裏献金を渡すとも解釈できる言い方だよな？」

「そうですね」

風見はうなずいた。

「岩尾・佐竹班には、大槻の内偵を続行してくれと指示したんだ」

「そうですか」

「そっちとお嬢、いや、八神は経産省に行く前に相場くららに会って、再聞き込みをしてくれ。元AV女優が滝沢修也と不倫関係にあったという裏付けは取れてないからな」

「ええ、そうですね。くららが嘘の証言をした疑いもある」

「そうなんだよ。事件当日、くららが『エスポワール』のホステスたちと御殿場のアウトレットモールに出かけてたことは間違いないんだが……」

「元AV女優と被害者が男女の関係だったとは思えませんよね」

佳奈が話に加わった。

「そう、そうなんだよ。くららの不倫相手は、別の人間なんじゃないのかね？」

「わたし、相場くららのパトロンは大槻議員かもしれないと思ったんですが、月に何度か彼女の部屋に通ってた正体不明の男は五十代に見えたという居住者の証言もあるから……」

「そうだな」

「風見さんにも言ったんですが、六十四歳の国会議員もハンチングを目深に被って、背筋を伸ばして歩いてれば、五十代に見えなくはないんじゃありません？」

「そうだろうな」

成島がいったん言葉を切り、岩尾に顔を向けた。

「裏献金のことだけじゃなく、大槻の女関係も探ってくれないか。いまは縁が切れてるが、以前、議員は相場くららと親密な間柄だったかもしれないからな」

「ええ、そうですね。平河町の大槻事務所に行く前に、佐竹君と『エスポワール』の関係者を訪ねて、元AV女優の男関係の情報を改めて集めてみましょう」

「そうしてくれないか」

「わかりました」

岩尾が佐竹を促《うなが》し、腰を浮かせた。二人は連れだって刑事部屋から出ていった。

「二人ともソファに掛けてくれ」

成島が風見たちコンビに言って、コーヒーメーカーの載ったワゴンに歩み寄った。

「班長、わたしがコーヒーを淹《い》れますよ」

「いいんだ、いいんだよ。八神警視、気を遣わないでくれ。色男と一緒に坐っててくれないか」

「すみません」

佳奈が恐縮して、奥のソファに浅く腰かけた。風見は、そのかたわらに坐った。

班長が二つのマグカップを持って、ソファ・セットに戻ってきた。マグカップをコーヒーテーブルの上に置き、風見の前に腰を落とした。

「行方のわからない田畑が根拠のないことを『現代公論』に書くとは思えないんだ。それそれ一応、裏付《ウラ》けは取ったんだろう」

「でしょうね」

　風見は同調した。

「しかし、田畑航平の自宅にはUSBメモリー、ICレコーダーのメモリー、デジカメの類《たぐい》はなかったんだよな？」

「そうなんですよ。田畑が信頼してた滝沢修也に預けたと考えたんだが、未亡人の七海は亡夫はそうした物を預かってはいなかったと証言してる」

「七海が嘘をつかなければならない理由はないよな？　夫婦仲は、よかったらしいから」

「ええ」

「経産省の布施事務次官か大槻議員が誰かを使って、危《ヤバ》い物を奪わせたんだろうか。滝沢の洋服や靴を自宅から盗み出した犯人がUSBメモリーなんかをついでにかっぱらったとは考えられないだろうか」

「班長、それは考えられると思います」

　佳奈が言った。

「そうだよな。だとしたら、事務次官か国会議員のどちらかが田畑航平を拉致させ、人気コメンテーターを始末させたのかもしれないぞ」

「ええ、そう疑えますよね。でも、どちらも元官僚の失踪や滝沢修也の事件に絡んでなかったとしたら……」

「どっちもクロじゃなかったら、失踪と殺人事件はつながってないんだろう。別々の理由で田畑は何者かに連れ去られ、滝沢は殺害されてしまったんじゃないのかな」

「そうなんでしょうか」

「田畑を目の敵《かたき》にしてたのは、経産省のキャリア官僚だけじゃない。汚職のことを告発された贈賄側も失踪者を抹殺したいと考えてたかもしれないぞ」

「つまり、大日建設工業、布施事務次官に株のインサイダー取引を勧めた銀行か証券会社、それから大槻に裏献金をしたかもしれない地熱発電会社『エコ・アース』も怪しいわけですね？」

「そう。ほかにも、失踪者に贈賄容疑を持たれた大企業もありそうだな。そうした会社が告発者の田畑を亡《な》き者にしたいと考えてたとしても、別に不思議じゃない」

「ええ、そうですね。人気コメンテーターが殺された理由は、大胆な発言を繰り返してたせいなのかな」

「田畑の失踪と滝沢の事件がリンクしてなかったなら、そうなんだと思うよ。こっちは滝沢の著書を丹念に読んで、出演したテレビ番組の録画を手に入れてみる。五係の文珠班が第一期捜査で民放テレビ局から数巻ずつ録画ＤＶＤを借りたそうだが、出演番組をすべてはチェックしてないはずだ」

「滝沢の講演のビデオかDVDをチェックしたほうがいいでしょうね。テレビや著作では発言しにくかったことを講演では喋ってるかもしれないんで」

「いいことに気づいてくれたな。八神が言った通りだとしたら、滝沢に何か不正の事実を知られた人間が人気コメンテーターの口を永久に塞《ふさ》ぐ気になったとも考えられるからな」

「ええ」

「そっちは、相棒の推測をどう思う？」

成島が訊《たず》ねた。

「講演の聴き手は、せいぜい数百人でしょう。多くても、千人以下だと思うな。全国に発信してるテレビや本と違って、過激な発言もしやすいでしょう」

「だろうな。滝沢は思想的に明らかに偏《かたよ》ってると感じてた団体や歴史学者を名指しで挙げ、扱《こ》き下ろしたんだろうか。いや、そうじゃないな。そいつらの誰かが犯罪の証拠を人気コメンテーターに握られたんで、殺し屋《プロ》を雇ったのかもしれないぞ」

「そうなら、滝沢に弱みを知られた奴は相場くららと何か接点がある気がするな」

「そうだろうね」

「コーヒーを飲んだら、まず相場くららの転居先を訪ねてみます」

風見は言って、マグカップを摑み上げた。佳奈もマグカップに腕を伸ばした。

二人はコーヒーを飲み終えると、特命遊撃班のアジトを出た。地下二階の車庫に下《くだ》り、スカイラインに乗り込む。佳奈の運転で、西麻布に向かった。

二十分弱で、相場くらの転居先を探し当てた。

八階建ての賃貸マンションは、外苑西通《がいえんにし》りから一本奥に入った場所にあった。住宅街だ。スイス大使館の近くだった。道なりに進めば、有栖川宮《ありすがわのみや》記念公園にぶつかる。

相棒が目的のマンションの植え込みの際《きわ》に覆面パトカーを停めた。

まだ午前十一時七分過ぎだった。クラブで働いている元AV女優は寝ているかもしれない。しかし、遠慮することはないだろう。捜査日数をできるだけ短縮させ、税金の無駄遣いはさせたくない。

「相場くらの部屋は、六〇一号室のはずです」

「そうだったな。行こう」

コンビは車を降り、マンションの表玄関に急いだ。

出入口はオートロック・システムにはなっていなかった。管理人室も見当たらない。

風見たちは勝手にエントランス・ロビーに入り、エレベーターで六階に上がった。六〇一号室は、エレベーター・ホールの近くにあった。

佳奈がインターフォンを響かせた。

すぐには応答はなかった。ふたたび相棒がボタンを押しかけたとき、スピーカーから女性の声が流れてきた。

「どなたでしょう？」

「警視庁の者です。あなたは、相場くららさんですね？」

「はい」

「滝沢修也さんの事件のことで、再聞き込みをさせていただきたいんですよ」

「わかりました。少々、お待ちください。すぐにドアを開けます」

「よろしく！」

佳奈が少しドアから離れた。

ほどなくドアが開けられた。現われた元AV女優は、ワインレッドのガウン姿だった。化粧っ気はない。

「ごめんなさい。まだお寝《やす》みだったんですね。わたし、八神という者です。同行者は風見です」

「どうもご苦労さまです。昨夜《ゆうべ》、常連客にアフターに誘われたんで、いつもより帰りが遅かったの。どうぞお入りになって」

「失礼します」

めた。

風見は先に入室し、警察手帳を呈示した。佳奈も三和土《たたき》に滑り込み、後ろ手にドアを閉めた。

「美男美女のコンビね。刑事ドラマの撮影現場に来てるような錯覚に陥りそうだわ。どうぞ上がってください」

「ここで結構です。単刀直入に訊きます。あなたは、殺害された滝沢修也さんと本当に親密な間柄だったんですか？」

佳奈が本題に入った。

「やだ、おかしなことを言うのね。そういう仲だから、事件のあった前のマンションの部屋に修也さんの服や靴があったんじゃないの」

「そうなんですが、あなたと被害者の接点を立証できるものがないんですよ」

「いまごろ何を言ってるのっ。わたしは妻の座なんか望んでなかったけど、彼の子供を産むつもりでいたのよ。修也さんは、奥さんがいっこうに妊娠する気配がないんで、わたしに子供を産んでほしいと言ったの。ちゃんと子供は認知するというんで、わたし、彼の子を産んで独りで育てるつもりでいたのよ。シングルマザーになる気だったんだけど、なかなか子供ができなかったの」

「でもね、『鳥居坂スターレジデンス』の居住者は誰も被害者を見てないんですよ」

「彼、顔を知られてるんで、わたしの部屋に来るときは真夜中に訪ねてきたの。しかも変装してたから、マンションの人たちには気づかれなかったんだと思うわ」

「居住者のひとりが、あなたの部屋に五十年配の男性が月に二、三回訪ねてたと証言してることはしてるんだけど……」

「修也さんは、わざと老けた恰好《かっこう》をして部屋に来てたの。証言者が見たというのは、修也さんにちがいないわ」

くららが断定口調で言った。佳奈が救いを求めるような目で風見を見た。

「きみがチーママをやってる『エスポワール』に国会議員の大槻が通ってた時期があるんじゃないの？」

「お客には各界で活躍してる方々も見えるけど、政治家はいないわ」

「そうか。おかしいな。きみが大槻議員の世話を受けてるという情報を別班の捜査員がキャッチしたんだよな」

風見は鎌をかけた。

「そんな話、でたらめよ。わたしは、その代議士には会ったこともないんだから、愛人になれるわけないでしょ？」

「きみの言った通りなら、そうだね」

「過去にいろんな男性とつき合ったことは否定しないわ。でもね、修也さんと深い関係になってからは、彼一筋だったの。だから、彼が殺されたと知ったときは本気で後追い自殺しようと思ったわ。それほど修也さんのことを想《おも》ってたのよ」

「そう」

「早く彼を殺した犯人を捕まえて！　修也さんの無念さを思うと……」

くららが玄関マットの上に頽《くずお》れ、両手で顔面を覆った。ガウンの胸元がはだけ、Fカップの乳房が少し零《こぼ》れた。

風見は、目のやり場に困った。佳奈も、啜《すす》り泣きはじめた元AV女優に目を当てて途方に暮れている様子だった。

「お邪魔したね」

風見は、先に六〇一号室を出た。

2

表に出ると、相棒が口を切った。

「風見さん、少し近くで張り込んでみませんか。相場くららは誰かに頼まれて、滝沢修也と親密な関係だと偽ってるのかもしれませんよ」

「そう思った理由は？」

「人気コメンテーターが殺害されて、まだ一カ月も経《た》ってませんよね？」

「そうだな」

「元ＡＶ女優はきのう、常連客にアフターに誘われてたと言ってましたが、彼氏の納骨も済んでいないのに、閉店後《カンバン》に客と飲食する気にはなれないでしょ？」

「ま、そうなんだが、クラブで働いてる女性たちはサービス精神も必要だからな。気が進まなくても、常連客の機嫌を損《そこ》ねるわけにはいかないだろ？」

「でも、滝沢修也の子供を産んでもいいと本気で思ってたんだったら、まだアフターの誘いに応じる気にはなれないと思うんです」

「言われてみれば、八神の言う通りだな」

「くららに本当の不倫相手がいるんだったら、彼女、その男とどこかで会うかもしれないでしょ？」

「真っ昼に密会するかもしれないって!?」

風見は驚いた。

「ええ。高校時代の同級生が週刊誌の契約記者をやってるんですけど、その彼の話だと、昼間、都心のホテルで密会する不倫カップルが増えてるんですって」

「そうなのか。人妻が不倫してたとしたら、確かに夜は外出しにくいな。シティホテルの一室で相手の男と昼下がりの情事に耽《ふけ》っても、バレにくいかもしれない」

「そうですよね」

「よし、ちょっと張り込んでみよう。どうせ布施事務次官は夕方まで経産省にいるだろうからな」

「ええ」

佳奈がスカイラインに走り寄って、運転席に入った。風見も助手席に乗り込んだ。

相棒が二十メートルほど覆面パトカーをバックさせる。二人は張り込みを開始した。

成島班長から風見に電話がかかってきたのは、午後一時十分ごろだった。

「少し前に捜査二課の兼子主任が特命遊撃《うち》班に来たんだ。大日建設工業の野々村専務は素直に任意同行に応じて、高城課長におよそ五千万円を渡したことを自供したらしいよ」

「そうですか」

「知能犯係は、大日建設工業の会長、社長、副社長、常務を任意で呼んで取り調べるそうだ。兼子主任は、労せずして点数を稼がせてもらったとしきりに感謝してた。高城はもちろん、汚職に関わった者たちは数日中に地検に送致されるだろう」

「でしょうね」

「ところで、元AV女優には会えたのか？」

「ええ」

風見は経過を伝えた。

「八神が言うように、相場くららが被害者と親密な仲だったら、アフターにはまだつき合わないだろうな。多分、不倫相手は滝沢修也ではなかったんだろう。つき合ってる男を突き止められるといいな」

「ええ。成島さん、岩尾・佐竹班から何か報告は上がってきました？」

「いや、まだ連絡はないんだ。何か動きがあったら、すぐに教えるよ」

班長が通話を切り上げた。風見は捜査用の携帯電話を懐に戻した。

「よかったら、食べてください」

佳奈がバッグから、ラスク、ビーフ・ジャーキー、ペットボトルを取り出した。

「気が利くな」

「霞が関の官庁街にはコンビニがないんで、登庁前に買っておいたんです。昼食には物足りないだろうけど、どうぞ遠慮なく召し上がってください」

「いただくよ」

風見はラスクとビーフ・ジャーキーを交互に食べ、飲料水で喉を潤《うるお》した。相棒も小腹を満たし、ウェットティッシュで口許を拭《ぬぐ》った。

相場くららが自宅マンションから出てきたのは、午後二時過ぎだった。

元AV女優は、めかし込んでいた。男と密会するのかもしれない。くららは表通りまで歩き、タクシーを拾った。

佳奈がスカイラインを走らせはじめた。

タクシーは二十分ほど走り、代官山《だいかんやま》にある有名なイタリアン・レストランに横づけされた。オーナー・シェフはイタリア人で、グルメ雑誌やテレビで紹介されていた。

店の窓は嵌《は》め殺しのガラス張りで、外から丸見えだった。タクシーを降りた相場くららは、馴《な》れた足取りで店内に入っていった。

道路寄りのテーブル席に坐り、アメリカ製の細巻き煙草を吹かしはじめた。誰かと待ち合わせをしているようだ。

佳奈が店からも見えにくい場所にスカイラインを停めた。

「男とイタ飯《めし》を喰《く》ってから、渋谷か恵比寿のホテルにしけ込む気なんだろうな」

「そうなんですかね」

「二人がナニしてる間、外で待ってるのは能がないな。八神、おれたちもホテルでベッド体操をするか？　気が合うんだから、きっと体も合うにちがいない」

「その下卑《げび》たジョーク、もう聞き飽《あ》きました」

「もっと大人になれよ」

風見は、笑いでごまかした。

佳奈がヤンキー娘のように大きく肩を竦《すく》めた。そのとき、イタリアン・レストランの駐車場にシャンパンカラーのポルシェが滑り込んだ。車を降りたのは、大きなサングラスをかけた若い女性だった。

タレントっぽい身なりをしている。ポルシェを運転していた女は店内の相場くららに笑顔で手を振り、イタリアン・レストランに入っていった。

「くららの待ち人は、女だったのか。おれたちの勘は外れてしまったな」

風見は相棒に言った。

「まだわかりませんよ。対象者《マルタイ》は女友達と食事をした後、交際してる男性と会うことになってるのかもしれないし」

「そうかな」

「あっ、ポルシェの彼女がサングラスを外したわ。あら、九条留衣《くじょうるい》じゃないの」

「九条留衣？」

「グラビア・アイドル出身のテレビ・タレントです。バラエティー番組やクイズ番組にちょくちょく出演してますよ」

「そうなのか。その手の番組は観《み》ないから、おれは知らないな」

「そうですか。二人は同世代だから、芸能界で交流があったのかもしれないな。所属芸能プロが一緒だったのかしら?」

佳奈が口を結んだ。

タレントの九条留衣が短い言葉を交わし、くららの前に坐った。給仕係の若い男が二人のテーブルに歩み寄り、オーダーを取っている。

やがて、くららたちは雲丹《うに》とシュリンプを絡めたパスタを食べはじめた。いかにも愉《たの》しげに談笑している。

「仲がよさそうだから、九条留衣なら、くららの交際相手を知ってそうだな」

風見は言った。

「そうなんでしょうが、なぜか第一期捜査資料には九条留衣のことは一行も載ってませんでしたよね?」

「五係の文珠係長は敏腕ぶってるが、ポカばかりやってる。聞き込みが甘かったんだろう、おそらくな」

「そうなんでしょうか」

「テレビ・タレントが相場くららと別れたら、すぐ捜査に協力してもらおう」

「はい」

二人は捜査車輛の中から、くららたちに視線を向けつづけた。

パスタを食べ終えたころ、テーブルにカプチーノとスイーツが届けられた。くららたち二人が立ち上がったのは、午後四時過ぎだった。

九条留衣が元AV女優を助手席に乗せ、ポルシェを発進させた。佳奈が少し間《ま》を取ってから、高級ドイツ車を追尾しはじめた。

ポルシェは明治《めいじ》通りを突っ切って、南青山五丁目にあるセレクト・ショップの前で停まった。店内には、デザイナー物のスタイリッシュな服が並んでいる。バッグや靴も売られていた。

くららたち二人は店内に入り、それぞれストールを購入した。十五、六分で店を出て、ふたたびポルシェに乗り込んだ。

ポルシェは日赤《にっせき》医療センターの脇を抜け、西麻布方面に向かった。どうやらテレビ・タレントは、元AV女優を自宅マンションに送り届けるようだ。

「読みは外れちゃったな」

佳奈がステアリングを操《あやつ》りながら、小声でぼやいた。

「こういうこともあるさ。しかし、落胆することはないよ。九条留衣から、くららの男関係を聞き出せるかもしれないんだ」

「そうですね」

「先輩風を吹かせるわけじゃないが、捜査は無駄の積み重ねだよ。回り道やロスを避けてばかりいたら、手がかりは摑めないだろう。無駄の中にも、何かヒントがあるもんさ。そういうヒントを見落とさないことが大事なんだよ」

「とても勉強になりました」

「八神、そんな真面目な顔で言うなって。なんか調子が狂っちゃうだろうが!」

「照れてるときの風見さんって、なんかかわいいな。ちょっと母性本能をくすぐられます」

「そうか。なら、おっぱい吸わせてくれ。くららほどの巨乳じゃないことはわかってるが、割に揉み甲斐《がい》がありそうだからな。乳首を優しく吸ってやろう」

「まだ四十前なのに、早くもエロ親父《おやじ》ですか」

「おれを蔑《さげす》むような目で見るな」

風見は、相棒を殴る真似をした。照れ隠しだった。

予想した通り、ポルシェが相場くららの自宅マンションの前に停まった。助手席から、くららが降りる。

「また来月、一緒にご飯を食べようね」

テレビ・タレントが車の中で言った。

「うん、いいよ。留衣、わたしの分まで頑張って。わたしは芸能界から追放されちゃったけど、留衣は必ずビッグになれるって」

「そうだといいんだけどね。くららちゃんも、雇われでもいいから、早くママになって」

「うん、わたしなりに頑張る！　せっかくのオフなのに、留衣、悪かったね」

「ううん、とっても楽しかったよ」

「よかった。それじゃ、またね」

くららが言って、自宅マンションのアプローチをたどりはじめた。ポルシェが動きはじめた。

「ポルシェを立ち往生させてくれ」

風見は佳奈に指示した。相棒がアクセルを深く踏み込み、ポルシェの進路を阻《はば》む。風見は素早く車を降り、ポルシェの運転席側に回り込んだ。

ドイツ車のパワー・ウインドーが下げられた。

「急に何なんですかっ」

「警視庁の者なんだ。タレントの九条留衣さんだね？」

「そうですけど、わたし、スピード違反なんかしてませんよ」

「わかってる。きみは、相場くららと親しいようだね？」

「昔、同じ事務所に所属してたんですよ。くららちゃんのほうが一つ年上なんだけど、同世代だから、仲よくしてるんです」

「そう」

「くららちゃんの前のマンションで、テレビ・コメンテーターの滝沢修也が撲殺された事件のことで捜査してるのね？」

留衣が問いかけてきた。風見は黙ってうなずいた。

そのすぐあと、相棒がやってきた。佳奈は姓を名乗り、留衣に警察手帳を見せた。

「わっ、綺麗！　本当に刑事さんですか？」

「ええ、そうよ」

「もったいないなあ。すぐ女優さんになれるのに」

「ありがとう。あなたこそ、チャーミングよ」

「顔をあちこちいじってるんです。整形してるんですよ、わたし。手術費用は、事務所の社長に全額出してもらったの。このポルシェも買ってもらったんです。社長とは手術を受ける前から……」

「わかるわ。若いのに、逞《たくま》しいのね」

「親が大物芸能人なら、体を汚さなくても済むの。だけど、そうじゃない場合はドライにならないと、大きな仕事は貰えないから」

留衣が乾いた口調で言った。

「芸能界は、いろいろ大変みたいね。それはそうと、相場くららさんが滝沢修也と親密な間柄とわかってたのかしら？」

「ううん、まったく知らなかったわ。でも、去年の十二月の中旬ごろにくららちゃんから人気コメンテーターと実はつき合ってると打ち明けられたんです。どこで知り合ったかは教えてくれなかったけど、いずれ滝沢修也の子供を産むことになるかもしれないと言ってた」

「そうなの。これまでの聞き込みで、相場さんが五十代の男性と親しくしてたという証言を得たんだけど、その人物に思い当たらないかしら？」

「五十代の男性ですか。ちょっとわからないわ。五、六年前に五十代後半のパトロンに面倒を見てもらってた時期はあるはずだけど」

「五十代後半の男だって？　そのパトロンは、もしかしたら、国会議員じゃないのかな？」

風見は大槻議員のことを頭に浮かべながら、相棒よりも先に口を開いた。

「ううん、違うわ。確か不動産会社の社長よ。でも、そのパトロンは三年ぐらい前に心不全で急死しちゃったの。くららちゃんは、広尾の億ションを買ってやると言われてたみたいなんだ。だけど、その約束は果たしてもらえなかったんだって。しばらく損をしたなんて言ってたわ」

「相場くららは、男関係が乱れてたんじゃないのか？」

「乱れてたというと悪口になっちゃうけど、不動産会社の社長の愛人をやってるときも、イケメンのロック・ミュージシャンに入れ揚げてたわね。パトロンから貰うお手当の半分以上、彼氏に貢《みつ》いでたんじゃないかな。ただの愛人だと、なんか惨《みじ》めよね。だから、パトロンがいても、くららちゃんは恋愛してたんだと思う」

「そのロック・ミュージシャンの名を教えてくれないか」

「もうこの世にいないわ、その彼は。混合麻薬の摂取過剰《オーバードーズ》で、パトロンが急死する数カ月前にあの世に行っちゃったの」

「そうか。不動産会社の社長が死んでからも、新しいパトロンはいたんじゃないの？」

「多分、いたと思う。でも、くららちゃんはその彼のことはわたしには話してくれなかったの。その筋の方か、逆に堅い仕事をやってる男性なのかもね」

「テレビ・コメンテーターの未亡人や関係者は、事件の被害者と相場くららは何も接点がなかったと言ってるんだよ」

「そうなの。でも、週刊誌の記事にはくららちゃんの部屋には滝沢修也の洋服や靴が数点ずつあったと書かれてたわ。だから、二人はこっそりとつき合ってたんじゃない?」

留衣が言った。

「そのことなんだが、滝沢修也の自宅に空き巣が入っていたんだよ。その空き巣が人気コメンテーターの衣類や靴を盗み出して、それらを『鳥居坂スターレジデンス』の四〇五号室に意図的に置いたとも考えられるんだ」

「よくわからないな、刑事さんの言ってることが。要するに、くららちゃんと滝沢修也は不倫の関係じゃなかったわけ?」

「そうも考えられるんだよ」

「ということは、くららちゃんは殺人事件の偽装工作に一役買ったかもしれないのね?」

「その疑いはあるな。相場くららは知り合いに頼まれて、滝沢修也と不倫の関係にある振りをしたとも考えられなくもないからね」

「いくらなんでも、くららちゃんが殺人犯に協力したとは思えないわ。いくら好きな男の頼みだとしても、共犯者になるようなことはしないんじゃないのかな」

「協力すれば、まとまった謝礼を貰えるということになってたとしたら、つい加担してしまうんじゃないだろうか。相場くららの金銭欲は強いのかな？」

「どっちかっていうと、強いほうじゃないのかな。年下のわたしにはよく食事を奢《おご》ってくれてたけど、不動産会社の社長がなかなか月々の手当を増やしてくれないんだと何回か愚《ぐ》痴《ち》ってたから」

「そう」

「だけど、くららちゃんが五百万や一千万円のお金で殺人犯に協力したとは思えないな。五千万とかという大金をくれると言われたら、金の魔力に克《か》てなくなってしまうかもしれないけどね」

「高額の謝礼を提示されたのかもしれないぜ」

「でも……」

「引き留《と》めて悪かったな。ありがとう」

風見はテレビ・タレントに謝意を表した。

留衣がパワー・ウインドーを上げ、ポルシェをいったんバックさせた。そして、スカイラインの横を走り抜けていった。

「大槻議員と元AV女優には接点がなさそうですね？」

佳奈が言った。

「そう考えてもいいだろう。八神、くららが滝沢の子供をいずれ産むつもりだと話したことをどう思う？　不自然で、唐突な感じだよな？」

「ええ、そうですね。滝沢修也と不倫関係にあったとすれば、相場くららはもっと以前から得意げにコメンテーターのことを九条留衣に喋ると思うんです。相手は有名人なんですから、自慢したくなるんじゃないかしら？」

「そうだろうな。しかし、元AV女優はそういうふうには九条留衣には喋ってない。しかも、告白したのは滝沢が殺される少し前だった。やはり、不自然だよな」

「そうですね。くららは、偽装工作に手を貸したのかもしれません。滝沢修也を撲殺したのは、月に何度か相場くららの部屋を訪れてた正体不明の五十代の男なんじゃないですかね？」

「ああ、そいつが疑わしいな。八神、経産省に行こう」

風見は体を反転させた。

3

公用車を一台ずつ検《しら》べていく。

灰色のエルグランドは、隅の方に駐《と》めてあった。経済産業省の駐車場である。

風見は、エルグランドの車内を覗き込んだ。

書類袋が助手席に載っていた。目を凝《こ》らす。新エネルギー対策課という文字が下部に刷《す》り込まれている。

風見は、そのことを車の中で張り込んでいる相棒に教える気になった。職務用の携帯電話を取り出そうとしたとき、足音が背後から響いてきた。

とっさに風見は、物陰に身を隠した。無断で駐車場に入り込んだことを布施事務次官に知られたら、捜査がスムーズにいかなくなるかもしれないと思ったのである。

息を殺して、じっと待つ。四十年配の男がエルグランドの横で立ち止まった。

風見は無言で、エルグランドに近づいた。すると、男が驚いた顔つきになった。すぐに身を翻《ひるがえ》し、走路を走りはじめた。逃げたところを見ると、スカイラインを尾《つ》けていた者なのだろう。

風見は、逃げる男を追った。

相手が駆けながら、振り返った。次の瞬間、男が蹴つまずいて走路に倒れた。

「おれが警視庁の者であることをおたくは知ってるな?」

風見は屈《かが》み込んで、倒れたままの相手に言った。

男は口を開かない。

風見は相手を仰向《あおむ》けにして、上着の内ポケットを探《さぐ》った。名刺入れを抓《つま》み出す。男は、新エネルギー対策課課長補佐の真継達生《まつぎたつお》だった。

「覆面パトカーを尾行したのは、事務次官に命じられたからなんだな?」

「なんの話か、わたしにはさっぱりわかりません」

「世話を焼かせるなって。上司の課長とおたくの女房が『エコ・アース』の非常勤役員になってることは、もうわかってるんだ」

「そう言われても、よく理解できません」

「真継さんよ、もう観念しろって」

「わたしは何も疚《やま》しいことはしてないっ」

真継が言い返した。

風見は片方の目を眇《すが》め、真継の上体を摑み起こした。すかさず相手の頬を強く押さえ込み、顎《あご》の関節を外す。

反則技だが、風見は少しもためらわなかった。狡《ずる》い犯罪者は正攻法では、なかなか自白しない。真継が両手を顔に当て、喉の奥で唸《うな》りはじめた。そのまま後方に倒れ、体を左右に振った。

じきに真継は涙をにじませ、だらしなく涎《よだれ》を垂らしはじめた。風見はせせら笑い、三分ほど時間を遣《や》り過ごした。

真継がもがき苦しみながら、コンクリートを幾度も掌《てのひら》で叩いた。

「降参か」

風見は真継を摑み起こし、顎を元の位置に直してやった。

真継が長く息を吐いた。顎は唾液に塗《まみ》れていた。真継は上着からハンカチを取り出し、涎を拭った。

「こっちの質問に正直に答えないと、今度は顎と肩の関節を外すことになるぞ」

「もう荒っぽいことはしないでください」

「布施事務次官に頼まれて、警察の動きを探ってたんだなっ」

「ち、違います。わたしは課長に、入江宣輝《いりえのぶてる》課長に指示されて覆面パトカーを尾けたんですよ」

「事務次官を庇《かば》う気らしいな」

「そうじゃありません。本当なんです」

「ま、いいさ。入江という課長を追及すれば、わかることだからな。課長とおたくの奥さんが『エコ・アース』の非常勤役員になれたのは、民友党の大槻登議員の後援会の副会長をやってる夫馬幹彦の会社に便宜を図ってやったからなんだろ？」

「それは……」

「また、のたうち回りたくなったようだな？」

「もう乱暴なことはしないでください」

「痛い思いをしたくなかったら、正直に何もかも喋るんだな」

「そんなことをしたら、課長もわたしも破滅です」

「往生際が悪い奴だ。いい加減に諦《あきら》めろ！」

風見は怒鳴りつけた。

「だけど……」

「もういい！　わかったよ。顎と肩の関節を外す」

「や、やめてください。わたしは入江課長に従っただけです。『エコ・アース』の地熱発電プランを採用しようと決めたのは課長なんですよ」

「課長の一存で決定できる案件じゃない。事務方のトップから、そうしてやれと新エネルギー対策課に圧力がかかったにちがいない」

「そのあたりのことは、入江課長に直《じか》に訊いてください。在席してますんで」

「ああ、そうしよう。課長夫人は『エコ・アース』から、どのくらいの役員報酬を貰ってるんだ？」

「年俸は八百万円だと聞いてます」

「おたくのかみさんの年俸は？」

「税込みで六百万円です」

「どちらも、役員会議にも出てないんだな？」

「は、はい」

「収賄罪だな、れっきとした。真継、立て！」

「わたしは、すぐ警察に連れていかれるんですか？　逮捕状がまだないのに、そんなことをしてもいいのかな？」

「とりあえず捜査車輌に乗ってもらうだけだ。とにかく、立つんだっ」

「わかりました」

真継が緩慢《かんまん》な動作で立ち上がった。

風見は真継のベルトを掴み、駐車場から連れ出した。スカイラインの後部座席に真継を押し込み、そのかたわらに坐る。それから風見は、佳奈に経過を話した。

「すぐに入江課長を外に呼び出してもらいましょう」

佳奈が真継を見ながら、風見に言った。

「そうだな」

「わたし、課長には電話しにくいですよ」

「真継、いいから、携帯を出せ。それで、入江にすぐ外に出てきてもらうんだ」

風見は命じた。

真継が溜息をついて、上着のポケットからスマートフォンを掴み出した。少しためらってから、番号キーを一度だけ押した。短縮番号を登録してあるのだろう。

風見は耳をそばだてた。

「課長、すぐに表に出てきてもらえませんか。『エコ・アース』の件で、口裏を合わせておく必要があるんですよ」

「………」

「いいえ、まだ警察には覚《さと》られてないはずです。でも、フリージャーナリストが『エコ・

アース』と新エネルギー対策課は癒着《ゆちゃく》してると疑《うたが》ってるようなんですよ」

「……………」

「ええ、信じてもいい情報だと思いますよ。そうですね、なんとか手を打たないと大変なことになるでしょう。課長とわたしが金を都合して、フリージャーナリストを抱き込むほかないと思うな。あるいは、わたしたち二人があくまでシラを切りつづけるとかね。でも、後者はいつまでも通用しないでしょう。ですから、フリージャーナリストを金で黙らせたほうが得策だと思います」

「……………」

「ええ、省舎の真ん前で待ってます。課長、すぐ来てくださいね」

真継が言って、電話を切った。

「嘘がうまいな。入江はすぐ外に出てくるって?」

風見は真継に顔を向けた。

「ええ。課長もわたしも、これで人生終わったな。二人とも『エコ・アース』から現金をダイレクトに受け取ったわけじゃありませんが、妻たちは役員報酬を貰ってたんだから。妻が報酬を受け取るようになって、まだ一年数ヵ月しか経《た》ってないんですよ」

「奥さんは総額で七百五十万円ぐらいしか受け取ってないわけか。ばかなことをしたよな。そっちが収賄容疑で起訴されたら、懲戒免職になって、退職金も貰えなくなる」

「魔が差したんです」

真継がうなだれた。

「しっかり見張っててくれ」

風見は佳奈に言って、スカイラインを降りた。官庁街は、暮色の底に沈んでいた。夜気《やき》は棘々《とげとげ》しい。

風見は省舎の正門の横にたたずんだ。

少し待つと、四十代前半の男が走り出てきた。門の前に立ち、左右を見回している。

「おたく、入江課長だね？」

風見は相手に確かめた。

「そうだが、あなたはフリージャーナリストなのかな？　真継はどこにいるんです？」

「覆面パトカーの中だ」

「えっ」

入江が絶句した。風見は刑事であることを告げ、入江をスカイラインの後部座席に押し込んだ。

「真継、これはどういうことなんだ？　きみは、わたしを騙《だま》したんだなっ」

「課長、仕方がなかったんですよ」

「なんて奴なんだっ。裏切り者め！」

「だいたい課長が悪いんです」

「内輪揉めは見苦しいぜ」

風見は真継たちに言って、入江の横に腰を沈めた。

「警視庁の八神です。入江さん、もう課長補佐が『エコ・アース』と不適切な関係にあることは認めてるんですよ。ですんで、悪あがきはしないほうがいいわね」

「なんてことなんだ」

入江が隣の部下を睨みつけた。真継が、ばつ悪げに笑った。

「真継は、あんたの指示で警察《こっち》の動きを探《さぐ》ってたと供述してる。あんたは、布施事務次官にそうしてくれって頼まれたんだな？」

「いや、そうじゃない。わたしが『エコ・アース』に便宜を図ったことを知られたくなかったんで、真継に……」

「あんたが布施を庇い通せると思ってるとしたら、警察を甘く見すぎだな。警視庁の人間は、猟犬みたいに鼻が利《かば》くんだよ」

「事務次官は関係ない。布施さんは汚職にはまったく関わってないんだ」

「布施が経産省のトップでいられるのは、せいぜいあと数日だろう。収賄容疑で事務次官が逮捕されるのは、時間の問題なんだよ」

「大槻先生と事務次官が密かに会ってたという証拠を警察は、すでに握ってるのか⁉」

「二人の密談音声も録《と》ってある」

風見は、もっともらしくブラフをかました。言うまでもなく、反則技だった。

「そうなのか。大槻代議士は『エコ・アース』の夫馬社長に次期の選挙資金をだいぶ回してもらったんで、地熱発電の売り込みをかけざるを得なかったんだろうな。国会議員も役人には高圧的だが、タニマチとも言える後援会の会長や副会長クラスには頭が上がらないようだからね」

「事務方のトップの布施事務次官にしても、経産省の族議員である大槻登の売り込みは無視できなかったんだろう」

「それはそうだよ」

「布施は『エコ・アース』から、どのくらいの謝礼を貰ったんだ?」

「そこまでは知らないよ。でも、一千万や二千万ではなさそうだね。布施さんは若い愛人に広尾の分譲マンションを買ってあげたようだから」

「その愛人のことを教えてくれ」

「元客室乗務員《キャビン・アテンダント》で、二十九らしい。名前は北條雪乃《ほうじょうゆきの》だったかな。『広尾アビタシオン』の一二〇五号室に住んでる」

「事務次官は一億円前後の金を貰って、『エコ・アース』を新エネルギー対策プロジェクトの参加企業にしてやれと圧力をかけてきたわけだ?」

「うなずくわけにはいかないよ。布施さんには何かと目をかけてもらってきたんでね」

「そこまで忠誠心を尽くしても、なんのメリットもないぞ。事務次官は犯罪者として裁かれる身なんだし、大槻代議士も必ず失脚する。『エコ・アース』を売り込んだのは、闇献金をたっぷり貰ってたからだろう」

「国会議員を庇う気はないが、布施さんには恩義があるからね。できることなら、大槻代議士がわたしに強く圧力をかけてきたことにしてあげたいよ。もう遅いだろうがね」

「そんなふうに事実を曲げることはできない。大槻、夫馬、布施、あんた、真継の五人は揃って、捜査二課知能犯係に検挙《アゲ》られることになる。場合によっては、あんたと真継のかみさんも罰せられるな」

「妻は何も知らないんだ。わたしが勝手に妻の名義を使っただけなんだよ」

「わたしのとこも、同じです」

真継が入江の語尾に言葉を被せた。

「そのあたりは、捜査二課が判断して地検に送致するかどうか決めるだろう。ところで、田畑航平が『現代公論』に寄せた内部告発文のことで、布施事務次官はかなり腹を立ててたんじゃないのか？　むろん、大槻議員や『エコ・アース』の夫馬社長も危《ヤバ》いことになったと慌《あわ》ててたにちがいない」

風見は、入江たち二人に言った。入江と真継は顔を見合わせたが、どちらも口は開かなかった。

「去年の十二月二十八日の夕方から田畑航平の行方がわからなくなって、未《いま》だに消息不明だ。汚職を暴かれることを恐れた布施たち三人のうちの誰かが、経産省の元審議官を第三者に拉致させた疑いがある。あんたたちは、田畑の失踪には関わってないよな？」

「田畑のことは快く思ってなかったが、わたしは彼の失踪にはタッチしてないよ。真継も同じだと思う」

「ええ、わたしも関与してませんよ」

真継が早口で言った。風見は、入江の肩口を叩いた。

「あんたは何か知ってるんじゃないのか。収賄の件が発覚したら、布施、大槻、夫馬の三人は身の破滅だ。田畑を第三者に拉致させて、始末させたくなったとしても別におかしくはない。それだけじゃない。三人のうち誰かが、一月十三日に殺害されたテレビのコメンテーターだった滝沢修也を葬《ほうむ》らせた疑いもあるな」

「えっ、どうしてそういうことになるの!?」

入江が首を傾《かし》げた。

「田畑は、元新聞記者のコメンテーターと親しかったんだよ。しかも二人は、私利私欲に走ってる政治家、財界人、高級官僚の犯罪を告発する気でいたようなんだ。『エコ・アース』絡みの贈収賄容疑の件は、滝沢も田畑から聞いて知ってたにちがいない。それからな、汚職を立証できる裏付けも押さえてたらしいんだよ」

「そうなのか」

「だから、布施、大槻、夫馬の三人のうち誰かが犯罪のプロにでも田畑航平を拉致させて、滝沢修也を殺《や》らせた疑いがあるんだ。布施と大槻の二人は、特に臭いな」

「布施さんは、そんなことはやってないと思うよ。海千山千の政治家なら、そういうことも考えるかもしれないがね。な、真継?」

「ええ、課長の言う通りです。布施事務次官と『エコ・アース』の社長は、拉致事件にも殺人事件にもタッチしてないですよ。ええ、そう思いますね」

真継が入江に追従した。風見は入江に声をかけた。

「今度は、あんたが布施を表に誘《おび》き出してくれ」

「そ、そんな……」

「やってもらう。携帯は持ってるんだろ？」

「持ってることは持ってるがね。恩人を売るみたいなことはしたくないな」

「つべこべ言ってないで、早く携帯を出すんだっ」

「わかったよ」

入江が懐からモバイルフォンを取り出し、布施に電話をかけた。遣《や》り取りは短かった。

「もう事務次官は省舎を出たそうだ」

「官舎に帰ったのか？」

「いや、ちょっと寄り道をしてから帰宅すると言ってたから、多分……」

「広尾の愛人宅に向かってるんだな？」

「そうなんだと思うよ」

「わかった」

風見は入江に言って、佳奈に指示した。

「二課の兼子主任に連絡して、この二人の身柄《ガラ》を引き取りに来てもらってくれ」

「了解！」

佳奈が運転席から出て、官給モバイルフォンを耳に当てた。

「なんとか見逃してもらえないか。同じ公務員同士じゃないか」

入江が泣き言を口にした。

「あんたたちキャリア組は内心、ノンキャリア組を見下してるくせに、仲間意識を持てだと？　ふざけんな！」

「『エコ・アース』から妻の銀行口座に振り込まれた金をそっくり返すよ。だから、収賄容疑はなかったことにしてくれないか。一生のお願いだ」

「拝む恰好《かっこう》をしたって、無駄だよ。少しは反省しやがれ！」

風見は声を荒らげた。入江が気まずく黙り込んだ。横にいる真継は、さきほどからうつむいていた。

佳奈が車内に戻ってきた。

「兼子主任は二人の部下と一緒に二人の被疑者の身柄を引き取りに来るそうです」

「そうか。目と鼻の先だから、五、六分で到着するだろう」

「でしょうね」

「身柄《ガラ》を引き渡したら、おれたちはすぐ『広尾アビタシオン』に行こう」

風見は相棒に言って、入江と真継に冷ややかな視線を向けた。

4

邸宅が並んでいる。

広尾の閑静な住宅街だが、ところどころに高級なマンションが建っていた。

風見は、覆面パトカーの助手席から前方を見ていた。

目的の『広尾アビタシオン』は、七、八十メートル先の右手にあった。外壁は真っ白で、南欧風の造りだった。

相棒がマンションの斜め前の路上にスカイラインを停めた。

その直後、岩尾から風見に電話がかかってきた。

「捜二に新エネルギー対策課の課長と課長補佐の身柄を引き渡したんだってね？　少し前に成島班長から聞いたよ」

「そうですか」

「兼子主任は、特命遊撃班のメンバーに何かご馳走しないといけないと成島さんに言ってたらしいよ。手柄をそっくり譲り受けたんだから、兼子さんはそんな気持ちになるだろうな」

「そんな気遣いは無用ですよ。汚職は、おれたちのチームの守備範囲じゃないですからね」

「そうだな。で、布施事務次官を追い詰めることはできたの?」

「まだなんですよ」

風見は詳しいことを話した。

「元キャビン・アテンダントの愛人に分譲マンションを買ってやったんだったら、『エコ・アース』から布施が多額の金を貰ったことは間違いなさそうだね。わたしたち二人は大槻議員と夫馬社長の動きを探ってみたんだが、贈収賄の立件材料はキャッチできなかったんだよ。でも、風見君たちペアが入江課長と課長補佐の真継の口を割らせてくれたんだから、布施、大槻、夫馬の三人だって、いつまでも空とぼけることはできないだろう」

「ばっくれさせませんよ。岩尾さん、相場くららの交友関係で何か新事実は?」

「あっ、話が逆になってしまったな。大槻と夫馬の動きを探る前に元AV女優の男性関係を周辺の者に改めて訊いてみたんだが、滝沢修也とくららが親しくしてたという証言はまったく出てこなかったね」

岩尾が答えた。風見は、テレビ・タレントの九条留衣から聞いた話を伝えた。

「くららが人気コメンテーターとの関係を打ち明けた時期が遅い気がするね。くららは留衣というタレントには気を許してるんだろうから、滝沢との仲をもっと早い時期に喋ってもよさそうだがな」

「おれも、それは感じました。くららは本当の不倫相手に協力する気になって、滝沢修也と密かに交際してるという嘘をついたと疑えますね」

「おそらく、そうだったんだろうな。くららのパトロンが大槻議員かもしれないと思ったりしたんだが、その線はどうなんだろう？」

「留衣の話では、大槻とくららは一面識もないようですよ。あっ、『エコ・アース』の夫馬社長は五十六歳だったな。五十代の謎の訪問者は、地熱発電会社の社長ということも考えられなくはないか」

「くららと夫馬が愛人関係にあったとしても、元AV女優と滝沢修也には接点がないようなんだよね？」

「ええ。どう考えても、滝沢が『鳥居坂スターレジデンス』の四〇五号室を訪ねた理由がわからないな」

「風見君、夫馬社長は大槻議員を使って経産省の布施事務次官に働きかけ、事務次官、入江、真継の三人に鼻薬を効かせたことを洗いざらい話すとか騙《だま》して、滝沢修也を愛人のマンションに誘い込んだんじゃないだろうか」

「そして、『エコ・アース』の社長はゴルフ・クラブで人気コメンテーターの頭部を何回も強打した？」

「くららと夫馬が愛人関係にあるとしたら、そんなふうにも筋が読めるんじゃないか？」

「ええ、そうですね。とにかく布施が愛人宅にいたら、締め上げてみますよ」

「そうしてみてくれないか」

岩尾の声が熄《や》んだ。風見は携帯電話を折り畳み、相棒に岩尾との遣り取りを語った。

「なるほど、正体不明の訪問者が夫馬幹彦とも考えられますね。証言者は、くららの部屋を月に何回か訪ねてる男は五十代に見えたと言ってるわけですから」

「そうだったな。夫馬は贈賄の証拠を田畑航平に握られたんで、先に誰かに田畑を拉致させた。次に愛人の自宅マンションに滝沢修也を誘《おび》き寄せ、殺害させたんだろうか。それが真相なら、当然、相場くららは実行犯が何者か知ってるはずだ」

「でしょうね」

「布施は何か知ってそうだな」

「そうですね。事務次官を追い込んでみましょうよ」

佳奈が言って、シートベルトを外した。

風見たち二人は通りを斜めに横切り、『広尾アビタシオン』の集合インターフォンの前まで進んだ。

「管理人さんに事情を話して、オートロック・システムを解除してもらいましょう。一二〇五号室のインターフォンを鳴らしても、おそらく北條雪乃はパトロンは来てないと空とぼけるでしょうからね」

佳奈が風見に言い、管理人室に通じるインターフォンを響かせた。

ややあって、スピーカーから男性管理人の声が洩れてきた。

佳奈が身分を明かし、管理人に玄関のオートロック・システムを解除させる。風見たちはエントランス・ロビーに足を踏み入れた。

右手にある管理人室から、五十八、九の細身の男が現われた。保木《ほき》という姓の管理人だった。

「今夜、一二〇五号室に来客がありましたね？」

風見は警察手帳を見せてから、保木《ふ》に話しかけた。

「は、はい。北條さんは、何か法に触れるようなことをしてしまったんでしょうか？」

「そうじゃないんですよ。部屋の主と交際中の男に収賄の嫌疑がかかってるんです」

「ま、まさか!? 北條さんの面倒を見てる方は、警察庁の偉いさんだという話でしたよ。北條さんがそうおっしゃってたんで、てっきりそうだと思ってましたがね」

「いや、元キャビン・アテンダントの不倫相手は経産省のエリート役人ですよ」

「そうなんですか」

「管理人さん、一二〇五号室の分譲価格は？」

「えーと、確か七千二百八十万円でした」

「所有権の名義は、北條雪乃になってるんでしょ？」

「そのはずです。北條さんは親の遺産が入ったので、ローンなしで一括払いしたと言ってらしたな。違うんですか？」

「ええ、多分ね。保木さん、何かもっともらしいことを言って、一二〇五号室のドアを開けさせてくれませんか」

「北條さんのパトロンというか、彼氏を逮捕するんですか？」

　管理人が問いかけてきた。

「任意で同行を求めるだけです。我々が刑事だと告げたら、警戒してドアを開けてくれないかもしれません。それで心理的に追い込まれた被疑者は愛人を人質に取って、部屋に立て籠《こ》もる恐れもあります。ベランダから飛び降りるかもしれないな」

「そんなことになったら、このマンションのイメージは悪くなりますね。わかりました。協力しましょう」

「感謝します」

風見は頭を下げた。佳奈が風見に倣《なら》う。

三人はエレベーターに乗り込み、十二階に上がった。管理人の保木が一二〇五号室のドアフォンを鳴らした。

だが、応答はなかった。北條雪乃は寝室で布施に抱かれているのかもしれない。

「応答があるまで、ドアフォンのボタンを押しつづけてください」

風見は管理人に頼んだ。

保木が言われた通りにする。五、六分すると、スピーカーから女性の声が洩れてきた。

「どちらさまでしょうか？」

「管理人です。わたし、うっかりしてましたが、お届け物を夕方にお預かりしてたんですよ」

「そうなんですか。困ったわ。わたし、湯上がりでナイトウエア姿なんですよ。明日、こちらから荷物を取りに行きます」

「お届け物、生《なま》の海産物なんですよ。管理人室の冷凍庫にほとんど余裕がないもんで、できれば、いまお渡ししたいんですがね」

「わかりました。少々、お待ちになって」

「勝手を言って、すみません」

保木がドアの横に移動した。

一分ほど待つと、ドアの内錠が外された。風見は管理人に目配せした。保木が小さくうなずき、エレベーター・ホールに足を向けた。

アイボリーのスチール・ドアが細く開けられた。

風見はノブを大きく引き、片足を三和土《たたき》に抜け目なく入れた。現われた部屋の主は、モスグリーンのキルティング・ガウンを着ていた。やや目に険《けん》があるが、美人と呼んでも差し支えないだろう。

「管理人さんは？　あなた方は誰なの!?」

「我々は警視庁の者です。北條雪乃さんでしょ？」

「そうですが、いったい何事なんです？」

雪乃が言いながら、後ずさった。

「奥に不倫相手の布施隆幸がいるね？　ダブルベッドの上で煙草でも吹かしてるのかな？」

「失礼なことを言わないでよ。わたしは、ここで独り暮らしをしてるんです。部屋に男性なんかいませんよ」

「あんたは、男物の靴を履《は》いてるのか？」

風見はにっと笑って、三和土の黒い紐靴を見た。元キャビン・アテンダントが顔面を引き攣《つ》らせた。目が一段ときつくなった。

「北條さん、経産省の事務次官を呼んでいただけませんか」

佳奈が名乗って、穏《おだ》やかに言った。

「わたしのほかは誰もいません」

「でも、玄関に男物の靴があります」

「わたしの靴です。仮装パーティーがあったとき、わたし、男装したんですよ」

「でも、サイズが合わないでしょ？　二十六、七センチはありそうですから」

「わたしが男装したときに履いた靴ですっ。爪先《つまさき》にカット綿を詰めて履いたんですよ。もうお引き取りになってください」

雪乃が硬い声で言った。

「犯罪者を匿《かくま》ったら、罰せられることはご存じでしょ？」

「そう言われても、部屋には誰もいないんですから」

「それなら、確かめさせてくれませんか」

「断ります。わたし、血縁者以外は自宅に入れないことにしてるんです」

「そんなことを言ってると、あなたは犯人隠匿《いんとく》の疑いで取り調べられることになりますよ。それでも、いいのかしら？　そうなったら、布施事務次官との関係はむろん、このマンションの購入代金の出所も明かさなければならなくなるでしょうね」

「えっ」

「布施、出て来い。息を潜めてても、奥にいる気配は伝わってくるんだ！」

風見はもどかしくなって、大声を張り上げた。すると、奥で物音がした。ベッドマットが軋《きし》んだようだ。

雪乃が絶望的な顔つきになった。

「やっぱり、奥に人がいるじゃないか」

「ペットのチワワが動いたんですよ」

「ふざけるな。ちょっと上がらせてもらうぞ」

「困ります。さっき断ったじゃありませんかっ」

「とにかく、お邪魔する」

風見は靴を脱いで、玄関マットの上に立った。

雪乃が中廊下の中央に立ちはだかり、両手を水平に掲《かか》げた。

「帰らないと、一一〇番しますよ」

「あんた、ばかか？　おれたちは刑事だぜ」

「でも、違法行為をしてるでしょ？」

「好きにしろ」

風見は雪乃を払いのけ、奥に向かった。間取りは2LDKのようだ。正面のリビングの右側は寝室になっているらしい。

風見は居間に躍《おど》り込み、右手にある部屋のドアを開けた。やはり、寝室だった。

ダブルベッドの近くで、布施がワイシャツをまとっていた。下は格子柄のトランクス一枚だった。

サイドテーブル上には、バイブレーターとピンク・ローターが載っていた。二つの性具は、まだ使われていないようだった。

「お娯《たの》しみは、はじまったばかりだったみたいだな。野暮なことはしたくなかったが、運が悪かったと思ってくれ」

「いったい何の真似なんだっ。無礼にも、ほどがあるぞ」

「新エネルギー対策課の入江課長と真継課長補佐の身柄は、捜査二課知能犯係に引き渡した。そこまで言えば、あとは説明する必要はないよな？」

「どういうことなんだね？　わたしには、よくわからんな」

「狸《たぬき》め！　なら、言ってやろう。入江と真継はそれぞれ女房を『エコ・アース』の非常勤役員にしてもらって、夫馬の会社から八百万と六百万の年俸を得てることを白状した。あんたが大槻議員に『エコ・アース』に便宜を図ってやってくれと頼まれて、入江と真継を抱き込んだ。そうだなっ」

「わたしは何も知らない」

布施が譫言《うわごと》のように呟き、その場にへたへたと坐り込んだ。

「『エコ・アース』から、いくら汚れた銭《ぜに》を貰ったんだい？　愛人に七千数百万円もするマンションを買ってやったんだから、一億以上貰ってるな？」

「入江や真継が何を言ったのか知らないが、わたしは疚《やま》しいことはしていない。天地神明《てんちしんめい》に誓ってもいい」

「時代がかったことを言いやがる。あんた、子供は？」

「息子と娘がひとりずついるよ。それが何だと言うんだ？」

「二人とも社会人なのか？」

「そうだ。倅《せがれ》は外務省で働いてる。わたしと同じ有資格者《キャリア》だよ。娘は公立病院の小児科医だ」

「立派だね。二人の子供と奥さんをこのマンションに呼ぶぞ。それでも、潔白だと言い切れるかい？」

「女房と子供たちをここに呼んだりしないでくれ。そんなことをしたら……」

「汚れた金で、元キャビン・アテンダントの愛人を囲ってることを知られてしまう。そうだな？」

「……………」

「布施さんよ、もう肚《はら》を括《くく》れって。族議員に恩を売っといて損はないと算盤《そろばん》を弾いて、夫馬の会社を新エネルギー開発のプロジェクト企業にしてやれと入江や真継に働きかけたんだろうが！」

「わたしは大槻先生に何か頼まれた覚えはないし、入江たちに圧力をかけたこともないよ。夫馬社長とは何年か前に大槻先生に紹介されて知り合い、二、三度会食をしたことはある。しかしね、何か願いごとをされた覚えはない」

「粘るな。あんたがそう出てくるなら、奥さんと二人の子供をここに呼ぼう」

風見は懐から捜査用の携帯電話を取り出し、身を屈《かが》めた。

「本気なのか？」

「もちろんだ。事務次官官舎の固定電話のナンバーは？」

「忘れたよ」

「ふざけるな！　一〇四に問い合わせてみるよ。あんたが住んでる公務員住宅の住所はわかってるからな」

「妻や子供たちをここに呼ぶのだけはやめてくれ。家族は誰も、わたしと雪乃のことは知らないんだ」

「家庭では、よき夫であり、よき父親を演じてたようだな。家族に軽蔑されたくなかったら、もう観念しろ！」

「少し時間をくれないか。スラックスを穿《は》いたら、ベランダで冷たい風に当たりたいんだ」

「あんたは飛び降り自殺をして汚職の件をうやむやにする気になったんだろうが、そうはさせないぜ」

「お見通しだったか」

「あんたはエリート役人だったんだ。逃げ切れないと思ったら、潔《いさぎよ》く罪を認めろ。そうじゃないと、そのへんの小悪党と同じになっちゃうぜ。キャリアなら、きちんとけじめをつけろよ」

「…………」

「布施、『エコ・アース』から、いくら貰ったんだっ」

「一億二千万円貰ったよ。夫馬社長から直接ね」

「やっと観念したか。口利きをした大槻は、当然、夫馬の会社から裏献金を受け取ったんだな？」

「だろうね。大槻先生は口利き料《コミッション》は一銭も貰ってないと何度も言ってたが、夫馬社長は国会議員に二億円の挨拶をしといたという言い方をしてたからな」

「そうか。ところで、本題に入るぞ。田畑航平の失踪にあんた、大槻、夫馬のうちの誰かが関わってるな？　おれは、そう睨んでるんだ」

「わたしは、田畑の失踪にはまったく絡んでない」

　布施が顔を上げ、首を横に振った。

「いまの言葉をそのまま信じることはできないな。あんたは元審議官の田畑に収賄の件で内部告発された。殺し屋《プロ》を雇って田畑だけじゃなく、元新聞記者の滝沢修也も始末させたんじゃないのか？　二人は協力し合って、堕落した政治家、財界人、キャリア官僚の素顔を暴く気でいたようだからな」

「わたしは、失踪の件にも殺人事件にも絶対に関与してないよ。そのことでは、少しも嘘をついてないっ。疑ってるなら、徹底的に調べてくれ」

「あんたがシロだとしたら、大槻登か夫馬幹彦のどちらかがクロなんだろう。どっちなんだい？　あんたなら、察しがついてるだろうが？」

「大槻先生は裏献金を受け取る際《さい》は、絶対に立件されないよう気をつけてるようだよ。だから、疑われたとしても、起訴されるようなヘマはやらないと思うね。それから夫馬さんも袖の下を使うときは法の網に引っかからないようにしてるみたいだから、告発人を亡き者にしたいなんて考えないはずだ」

「あんたの言う通りなら、二人とも失踪や殺人にはタッチしてないってことになるな」

「そうなんだと思うよ」

「さらに捜査を進めてみよう。腹這いになって、両手を腰の後ろで組むんだ」

風見は命令した。

布施が床《ゆか》に伏せ、両手を腰の後ろで組む。風見は布施を見ながら、リビングに移った。

佳奈が、椅子に浅く腰かけた雪乃に何か説明している。雪乃は涙ぐんでいた。

「布施が収賄容疑を認めた。『エコ・アース』の社長から一億二千万円貰ったそうだ」

風見は相棒に言った。

「そうですか。で、田畑航平の失踪とコメンテーター殺しに関しては？」

「事務次官は自分はどちらにも関わってないと供述した」

「なら、大槻か夫馬のどちらかがスキャンダルの発覚を恐れて……」

佳奈は、みなまで言わなかった。

「布施は、どちらもシロなんではないかと言ってる」

「風見さんは、どう思ってるんです？」

「ちょっと筋の読み方が間違ってたのかもしれないな」

「そうなんでしょうか」

「もう一度、兼子主任に連絡してくれないか。布施の身柄を捜二に引き渡して、おれたちは頭の中を整理してみようや。八神、電話を頼むな」

風見はベッドルームに戻り、思わず長嘆息《ちようたんそく》した。

第四章　怪しいマスコミ王国

1

徒労感が萎《しぼ》まない。

振り出しに戻ってしまったという落胆も消えていなかった。

風見は自席について、滝沢修也の著書の一冊を読んでいた。

相棒の佳奈、岩尾、佐竹の三人はヘッドフォンを付けて、おのおの滝沢の講演テープを聴いている。

班長の成島は、人気コメンテーターが新聞記者時代に書いた署名記事を読み返していた。特命遊撃班の小部屋である。

布施、入江、真継の三人の身柄を捜査二課知能犯係に引き渡したのは、四日前の夜だった。すでに観念した布施事務次官はその日のうちに、『エコ・アース』から一億二千万円を受け取ったことを自供した。もちろん、大槻代議士に頼まれた件も吐いた。

それによって、翌日、夫馬社長と大槻議員は任意同行を求められた。『エコ・アース』の社長は大槻に二億円の裏献金を渡し、布施に一億二千万円の現金を払ったと供述した。

さらに夫馬は、入江と真継の妻を会社の非常勤役員にした事実も隠さなかった。

大槻議員は裏献金を受け取った覚えはないと強く否認しているが、兼子主任たちはそのうち裏付けを取るだろう。

布施は親類の者に株のインサイダー取引をさせ、一億五千万円以上の売却益を得たことも認めた。また事務次官は、資金協力課課長の高城茂久がインフラ輸出関連企業に袖の下を使わせていたことを把握していたが、黙認していたと明かした。

布施の証言があって、高城課長と贈賄側の企業関係者はきのう全員、検挙された。だが、汚職に関わった者たちは誰も田畑航平の失踪には絡んでいなかった。滝沢修也の殺害にも関与していないことが判明した。

班長席の警察電話が鳴った。

すぐに成島が受話器を取る。遣《や》り取りから、発信者は桐野刑事部長だと知れた。理事官から桐野に何か報告があったようだ。捜査本部に詰めている五係と六係の捜査員たちが自分らよりも早く真犯人にたどり着いてしまったのか。

風見は一瞬、不安になった。巧名心はなかったが、文珠係長や白土係長には先を越されたくなかった。正規捜査員たちが事件を解決したら、文珠たちは特命遊撃班を無能チームと極《き》めつけるにちがいない。そういう屈辱《くつじょく》感だけは味わいたくなかった。

成島が受話器をフックに戻した。

「何か動きがあったんでしょ？　桐野さんからの電話だったようだが……」

風見は班長に話しかけた。

「田畑航平の腐乱死体が山梨県の権現山《ごんげんやま》の麓《ふもと》の廃屋《はいおく》で発見されたそうだ。半《なか》ば白骨化してるらしいよ」

「権現山というのは、どのへんにあるんです？」

「中央自動車道の上野原《うえのはら》ＩＣ《インターチェンジ》から北西七、八キロ離れた所にある、標高約千三百メートルの山だという話だ。田畑は太い柱に縛《しば》りつけられ、骨と皮になってたそうだよ」

「ということは、餓死させられたんだろうな」

「ああ、おそらくな。元キャリア官僚は去年の十二月二十八日に拉致され、廃屋に監禁されたんだろう。それで、食べ物も水も一切《いっさい》与えられなかったにちがいない。かわいそうにな」

「ひどいことをしやがる」

「武蔵野署の刑事課の者が所轄署に向かったそうだ。そっちと八神も、山梨に行ってくれないか。遺体は地元署に安置されてるらしいんだ」

成島が言って、椅子から立ち上がった。

ちょうど午後二時だった。風見は隣席の佳奈の肩を軽く叩いた。相棒がヘッドフォンを外す。

「田畑の腐乱死体が山梨で見つかったんだ。風見君と一緒に現地に飛んでくれ」

成島が佳奈に言った。佳奈が驚きの声を洩らした。いつの間にか、岩尾と佐竹もヘッドフォンを外していた。

「急ごう」

風見は相棒を急《せ》かし、先に刑事部屋を出た。佳奈が小走りに追ってくる。

二人はエレベーターで地下二階の車庫に下《くだ》り、慌《あわ》ただしくスカイラインに乗り込んだ。

首都高速をたどって、中央自動車道の下り線に入る。サイレンを轟《とどろ》かせながら、追い越しレーンを突っ走った。

風見はハイウェイに入る前に、成島から聞いた話を佳奈に伝えてあった。

「所轄署で情報を集めたら、権現山の麓にあるという廃屋に行ってみよう」

「そうですね。飢え死にさせるなんて、殺し方が残酷だわ。どうせ殺すんだったら、ひと思いに……」

「そうだな。田畑を抹殺したいと思ってた犯人は、よっぽど元キャリア官僚を憎んでたんだろう」

「そうなんでしょうが、手口が残忍すぎますよ。奥さんの瑞穂さんは、半ば白骨化してるという夫の遺体を見たら、気絶してしまうんじゃないかしら？　お気の毒に」

「惨《むご》いよな」

会話が途切れた。

田畑航平は捜査本部事件の被害者ではない。しかし、一月十三日に撲殺された滝沢修也と一緒に堕落した政治家、財界人、官僚の不正を告発しようとしていたようだ。社会の歪《ゆが》みを正したいと願っていた硬骨漢が二人も命を奪われた事実は重い。

警察は法の番人でありながら、未然に凶悪な犯罪を防げなかった。風見は自分たちの無力さに打ちのめされそうだった。相棒も同じ気持ちらしく、ほとんど口を開かなかった。

上野原ＩＣを降りたのは、午後三時七分ごろだった。

県道を少し走ると、所轄署に着いた。すでに武蔵野署の二人の刑事と未亡人の瑞穂は署内にいた。夫の亡骸と対面した直後の未亡人は会議室の机に突っ伏して、泣きじゃくっていた。

そのそばには、武蔵野署の刑事たちが立っている。二人は交互に瑞穂に慰めの言葉をかけているが、未亡人の耳には届いていないようだ。

「先に遺体《ホトケ》を見せてもらいます」

風見は、会議室の前で地元署の刑事課長に小声で言った。

落合《おちあい》という名の刑事課長が無言でうなずいた。五十三、四で、巨漢だった。

風見たちコンビは落合に案内されて、署の建物の裏にある死体安置所に入った。プレハブ造りで、十畳ほどの広さだ。薄暗い。

ほぼ中央にストレッチャーが置かれ、遺体が横たわっていた。線香と芳香剤の臭《にお》いが混ざり合っている。

「ちょっとショッキングですよ」

落合がどちらにともなく言って、ストレッチャーを覆っているブルーシートを大きく捲《まく》った。遺体は、ひどく傷《いた》んでいた。

佳奈が口の中で呻《うめ》いて、頽《くずお》れそうになった。風見は反射的に相棒の体を支えた。

死者は、まるでミイラだった。顔の肉はあらかた削《そ》げ落ちているが、頭髪は生きている状態と変わらない。衣服は骨にへばりついている恰好《かっこう》だ。

出た。
落合がブルーシートを遺体に被せ、無言で一礼した。風見は佳奈を促《うなが》し、死体安置所を
風見は短く合掌し、落合刑事課長に声をかけた。佳奈が慌てて両手を合わせる。
「もう結構です」

落合が呟きながら、引き戸を閉めた。
「惨《むご》い姿だから、見なかったほうがよかったかもしれないな」
「廃屋のある場所を詳しく教えていただけませんか」
風見は言った。落合が上着の右ポケットから、紙切れを抓み出した。それには、道順と
廃屋の略図が記《しる》してあった。
「武蔵野署の方たちにも、同じものを差し上げました」
「そうですか。助かります。廃屋の所有者は、どなたなんです？」
「深水善吉《ふかみずぜんきち》という老人が七年前まで独りで住んでたんですが、亡くなったんで空き家にな
ってたんですよ。奥さんは十一年前に病死して、子供もいなかったんでね。従弟《いとこ》が勝沼《かつぬま》に
いるんですが、ほとんど不動産価値がないんで相続権を放棄《ほうき》したんですよ。それで上野原
町に寄贈してもらったわけですが、使い道がないんで……」
「ずっと放置してたんですね？」

「そうなんですよ。周辺に民家もないんで、荒れ放題でした」

「遺体の発見者は？」

「大月《おおつき》市内に住む猟友会のメンバーのひとりです。その人たちは近くで野鳥を撃ってたんですが、猟犬のイングリッシュ・セッターが廃屋に入り込んで、何度も吠《ほ》えたらしいんですよ。それで飼い主が廃屋の中に入ったら、腐乱死体があったわけです。パーカのポケットに田畑航平さんの運転免許証が入ってたんで、身許はすぐに判明した次第です」

「そうですか。故人は去年の十二月二十八日の夕方、吉祥寺の自宅近くで何者かに拉致されたようなんですが、廃屋の中に犯人の遺留品と思われる物は？」

「遺留《リュウ》品と断定することはできませんが、わたしの部下が廃屋の土間に落ちてた東都タイムズが購読者に配った記念ボールペンを採取しました」

「そうですか」

風見は努めて平静に答えたが、ほくそ笑《え》みそうになった。

東都タイムズは全国紙だが、発行しているのは保守系の新聞社だった。東都タイムズは中立報道のスタンスを崩していないと言いながらも、リベラルな発言をするジャーナリスト、評論家、歴史学者などを嫌っていた。

滝沢修也の物の見方や考え方は偏《かたよ》っていると判断されていたらしく、系列の民放テレビには一度も出演していない。経済産業省の元審議官の田畑航平も、人気コメンテーターと同様に要注意人物とマークされていたのではないか。

保守系新聞社は戦後間もなく設立されたのだが、創業者は商才に長《た》けていた。傘下にテレビ局、ラジオ局、レコード会社、出版社などを擁《よう》し、マスコミ王国を築き上げた。遣《や》り手なだけに、ワンマン経営だった。

創業者が他界すると、長男がグループ企業の総帥《そうすい》になった。しかし、二代目は五十前に急死してしまった。現在は、創業者の孫の伊坂恭吾《いさかきょうご》がグループ企業のトップとして君臨している。

三代目はまだ三十七歳だが、老人キラーとして名高い。政財界の実力者たちにかわいがられ、大物右翼や闇社会の首領《ドン》たちとも親交がある。

伊坂恭吾は祖父や父から商才を受け継いだだけではなく、保守思想も信奉していた。イデオロギーの異《こと》なる知識人を目の敵《かたき》にしている節がうかがえる。

「故人を意図的に餓死させた者がうっかり記念ボールペンを廃屋に落としてしまったのか。あるいは、犯人は保守系新聞社の犯行に見せかけたくて細工をしたんですかね。まだ、どちらとも言えません」

落合が風見に言った。

「確かに作為的《さくいてき》な感じはしますね。しかし、グループ企業の若き総大将は進歩的なことを言う連中を毛嫌いしてるでしょ？」

「ええ、そうですね。三代目に就任した直後に偏向報道をした疑いを持たれて、一部のマスコミが取り上げて問題にされたんじゃなかったかな？」

「ええ、そういうことがありましたね」

「そうでした」

「所轄署の庭先を荒らすようで気が引けるんですが、ちょっと廃屋を覗かせてもらいます。落合さん、かまわないでしょ？」

「別に問題はありません。ただし、何か手がかりを摑んだら、所轄署に必ず情報を提供してくださいね」

「ええ、遣らずぶったくりなんかしませんよ」

風見は約束した。落合が小さく笑った。

佳奈が訊いた。

「落合さん、話を戻しますけど、記念ボールペンに指掌紋《ししょうもん》は付着してました？」

「それが、まったく指紋も掌紋も検出されなかったんですよ。そのことを考えると、どうもボールペンは故意に現場に遺《のこ》されたんでしょうね。被害者を餓死させた奴がハンカチか何かでボールペンを神経質に拭《ふ》いてから、廃屋の中に落としたみたいだな」

「加害者は、保守系新聞社に罪を被せようとしたんでしょうか」

「多分、そうなんでしょう。未亡人や武蔵野署の方たちを放ったらかしにしておくわけにはいかないんで、わたしはこれで……」

落合が軽く頭を下げ、署の建物の中に戻った。

「保守系新聞社は悪知恵を働かせて、裏をかいたとも考えられるな」

「風見さん、どういうことなんです？」

「東大出のくせに、頭の回転がよくないな。しかし、ま、愛嬌か。全知全能の女なんか、抱く気になれないからな」

「話を脱線させないで、ちゃんと答えてくださいよ」

「いいだろう。記念ボールペンにまるで指掌紋がくっついてなかったら、犯人が東都タイムズに罪をなすりつけようと偽装工作をしたと普通は考えるよな？」

「ええ」

「しかし、そう見せかけておいて、実は保守系新聞社が元キャリア官僚を餓死させたのかもしれない。つまり、裏をかかれてる可能性もあるんじゃないかってことさ」

「そんな面倒なことをするかしら？　記念ボールペンをわざと廃屋に遺してきたら、東都タイムズにどうしても捜査の目が向けられることになるでしょ？」

「そうだな。捜査関係者は、保守系新聞社が犯人に濡れ衣を着せられそうになったと思い込むはずだ」

「でしょうね」

「それが狙いなんだよ。伊坂恭吾はそうやって裏をかいて、正義の使者ぶってるように映る田畑航平を飢え死にさせ、次に滝沢修也を実行犯に始末させた。そういう推測もできることはできるよな？」

「ま、そうですが、そんな手の込んだことをする必要がありますかね？」

佳奈は納得できないようだった。

「三代目は以前、偏向報道というか、自分たちに都合のよい言論の統制を企《たくら》んだ気配があった。だから、捜査当局に疑われることを避けたかったんで、わざわざ手の込んだ細工を弄《ろう》したとも考えられるじゃないか」

「ま、そうなんですけど」

「おれは、別に東都タイムズの関係者が裏をかいたと確信してるわけじゃないんだ。そういう疑いがゼロではないと言いたかったんだよ。廃屋に向かおう」

風見は署の駐車場に足を向けた。佳奈がすぐ肩を並べた。

二人は覆面パトカーに乗り込み、権現山の麓をめざした。市街地を離れると、畑が目につくようになった。奥に進むにつれて、民家の数も少なくなった。

やがて、車は山麓地帯に入った。

小さな集落が点在しているだけで、森林が目立つ。目的の廃屋は、人里離れた場所にあった。周囲は雑木林だった。

「半ば白骨化した遺体が見つかった家に住んでた夫婦は、自給自足に近い暮らしをしてたんだろうか」

風見は、ハンドルを握っている相棒に言った。

「そうなのかもしれませんね。あたりに人家は一軒も見当たらないから、拉致犯の車を目撃した地元住民はいそうもないな」

「それでも、後《あと》で少し聞き込みをしてみよう」

「はい」

佳奈がスカイラインを廃屋の前に停めた。

二人は車を降り、朽《く》ちかけている平屋に歩《ほ》を進めた。玄関戸のガラスは破れていた。建てつけが悪く、玄関戸はすんなりとは開かなかった。

土間には、埃《ほこり》が溜《た》まっていた。枯葉も吹き込んでいる。野鳥の糞《ふん》も散っていた。

風見たちは土足で、家の中に入った。

和室が三室あったが、畳は腐っていた。支柱の太い柱の下に、黒ずんだ染《し》みがあった。

腐敗臭がかすかに立ち昇ってくる。

柱には、無数の傷があった。鎖《くさり》で擦《こす》った傷痕だろう。

「何か遺留品がないか、一応、捜してみようや」

「そうしましょう」

二人は左右に分かれ、家の隅々まで検《しら》べてみた。

だが、犯人が落としたと思われる物品はなかった。複数の靴跡は目に留《と》まったが、その多くは大月の猟友会のメンバーのものだろう。犯人の足跡を特定することは困難だ。

風見たちは、庭や廃屋の前の道もチェックしてみた。

しかし、無駄骨を折っただけだった。二人は捜査車輌に乗り、民家のある地域まで引き返した。

家々を訪ね、去年の暮れに不審な車を見かけたかどうか訊いてみた。だが、やはり結果は虚《むな》しかった。

二人はスカイラインの中に戻った。

風見は、成島に電話をかけた。所轄署の刑事課長から聞いた話を伝える。

「単純に考えれば、犯人が保守系新聞社の犯行と見せかける目的で、記念ボールペンを廃屋に遺《のこ》したと推測できるな」

「ええ」

「しかし、色男が言ったように東都タイムズの関係者が裏をかいて小細工を弄したとも考えられる」

「そうですね」

「滝沢修也は、横浜での講演で民族派の大物国粋主義者の天瀬是清《あませこれきよ》、八十三歳を単なる利権右翼にすぎないと斬って捨ててた。伊坂恭吾は、祖父と親交の深かった天瀬を敬愛してるんだよ。田畑は、天瀬がただの利権右翼にすぎないという証拠を押さえ、そのことを同志の人気コメンテーターに教えたんじゃないのかな？　あるいは、伊坂は利権右翼の手を借りて、リベラルな発言をしてる文化人たちを脅迫させてたのかもしれない。その犯罪の証拠を田畑と滝沢の二人に知られてしまったんだろうか」

「後者だったとしたら、伊坂恭吾が第三者に田畑を飢え死にさせて、滝沢修也を殺《や》らせたとも考えられるな。グループ企業の若き総大将と元AV女優の相場くららに接点があるかどうか、調べてみる価値はありそうだ」

「それは、岩尾・佐竹班に調べさせよう。そっちと八神は、いったん桜田門に戻ってくれないか」

成島が電話を切った。

風見はモバイルフォンの終了キーを押し、佳奈に通話内容を喋りはじめた。

2

監視カメラだらけだった。

長い石塀の上部には、鋭い忍び返しが連《つら》なっている。渋谷区南平台町《なんぺいだいちょう》にある伊坂恭吾の自宅だ。

風見は通行人を装って、伊坂邸の前を通り抜けた。

高級住宅街の中でも、伊坂邸は一際《ひときわ》目立つ。敷地は五百坪近くありそうだ。東都タイムズの初代主幹と二代目が住み継いできた数寄屋造りの家屋は、ちょっとした割烹旅館よりも大きい。和風庭園は手入れが行き届いていた。

午後七時過ぎだった。風見たちコンビはいったんアジトに戻り、午後六時数分前から伊坂宅を張り込みはじめたのである。

相棒は少し離れた路上に駐めた覆面パトカーの中だ。岩尾・佐竹班は、千代田区三番《さんばん》町《ちょう》にある天瀬是清の自宅に張りついている。国士として知られている老人は、『報国一心会』という右翼団体の代表者だった。組織の本部は自宅内に併設されている。

天瀬は山梨県人だった。しかも、田畑航平の腐乱死体が発見された廃屋から五キロほど離れた寒村で生まれ育っている。廃屋のあたりには、土地鑑があるはずだ。

成島班長がそう判断し、岩尾・佐竹コンビに天瀬の動きを探《さぐ》らせる気になったのだ。

風見は踵《きびす》を返し、来た道を引き返しはじめた。

寒い。夜気《やき》は粒立《つぶだ》っていた。伊坂恭吾は、まだ帰宅していない。

風見はスカイラインの助手席に腰を沈めた。

車内は冷えびえとしていた。エンジンは切られている。アイドリング音で、張り込んでいることを覚《さと》られる恐れがあったからだ。

「寒いな。こうも寒いと、どこもかしこも縮こまってしまうよ。女はそういうこともないから、いいよな」

「もろセクハラですね」

「八神、変な想像するなよ。別におれは睾丸《こうがん》が縮こまると言ったわけじゃないぜ」

「そう受け取れました！　エロ親父になるのは、四十代に入ってからにしてください」

「くそっ、バレたか。冗談はともかく、十分だけエンジンをかけてほしいな。体を冷やすと、小便が近くなるからさ」

「いまの言葉も、一種のセクハラなんじゃないかしら？」

佳奈がイグニッション・キーを捻《ひね》った。カーエアコンが作動しはじめる。

「天瀬是清は憂国《ゆうこく》の士みたいなことを言いながら、前政権党の大物議員たちと結託して、数々の利権を貪《むさぼ》ってきましたよね？」

「そうだな。国内だけじゃなく、石油産油国の有力者に鼻薬を嗅がせて、採掘権まで手に入れた。中国や北朝鮮の数々の暴挙は断じて赦《ゆる》せないから、早く日本も核武装すべきだと言いながら、裏でこっそりと中国のレアメタルを大量輸入し、がっぽりと儲けてやがる。滝沢修也に単なる利権右翼と断じられても仕方ないよ。事実、その通りなんだからさ」

「ええ、そうですね。おそらく天瀬は政財界人のスキャンダルを押さえて、甘い汁を吸いつづけてきたんでしょう。でも、利権右翼は闇の勢力とつながってるから、誰も逆らえない」

「そうなんだろう。天瀬は伊坂恭吾の祖父と親交があったことで三代目の後ろ楯《だて》になってるようだが、利益を得られなくなったら、マスコミ王国から離れるさ」

「ええ、そうでしょうね。天瀬はマスコミ王国の三代目に頼まれて、田畑航平と滝沢修也を配下の者に葬らせたんですかね？」

「そう疑えるが、まだわからないな。そうだとしたら、伊坂恭吾は何か犯罪に手を染め、そのことを田畑と滝沢に知られてしまったんだろう」

　風見は口を結んだ。

　そのすぐあと、成島から風見に電話がかかってきた。

「相場くららはＡＶ女優になる前に短い間だが、グラビア・アイドルだったんだ。そのときにな、保守系新聞社系列の出版社からヘア・ヌード写真集を出してるんだよ。まったく売れなかったみたいだがね。ほとんど無名に近かった相場くららのヘア・ヌード写真集が刊行されたんで、芸能界の連中は伊坂恭吾に手をつけられたにちがいないと噂し合ってたらしいよ」

「そうだったのかもしれませんね。その当時、まだ三代目は独身だったから、いろんな女と遊んでたんでしょう。交際期間は短かったんだろうが、くららとマスコミ王国の三代目が男女の仲だった可能性はあるな」

「こっちも、そう思ったんだよ。伊坂恭吾はもっともらしいことを言って、滝沢修也を相場くららの前のマンションに誘い込んで、犯罪のプロに殺《や》らせたんじゃないのかね？　その前に、その実行犯は田畑航平を拉致して廃屋に閉じ込め、飢え死にさせてた。そう筋を読んでみたんだが、色男はどう思う？」

「伊坂はマスコミ王国の総責任者です。自分で動くとは考えにくいな。成島さんの読みが外れてなかったら、おそらく三代目は田畑と滝沢に致命的な弱みを知られてしまったんでしょう」

「その弱みは下半身スキャンダルなんかじゃなく、犯罪の事実なんだろうな。天瀬是清が総大将の不安を察して、『報国一心会』のメンバーに汚れ役を押しつけた？」

「そう推測したほうがリアリティーがあると思いますよ。田畑は、天瀬の出身地の近くの廃屋で餓死させられてたんですから」

風見は言った。

「そうか、そうだったのかもしれない。しかし、待てよ」

「班長、何か得心《とくしん》できないんですね？」

「うん、まあ。二人が死んだ場所なんだが、廃屋は天瀬の生家に近い。滝沢が殺害されたのは、マスコミ王国の傘下の出版社からヘア・ヌード写真集を出してる相場くららの自宅マンションだった。なんかミスリード工作っぽくないか？」

「確かに仕掛《ギミック》けっぽいな。廃屋に落ちてた記念ボールペンの件で裏をかこうとしたんではないかと考えたんですが、伊坂と天瀬が自分らと間接的につながりのある殺害現場をわざわざ選ぶのは不自然ですね」

「そうだよな？　まったく別の人間が田畑と滝沢を始末して、伊坂か天瀬が絵図を画《か》いたと見せかけたのかもしれないぞ」

「そうなんだろうか。それはそうと、岩尾・佐竹班から何か報告は？」

「天瀬宅には『報国一心会』の幹部たちが続々と集まってるそうだよ。財務省官僚と巨大労働者団体の双方の圧力におたついてる現首相に呆れて、暗殺計画でも練ってるのかね？」

「天瀬はポーズで民族派の大物ぶってますが、人気コメンテーターが看破《かんぱ》したように単なる薄汚い利権右翼なんでしょう。金儲けにしか関心がないんだろうから、日本の行く末のことなんか実は何も考えてないと思うな。大国のエゴイズムにサムライとして挑むと言いながら、利権漁《あさ》りに明け暮れてる強欲な老人は早くくたばっちまえばいいんですよ」

「同感だね。何か摑んだら、報告を上げてくれ」

成島が通話を切り上げた。

風見は携帯電話を懐に仕舞い、佳奈に班長と話した内容を明かした。

「成島さんが言ったように、真犯人《ホンボシ》が伊坂恭吾や天瀬是清に濡れ衣を着せようとしてる気配もうかがえますよね。それはそれとして、伊坂は熱血派の田畑航平と滝沢修也のストイシズムがうっとうしいと思い、苦々しく感じてたんじゃないのかしら？」

「先をつづけてくれ」

「はい。財界人は程度の差はあっても、清濁併《あわ》せ呑んでビジネスをしてると思うんですよ。理想論だけでは企業を維持できません。だから、政治家やエリート役人を利用しながら、利潤を追求してるんでしょう」

「だろうな」

「もちろん、誉《ほ》められることじゃありません。志《こころざし》が低すぎますし、社会全体のことを考えてませんよね。でも、巨大な組織を支えるにはそうせざるを得ない面もあるわけです。そうした狡《ずる》さを自覚してるからこそ、他人に醜い部分を指摘されたとき、批判した者に対して怒りや憎しみを覚えるんじゃありませんか。負《ふ》の感情が増大したら、殺意も芽生える気がするんですよ」

「だから、伊坂恭吾はつい逆上して、田畑と滝沢をこの世から抹殺したくなった？」

「ええ、マスコミ王国の若い総帥が直《じか》に手を汚したとは思えませんが、後先のことを考えないで実行犯を雇ったんじゃないんですかね？　で、そのときに以前に多少のつき合いのあった相場くららの部屋を滝沢修也の殺害場所に選んだのではないのかな」

「いくらリベラリスト嫌いでも、伊坂はそこまで単細胞《マルタン》じゃないだろう。三代目が田畑と滝沢の事件に関与してるとしたら、何か犯罪の証拠を握られたんだと思うよ。田畑航平は天瀬是清の生家の近くの廃屋《ヤマ》で餓死させられたんだ。すぐに利権右翼に嫌疑がかかるようなことは、いくらなんでも……」

「そう言われると、その通りですね。わたしの筋の読み方は間違ってるのかもしれません」

佳奈がうなだれた。

風見は相棒を励ます気になった。ちょうどそのとき、前方から銀色のロールスロイス・ファントムが走ってきた。運転席に腰かけているのは、伊坂恭吾だった。彼は年に何度か、系列のテレビ局の対談番組に出演していた。

そんなことで、風見はマスコミ王国の総大将の顔を知っていた。伊坂は貴公子然とした顔立ちだったが、眼は鷹《たか》のように鋭かった。祖父も父親も、同じような目をしていた。

ロールスロイスが大きな門扉《もんぴ》の前で一時停止をした。伊坂はリモート・コントローラーで門を開け、高級外車ごと邸内に吸い込まれた。門扉は自動的に閉まった。

伊坂は四年前に売れっ子モデルと結婚し、二年前に一女を設けている。二歳の愛娘はかわいい盛りなのだろう。独身のころは浮名を流しつづけていたが、最近は自宅で寛《くつろ》ぐことが多くなったようだ。

「伊坂は今夜、天瀬是清と接触しそうもないな。午後九時まで張り込んで来訪者がゼロだったら、張り込みを切り上げるか」

「風見さん、智沙さんを独りにしておくことが心配なんでしょ？　それでしたら、先に根上さんのお宅に帰られても結構ですよ。わたし、午後十一時ごろまで張り込みを続行しますんで」

「そっちの気持ちは嬉しいが、八神に甘えるわけにはいかないよ。おれも、張り込みを続行する」

「無理をしなくてもいいのに」

「まだ八神と一緒にいたいんだよ。できれば、朝までそばにいたいね」

「わたしを口説いてるんですか⁉」

「そう！」

「とか言ってるけど、いつもの屈折した優しさなんでしょ？　ただの同僚の前で、照れて悪ぶることはないと思うけどな。どうしてストレートに気持ちを表現できないのかしらね。なんか子供みたい」

「またまた母性本能をくすぐられちゃったか？　それなら、八神をお母ちゃんと呼んで、乳首をチュパチュパさせてもらおう」

「もう少し品のあるジョークを返してほしかったな」

佳奈が苦笑しながら、やんわりとたしなめた。

そのとき、伊坂邸の前に黒塗りの大型ベンツが停まった。助手席から組員風の若い男が素早く降り、リア・ドアを恭《うやうや》しく開ける。

ベンツの後部座席から降りた五十年配の男には、見覚えがあった。経済マフィアの舛井《ますい》公啓《きみひろ》だった。会社乗っ取り屋として悪名が高かった。

「ベンツの後部座席から降りた五十一、二の男は、堅気《かたぎ》じゃなさそうですね。風見さん、見覚えはあります？」

「あるよ。組対時代に内偵したことのある会社喰い《マージャー》で、舛井公啓って奴だ。赤字経営に苦しんでる準大手や中堅企業に運転資金を提供して、合法すれすれの手口で経営権を奪ってる野郎だよ。狙った会社の役員たちの弱みを握って、裏で威《おど》しをかけてることは間違いない」

「経済やくざなら、闇の勢力ともつながりはあるんでしょうね？」

「関東御三家とバランスよくつき合って、神戸の最大組織とも親交がある。それでいて、どの広域暴力団にも取り込まれてない。舛井は有名私大の商学部を出てるんだ。不良上がりの筋者《すじもの》よりも悪賢いんだろうな」

「伊坂は傘下企業をもっと増やしたくて、あの経済マフィアに会社の乗っ取りを頼んだんですかね？　それとも、田畑航平と滝沢修也の始末をさせたのかな？」

「チャンスがあったら、舛井を締め上げてみよう」

風見は相棒に言って、経済マフィアの動きを目で追った。

舛井は門柱の前にたたずみ、インターフォンを鳴らした。名乗ると、門扉が開いた。舛井が振り返って、助手席から降りた男に何か指示した。

相手が一礼し、ベンツの助手席に腰を沈めた。大型ドイツ車が動きだした。地を滑るような走り方だった。

舛井が伊坂邸の中に足を踏み入れた。門の扉がゆっくりと閉まった。

それから間もなく、山梨県警上野原署の落合刑事から風見に電話があった。

「武蔵野署の方から、情報を貰いました？」

「いいえ、別に何も……」

「そうですか。本庁勤務の方たちに対抗心を持ってるのかな。わたし、武蔵野署の二人に風見さんと情報を共有してほしいと言ったんですがね。一応、そのことを確認したくて、あなたにお電話したわけです」

「それはわざわざありがとうございます。それで？」

「部下たちに廃屋周辺の住民に再聞き込みをさせたんですが、やはり目撃証言は得られませんでした。ただですね、権現山の反対側にある実家に東京から帰省《きせい》した青年が車で廃屋の前を通った際《さい》、不審な街宣車《がいせんしゃ》が近くの道端に駐《と》めてあったらしいんです。その車体には、『報国一心会』と大きく書かれてたというんですよ」

「その街宣車を見たのは、去年の十二月二十八日の夜のことなんですね？」

「ええ、午後十一時二十分ごろだそうです。街宣車には誰も乗ってなかったらしいんですが、おそらく近くに人間がいたんだろうな。街宣車に乗ってた奴が田畑航平さんを廃屋に監禁して、飢え死にさせたんじゃないのかな」

「そうなんだろうか。早速、調べてみます」

「あっ、わたしがもう『報国一心会』に問い合わせてみました。街宣車は八台あるらしいんですが、その日は一台も使われてなかったということでした」

「それが事実だとしたら、拉致犯は同型の街宣車に無断で右翼団体名をペイントしたんだろうな」

「つまり、田畑さんを拉致した犯人は『報国一心会』の犯行を装ったってことですよね？」

「ええ」

風見は短い返事をした。

「『報国一心会』の代表は、右翼の親玉ですよね。でも、一部の極右団体とはイデオロギーが嚙み合わなくて、敵視されてるみたいです。それで、濡れ衣を着せられるようになったんでしょうか？」

「まだ何とも言えないな」

「そうですよね。うちの署も捜査に乗り出しますんで、情報は公開し合いましょうよ」

「もちろん、協力は惜《お》しみません」

「では、そういうことでよろしく！」

落合が先に通話を切り上げた。風見は電話で遣《や》り取りしたことを佳奈に話し、元公安刑事の岩尾のモバイルフォンを鳴らした。

ツウコールで、電話はつながった。

風見は経済やくざの舛井が伊坂邸を訪ねたことを教え、落合刑事から入手した情報も伝えた。

「『報国一心会』が八台の街宣車を所有してることは間違いないが、たまに都心を流してるだけだよ。山梨まで遠征するとは思えないな」

岩尾が言った。

「天瀬是清は愛国主義者ぶってるが、思想活動にはもともと熱心じゃないんだよ。滝沢修也が極《き》めつけたように、商業右翼というか、利権を得るために国粋主義者を演じてる節がある。だから、行動右翼や新右翼の連中には天瀬はまともに評価されてないんだ」

「そうなんですか」

「ただね、天瀬は裏社会のボスたちとのつながりが深いんで、なんとなく人々に怕《こわ》がられてるんだよ」

「そうすると、廃屋の近くで目撃されたという街宣車は『報国一心会』の車じゃないんだろうな」

「わたしは、そう思うね。田畑航平と滝沢修也を葬りたいと願ってた奴は、天瀬のことを嫌ってたんだろうな。それで、『報国一心会』が事件に絡んでると見せかけたかったんじゃないのかね?」

「そうだとすると、田畑と滝沢の死には伊坂恭吾は関与してないな」

「そういうことになるね。経済やくざの舛井が伊坂宅から出てきたら、風見君、揺さぶりをかけてみてくれないか」

「わかりました」

「そうですか」

風見は終了キーを押した。

ほとんど同時に、着信音がした。発信者は成島班長だった。

「いま通信指令センターから架電があったんだが、相場くららが転居先のマンションで絞殺された。凶器は、被害者の物と思われるパンティー・ストッキングだ。そのほか詳しいことはわかっていない」

「意外な展開になったな」

「色男、相棒と被害者の自宅に向かってくれないか」

「了解！」

風見は電話を切ると、佳奈に指示した。

「元ＡＶ女優の新しいマンションに向かってくれ」

「何があったんです？」

「くららが何者かに殺害された」

「そ、そんな!?」

「八神、急ぐんだ」

「はい！」

美人警視がヘッドライトを点《つ》け、覆面パトカーを急発進させた。

風見は両足を踏ん張り、辛《かろ》うじて上体を支えた。スカイラインが疾走しはじめた。

3

エレベーターが六階で停まった。

西麻布にある相場くららの自宅マンションだ。風見は佳奈とともに函《ケージ》から出た。

歩廊《ほろう》の前には立入禁止の黄色いテープが張られ、二人の制服警官が立ちはだかっていた。

佳奈が身分を告げる。制服警官たちが緊張した面持《おもも》ちで、最敬礼した。

風見たちは規制線のテープを潜《くぐ》って、六〇一号室に近づいた。午後九時数分過ぎだ。

すでに所轄署の強行犯係刑事たちと本庁機動捜査隊初動班の面々が臨場していた。出入口付近では、鑑識係が屈《かが》み込んで足跡採取シートを床に張りつけていた。

風見たち二人は両手に布手袋を嵌《は》め、六〇一号室に入った。

間取りは1LDKだった。被害者の元AV女優は寝室のベッドの横に倒れていた。仰向けで、衣服はまとっている。

風見はリビングにいる麻布署の刑事たちに目で挨拶し、先に寝室に足を踏み入れた。

すると、本庁初動班の梅林慎次《うめばやししんじ》警部補が被害者の首に二重に巻かれた肌色のパンティー・ストッキングの下を覗き込んでいた。風見よりも三つ年下だった。

「犯人《タマ》は被害者の背後からパンストを手早く首に巻きつけ、絞めつけてから引き倒したようだな？」

風見は口を切った。

「そうなんだと思います」

「マンションの居住者から有力な手がかりは得られたのかい？」

「ええ。午後八時二十分ごろ、やくざ風の男が慌《あわ》てた様子で六〇一号室から出てくるところを六〇五号室に住む若い夫婦が目撃してます。その二人がエレベーターから降りた直後、不審な男が被害者の部屋から飛び出してきたんだそうです」

「このマンションには防犯カメラが設置されてるんだろ？」

「ええ、一階のエントランス・ロビーに二基ね。防犯ビデオの画像をチェックして、その怪しい奴は明和《めいわ》会の構成員の高梨譲司《たかなしじようじ》、三十一歳とわかりました」

梅林が答えた。明和会は六本木一帯を縄張りにしている暴力団だ。覚醒剤、コカイン、大麻樹脂の密売を主な資金源にしている。

「相場くららは覚醒剤を所持してて、芸能界から消えてる。おそらく元ＡＶ女優は、いまもこっそりとドラッグを常用してたんだろうな」

「でしょうね。で、麻布署の刑事課が高梨譲司の行方を追ってるんですよ。恐喝容疑で高梨の内偵捜査中だったらしいんです」

「別件で引っ張って、本件に高梨が関与してるかどうか調べようってわけか」

「ええ」

「部屋のドアはロックされてたのかしら？」

いつの間にか風見の横に立った佳奈が、梅林に問いかけた。そのとたん、梅林の顔が赤らんだ。美人刑事に好意を寄せているにちがいない。

「ロックはされてませんでした」

「そうですか。女の独り暮らしなんだから、いつもドアの内錠は掛けてると思うんだけどな。高梨という暴力団組員と被害者は親しい関係で、スペアキーを使って入室したんですかね？」

「高梨が六〇一号室にちょくちょく出入りしてたという証言はマンション住人から得てないんで、二人がいわゆる男女の関係であるとは考えにくいですね」

「だとしたら、相場くららは高梨から何か麻薬をまとめ買いするから、ドラッグを自宅に届けてほしいと言ったのかもしれないな」

「ええ、八神警視のおっしゃった通りなのかもしれません。いいえ、きっとそうですよ。さすがキャリアですね。頭の回転が速いな」

「感心されるほどのことじゃないと思うけどな」

「いや、なかなかシャープですよ。それに、飛び切りの美人です」

「梅林は八神に惚れてるようだな。いま、おれの相棒には彼氏がいないみたいだから、デートに誘ってみろよ」

「風見さん、自分は八神さんのことを素敵な女性だと思ってるだけです」

「それは、もう恋のはじまりだよ。デートの申し込みをしてみろって」

「けしかけないでくださいよ。自分は平凡な男ですし、ノンキャリアなんです。とても釣り合いません」

「八神は、そんなことに拘《こだわ》る女じゃないよ」

「そうかもしれませんが、自分なんかでは……」

梅林がさらに顔を赤くして、逃げるように寝室から出ていった。

「ああいう真面目な方をからかうのは、よくないですよ」

「おれは、本気で梅林をけしかけたんだ。ああいう純情な奴と結婚したら、夫に浮気される心配はないぜ」

「人生の伴走者は自分で探します」

佳奈が中腰になって、遺体を覗き込んだ。風見も釣られて、元AV女優の死に顔をつぶさに観察した。

くららは、いかにも苦しげに顔を歪めている。舌の先を少し覗かせていた。細身のウールパンツの股のあたりには、染《し》みがあった。

首を絞められ、尿失禁してしまったのだろう。大便臭は漂っていない。扼殺《やくさつ》や絞殺の場合、大も小も漏らしてしまう被害者が少なくなかった。

「小だけしか垂らしてないのが、せめてもの救いだな」

風見は相棒に言った。

「ええ、そうですね。くららは力ずくで寝室に引きずり込まれたのではないようですから、加害者は割に親しくしてた人物なんでしょう。それから、ベッドの向こうにあるチェストの最下段の引き出しが半分ぐらい開いたままです。そこにパンストが入れてあったことを知ってたと思われますから、被害者とは男女の仲だったんでしょう」

「八神、だいぶ成長したな。そっちの読みは外れてないだろう」

「被害者は覚醒剤をずっと使用してて、パケを安く手に入れるため、明和会の高梨という男に時々、体を与えてたのかもしれませんよ」

「それなら、高梨は六〇一号室の合鍵を預かってると考えられるが、居住者の話だと部屋に出入りしてる様子はうかがえなかったらしい」

「ええ、そうでしたね」

佳奈が口を閉じた。風見はしゃがみ、くららの薄手のセーターを捲《まく》り上げた。左腕だ。注射痕はなかった。

「注射だこがありませんから、わたしの勘は外れですね」

「とは限らないぜ。くららは、いつも炙りで覚醒剤《シャブ》を体に入れてたのかもしれないからな」

「あっ、そうですね」

「そうなら、当然、注射痕はない」

「ええ」

佳奈がうなずいた。風見はセーターの袖口を手首まで下げ、おもむろに立ち上がった。

そのとき、梅林が寝室に戻ってきた。

「金品は盗《と》られてないんだよな？」

風見は梅林に問いかけた。

「はい。室内はまったく物色されてませんね」

「死体の第一発見者は誰なんだ？」

「それが特定できないんですよ。公衆電話で一一〇番してきたのは男だったんですが、この部屋に女の絞殺体が転がってると一気に喋って、すぐ電話を切ってしまったんです」

「発信場所は？」

「港区内の電話ボックスでした」

「そうか。その通報者は、明和会の高梨かもしれないな」

「そうでしょうか。六〇五号室の夫婦は、高梨はだいぶ慌《あわ》てていた感じだったと言ってたそうです。相場くららを殺《や》ったんで、高梨は早く犯行現場から遠ざかりたかったんでしょうかね」

「パンストから指掌紋は？」

「被害者の指紋と掌紋が検出されただけでした。ドア・ノブからは、相場くららと高梨の指紋《モン》が出ました」

「そうか」

「麻布署の連中は、高梨が臭いと見てます。初動班《うち》も同じです」

「高梨に疑わしい点はあるが、真犯人《ホンボシ》なのかどうかね？」

「風見さんは、加害者は別人と睨んでるんですか？」

「その可能性もあると思うよ。このマンションの非常口はドアを開く前にアラームが鳴るようになってるのかな？」

「ふだんはアラームが鳴るようにセットされてるそうですが、内側から簡単に解除できるそうです」

「それなら、犯人が予《あらかじ》めアラーム装置を解除しておいて、非常階段からマンションに出入りすることも可能だな」

「あっ、そうですね。非常階段を利用したとすれば、犯人の姿はエントランス・ロビーの監視カメラには映ってないわけだ」

「そういうことになるな。だからさ、高梨とは別の者が加害者だとも考えられるわけだよ」

「ええ、そうですね」

梅林が二度うなずいた。

「高梨は被害者に色目を使われて、ツケで覚醒剤の包《パケ》みを渡してたんじゃないのかな。その代金を回収する目的で、くららの部屋を訪ねた。インターフォンを何度鳴らしても、応答はなかった」

「それで、高梨はドア・ノブに手を掛けてみた。そうしたら、ロックされてなかったんで

「……」

「そう。高梨は勝手に六〇一号室に入った。すると、寝室にくららの絞殺体が転がってた。高梨は驚いて六〇一号室を出て、エレベーター・ホールに走った。そうなら、ノブに高梨の指掌紋が付着してても不思議じゃない」

「そうですね。高梨自身が事件通報するとは思えないんですよね？　一階の防犯カメラの録画に自分の姿がくっきりと映ってると思ってたでしょうし、六〇五号室の夫婦にも見られてるんです。警察に疑われると高梨は、まず考えるでしょう」

「だろうな。しかし、自分は相場くららを絞殺してないわけだから、早く警察に犯人を取っ捕まえてほしいという気持ちが強まって、一一〇番通報する気になったのかもしれないぞ」

「そうだとしたら、高梨譲司は被害者のことが好きだったんじゃないかしら？」

佳奈の声が風見の語尾に被さった。

「八神の言った通りなのかもしれない。高梨は相場くららの死体が何日も発見されないのは不憫《ふびん》だと思ったから、思わず一一〇番したんじゃないだろうか」

「わたしも、そんな気がしてます」

「そうですか」

梅林が考える顔つきになった。

そのとき、本庁殺人犯捜査第五係の文珠係長が部下を従えて寝室に入ってきた。文珠は風見たちコンビに気づくと、あからさまに眉根を寄せた。

「特命遊撃班の方々が殺人現場に我々よりも先に来てるってことは、ちょいと驚きだな。順序が逆だからね」

「文珠さん、気を悪くしないでください。本部事件に被害者はつながりのある人間ですけど、人気コメンテーター殺しの実行犯ではあり得ないんで、ここに来たんです」

佳奈が弁明した。

「確かに相場くららは、滝沢修也殺しの実行犯ではありません。しかし、滝沢はくららの以前の自宅で撲殺されたんですよ。二人が不倫の関係であったという裏付《ウラ》けは取れてませんが、くららの前の自宅マンションで人気コメンテーターは殺されたんです」

「ええ、そうですね」

「その相場くららが今度は殺害されたわけです。捜査本部事件と何か関連がある事件《ヤマ》だと誰だって考えるでしょ？」

「ですかね」

「あなた方のチームは優秀なんでしょう。事実、凄腕です。しかしですね、捜査本部の正規捜査員は我々なんですよ。先にあなたたちに臨場されたんじゃ、こちらの立場がないでしょ！　はっきり申し上げて、特命遊撃班は非公式な支援捜査班なんです」

「そのことはわかってます」

「いいえ、理解しているとは思えませんね。役者で言えば、我々が主役で特命遊撃班は準主役、いいえ、脇役なんです。目立ってはいけないんですよ」

　文珠が言い募《つの》った。風見は黙っていられなくなった。

「ちょっと待てよ。そういう言い種《ぐさ》はないだろうが！　別に恩を着せるわけじゃないが、うちのチームの支援捜査によって事件が解決したのは一件や二件じゃない」

「わかってるよ、そのことは。協力してもらったことには、それなりに感謝してる」

「そうは感じられないな」

「風見、誰に向かって横柄な口を利いてるんだっ」

「文珠にだよ」

「き、きさま、年上の警部を呼び捨てにしたな！」

「だったら、どうなんだい？　いちいち職階なんか持ち出すな。おれの相棒は、警視なんだ。そっちよりも階級はずっと上だが、一度も偉ぶったことはないだろうが！」

「こっちだって……」

「あんたは、でっかい面《つら》してるよ。たかが警部の分際でな」

「な、なんだと⁉」

文珠が額に青筋を立てた。梅林が焦って仲裁に入った。

「お二人とも気を鎮《しず》めてください」

「おまえは引っ込んでろ」

「文珠さん、もっと大人になってくださいよ。どちらも本庁《ホンブ》の人間でしょ？　子供じみたことでいがみ合ってたら、所轄の連中に笑われますよ」

「おれのどこが子供っぽいんだっ」

文珠が怒声を張り上げ、梅林を突き飛ばした。梅林が死体の足許に転がった。

風見は無意識に文珠の顔面に右フックを叩き込んでいた。考える前に自然と体が動いていたのである。

文珠が横倒れに転がった。風見は前に踏み込んで、文珠の顎を蹴り上げる気になった。

そのとき、佳奈が後ろから全身で引き留《と》めた。弾みのある乳房の感触を覚え、風見は少しどぎまぎした。

「風見さん、頭を冷やして！」

「文珠が喧嘩を吹っかけてきたんだ。売られた喧嘩は買う主義なんだ」

「冷静にならないと、わたし、しがみついて離れませんよ」

佳奈が息を弾ませながら、大声で言った。

「わかった、わかったよ。妖《あや》しい気分になっちまうから、八神、離れてくれ」

「文珠さんに乱暴なことはしないって約束してくれます？」

「ああ、約束するよ」

「それだったら、わたし、離れます」

佳奈が後方に退《さ》がった。文珠が頬に手を当てながら、ゆっくりと立ち上がった。すでに梅林は起き上がっていた。

「おまえが暴力をふるったことを警務部人事一課監察室に話したら、どうなるかね。懲戒免職にはならないかもしれないが、何らかのペナルティーは科せられるだろうな。一ヵ月ぐらいの停職処分にはなりそうだ」

「好きなようにしやがれ」

「ま、今回だけは勘弁してやるよ。その代わり、二度としゃしゃり出るな」

「助っ人チームにうろちょろされたくなかったら、第一期捜査で片をつけろよ。ストレートに言っちまえば、五係はぼんくらチームだな」

「き、きさま！」

文珠が拳《こぶし》を振り上げた。

「殴り合う気になったかい？　よし、ファイトしようじゃないか」

「風見さん、約束を反故《ほご》にしないで！」

「八神は黙ってろ」

「そうはいきません。風見さんもそうだけど、文珠さんも子供じみてますよ」

「風見が悪いんですよ」

文珠が言い返した。

「とにかく、振り上げた拳を下ろしてください」

「しかし……」

「下ろすんですっ」

佳奈が声を張った。文珠が気圧《けお》され、右腕を下げた。

「おれたちは消えてやるよ。悔しかったら、特命遊撃《うち》班より早く犯人《タマ》を逮捕《パク》るんだな。白土が率いてる六係も敏腕チームじゃないから、それは難しいだろうがな」

風見は文珠に言った。

「五係も六係も別に無能じゃない。事件が少し複雑なんで、今回は手間取ってるだけだ」

「前回も第一期捜査内では事件を落着させられなかったよな」

「…………」

「黙り込んだな。負けを認める気になったかい？」

「きさま、何様のつもりなんだっ。使えない刑事集団の一員にすぎないくせに」

「おれたちの力を借りてるあんたたちは、うちのチーム以下さ」

「正規捜査員を侮辱するなっ」

「二人とも、いい加減にして！」

佳奈がうんざりしたような口調で、ふたたび大声を出した。文珠が極《き》まり悪そうに目を伏せた。

風見は文珠を睨《ね》めつけてから、寝室を出た。すぐに相棒が追ってきた。

「風見さん、もっと大人になってください。文珠警部はプライドが高いから、うちのチームに先を越されたことが悔しくて仕方ないんですよ。厭味《いやみ》を言われたからって、そのつど頭に血を昇《のぼ》らせたら、いかにも子供っぽいんじゃありません？」

「女だから、そんなふうに言えるんだ。男たちには生まれたときから闘争本能があるんだよ。自分に牙を剝《む》く野郎がいたら、とことんぶちのめしたくなるんだ」

「そうでも、民主主義のルールは無視できないでしょ？」

「知るかっ。民主主義なんか糞喰《くら》えだ」

風見は言い返し、玄関ホールに足を向けた。

靴を履《は》いていると、梅林が急ぎ足で近づいてきた。

「いま麻布署の刑事課長から連絡があったんですが、部下の方たちが高梨譲司の身柄を確保したそうです。高梨は弟分の家《ヤサ》にいたという話でした」

「そう。で、相場くららの部屋を訪ねたことは素直に認めてるのかな？」

「ええ、それはすぐ認めたようです。ですが、くららを絞殺したのは自分ではないと強く否認してるらしいんです。高梨は覚醒剤《シャブ》のパケの代金を体で払うと元AV女優に言われたんで、いそいそと彼女のマンションに行ったようなんですよ。前々から高梨は、くららを一度抱きたいと思ってたみたいなんです。インターフォンをいくら鳴らしても応答がなかったんで、ノブに手を掛けてみたら、ロックされてなかったんで……」

「勝手にこの部屋に入ったら、ベッドの横にくららの死体が転がってたと供述してるんだな？」

風見は確かめた。

「そうなんです。部屋にいつまでも留《とど》まってたら、人殺しと疑われるかもしれないと考えて、急いで部屋から出たと言ってるそうです。そのとき、六〇五号室に住んでる夫婦と会ってしまったらしいんですよ」

「そうか。一一〇番通報したのは、高梨だったのかな?」

「ええ、そうだと言ってるということでした。遺体が傷《いた》む前に警察に発見させてやりたかったんだと……」

「そう」

「ただ、高梨の供述をそのまま信じていいのかどうかと迷うことがあるんですよ。高梨は明和会の盃《さかずき》を貰う前、右翼団体『報国一心会』のメンバーだったんですよ」

「本当なのか⁉」

「はい。その団体の代表者は、民族派の大物と呼ばれてる天瀬是清です。風見さんは当然、ご存じですよね?」

「ああ、知ってる。人気コメンテーターの滝沢修也は、ある講演会で天瀬是清のことを単なる利権右翼にすぎないと極《き》めつけた」

「えっ、そんなことがあったんですか。そうなら、天瀬が誰かに滝沢修也を撲殺させ、コメンテーターを『鳥居坂スターレジデンス』の四〇五号室にうまく誘い込んだ相場くらを高梨譲司に始末させた可能性もあるんじゃありませんか?」

「その可能性はゼロじゃないだろうな。天瀬是清がマスコミ王国の三代目総大将の伊坂恭吾と親交があることは梅林も知ってるよな?」

「ええ、もちろんです。伊坂恭吾は祖父や父親以上にリベラルな言論人を毛嫌いしてますよね。もしかしたら、伊坂が天瀬是清に元新聞記者の人気コメンテーターを葬ってくれと依頼したのかもしれないですね」

「それだけの理由で、滝沢を始末させたとは思えない。しかし、伊坂が人気コメンテーターに何か致命的な弱みを握られてたとしたら、そういう推測も成り立つかもしれない。さらに、経産省の元キャリア官僚の田畑航平を始末させた疑いもあるな。滝沢修也は田畑とつき合いがあって、二人で堕落した政治家、財界人、エリート役人の犯罪を暴く準備をしてたようなんだよ」

「それなら、滝沢、田畑、くららの死に伊坂恭吾と天瀬是清が絡んでそうですね」

梅林が言った。

風見は大きく顎を引いた。二人の遣《や》り取《と》りを玄関ホールで聞いていた佳奈も無言でうなずいた。

「邪魔したな」

風見は梅林に言い、六〇一号室を出た。

4

地下鉄電車が減速しはじめた。有楽町《ゆうらくちょう》線である。間もなく桜田門駅に到着するだろう。

風見は吊り革の輪を握りながら、前夜のことを思い出していた。西麻布の殺人現場から本庁舎に戻って十数分後、帰途についた。

といっても、中目黒の自分のマンションに戻ったのではない。智沙の家だった。

風見は職場を出た直後、智沙に電話で、先に寝《やす》むよう言っておいた。だが、彼女は居間で風見を待っていた。打ち沈んだ様子だった。

二人は冷凍ピザを食べ、別々に風呂に入った。そして、早目に寝具に身を横たえた。風見は智沙に添い寝をしながら、やがて眠ってしまった。

下腹部に生温かい感触を覚えて眠りを解かれたのは、日付が変わる数分前だった。あろうことか、智沙が夜具の中に潜《もぐ》って舌を閃《ひらめ》かせていた。そうした大胆な行為に走ったのは、初めてだった。

智沙は何かに熱中することで、母を喪《うしな》った悲しみを一刻《ひととき》でも忘れたいにちがいない。風見はそう直感し、そのまま口唇愛撫を受けつづけた。

ほどなく昂《たか》まった。

風見は智沙を優しく裸にして、自分もパジャマとトランクスを脱いだ。二人は発情期の獣のように狂おしく求め合い、三度も交わった。疲れ果てて寝入ったのは、明け方だった。

目覚めたとき、智沙は恥じらった表情で礼を述べた。口には出さなかったが、悲しみを束《つか》の間《ま》、忘れることができたようだ。風見は無言で笑顔を返した。

寝不足で、瞼《まぶた》が重い。しかし、腰のあたりは軽くなったような気がする。智沙に煽《あお》られたとはいえ、彼女の肉親が亡くなったばかりだ。少々、動物的だったかもしれない。故人は、男の生理のメカニズムを理解してくれるのではないか。

そう自己弁護したとき、地下鉄電車が目的駅のホームに滑り込んだ。

風見は下車し、改札を通り抜けた。地上に出て、本庁舎の通用口に直行する。

六階のアジトに入ると、成島班長はいなかった。岩尾、佐竹、佳奈の三人だけがソファに坐っていた。

「班長は?」

風見は誰にともなく問いかけた。最初に口を開いたのは、佐竹だった。

「桐野さんに呼ばれて、刑事部長室に行きました」

「そうか。きのうの夜、おれが文珠を殴ったことが問題になったのかな？　そうなら、素直にペナルティーを受け入れるよ。おれも、ちょっと大人げなかったからな」

「そのことでは、お咎《とが》めはないみたいですよ」

「そう」

「班長はあたふたと出ていったんで、詳しいことは教えてくれなかったんだけど、昨夜《ゆうべ》、初動班の梅林さんが相場くららの自宅マンションのトイレの貯水タンクの底に沈んでた防水パウチを見つけたらしいんですよ」

佳奈が話に加わった。風見は、相棒に問い返した。

「防水パウチを見つけたって？」

「ええ。中身はＵＳＢメモリーとＩＣレコーダーのメモリーだったそうです。経産省の布施事務次官をはじめ、資金協力課課長の高城、新エネルギー対策課課長の入江、課長補佐の真継の収賄の立証材料が記録されてたみたいですよ」

「それから、『エコ・アース』の夫馬社長や大日建設工業の野々村専務の贈賄側の録音音声もね。民友党の大槻議員の裏献金授受の証拠も押さえられてたそうだ」

岩尾が付け加えた。

「岩尾さん、メモリーには田畑航平だけの指掌紋が付着してたんですか？　それとも、滝沢修也の指掌紋もくっついてたんですかね？」

「班長は電話では、そこまで詳しい話を教えてもらってなかったようだよ。でも、成島さんが戻ってくれば、それははっきりするだろう」

「ええ。田畑と元AV女優には接点がない。ということは、人気コメンテーターの滝沢は密かに相場くららとつき合ってたんだろうか。そして、くららに内緒で防水パウチを水洗トイレの貯水タンクの中に隠したんですかね。おっと、それはあり得ないな。滝沢は『鳥居坂スターレジデンス』の四〇五号室で撲殺されたわけだから、西麻布のマンションのトイレの貯水タンクに防水パウチを沈められるわけはない」

「そうだね。相場くららは前に住んでたマンションの貯水タンクの中に防水パウチが隠されてることに気づいて、西麻布の転居先のトイレの貯水タンクにUSBメモリーなんかの入った防水パウチを沈めたんだろうね」

「岩尾さんの推測が正しければ、くららが人気コメンテーターを殺害した犯人を手引きしたことになるんじゃないかな？」

「その疑いはあると思います」

　佳奈が応じた。

「八神、待てよ。相場くららはキャリア官僚たちだけではなく、大槻議員、大日建設工業の野々村専務、『エコ・アース』の夫馬社長とも何もつながりはなかったよな？」

「ええ、そうですね」

「なぜ元AV女優は、撲殺犯を手引きしなければならなかったのか。その謎が解けないな」

「相場くららは、一連の事件の首謀者に利用されただけなんじゃないのかしら？『鳥居坂スターレジデンス』に滝沢修也の複数の洋服と靴があって、くららは人気コメンテーターと不倫の仲だったと供述してます。それから、彼女と親しいタレントは元AV女優が滝沢の子供を産む気だと聞いてるってことでしたよね？」

「ああ」

「でも、その話は裏付けがありません。作り話だったとも考えられます」

「そうだな。となると、『鳥居坂スターレジデンス』の四〇五号室を月に何度か訪ねてたという正体不明の五十年配の男が滝沢宅から衣服や靴を盗み出して、偽装工作のために相場くららの以前の自宅に置いたにちがいない。そいつは田畑と滝沢に何か致命的な弱みを知られてるんで、二人を抹殺する必要があったんだろう。そして、生かしておいては都合の悪い相場くららも第三者に始末させた。そんなふうにストーリーを組み立てると、一応、謎は解けるんじゃないかな。八神、どう思う？」

「ええ、そうですね。謎の訪問者が、三十七歳の伊坂恭吾や利権右翼の天瀬是清とは考えにくい。国粋主義者は八十三ですからね。でも、経済やくざの舛井公啓は五十二歳です」

「そうか。舛井が相場くららの本当の不倫相手だったのかもしれないな。舛井は、伊坂邸を訪ねてた。田畑と滝沢は、マスコミ王国の三代目総帥の犯罪の事実を握ったんじゃないだろうか」

「風見さん、伊坂恭吾は舛井を使って、どこかの会社を乗っ取らせたんですかね？」

佐竹が口を挟んだ。

「そうなのかもしれない。あるいは、経済やくざは闇社会とつながりがあるんで、進歩的文化人たちを脅迫してビビらせてたとも考えられるな。後者だとすれば、天瀬も一枚嚙んでそうだね」

「恐喝容疑で麻布署に留置されてる高梨譲司は、かつて『報国一心会』に属してたんでしたよね？」

「そうだ。伊坂恭吾は自分たちが行なった〝言論統制〟があまりうまくいかなかったんで、リベラル派の言論人たちを竦《すく》み上がらせるつもりなんだろうか」

「自分は、そう思えてきました」

「岩尾さんは、どうです？」

風見は訊いた。

「考えられないことじゃないね」

「八神の意見は？」

「伊坂恭吾はリベラルな言論人たちに荒っぽい連中を差し向けて、萎縮させてたのかもしれませんね」

「みんながそう筋を読んでるんなら、班長のオーケーが出たら、舛井と『報国一心会』の動きを探《さぐ》ってみるか」

風見は、空いているソファに腰かけた。

佳奈がさりげなく立ち上がって、風見のコーヒーを淹《い》れてくれた。風見は隣に坐った相棒に礼を言った。

「サンキュー！　八神は気が利くね。智沙と結婚してもいいと思いはじめてるんだが、もう少し先にするか」

「早く智沙さんと結婚したほうがいいと思いますよ。それはそうと、今朝《けさ》は妙にさっぱりとした感じですね」

「そんなことはないはずだよ、寝不足だからな」

「ああ、そういうことですか」

「そういうことって何だよ？」

「わかってるくせに。女のわたしに、言いにくいことを言わせないでください」

「八神は、なんかエロいことを想像したな。図星だろ？」

「話題を変えましょうよ」

「ごまかすなって」

「風見君、根上さんは少し悲しみが薄れたのかな？」

岩尾が声をかけてきた。

「昨夜《ゆうべ》から少しね」

「そう。彼女の悲しみを一時《いっとき》でも忘れさせてあげる行為をしたわけだ？」

「岩尾さんまで、エロい想像をしないでくださいよ。おれはみんながご存じのように、女好きですが、智沙は母親を亡くしたばかりなんです。いくらなんでも、悲しみに打ちひしがれてる女を抱くなんてことは……」

「風見さんなら、ナニしちゃいそうだな」

佐竹が混《ま》ぜっ返した。風見は佐竹を叩く真似をした。岩尾と佳奈が、ほぼ同時に小さく笑った。

そのすぐあと、成島が刑事部長室から戻ってきた。班長は佳奈の横に腰かけるなり、初動班の梅林が見つけた防水パウチの中に入っていたUSBメモリーとICレコーダーのメモリーの両方に田畑航平と滝沢修也の指紋が付着していたことを明かした。

「そういうことなんで、捜査本部の連中は布施事務次官か『エコ・アース』の夫馬社長のどちらかが、相場くららと実は裏でつながってたのではないかと洗い直してみることになったらしいよ。二人とも五十代だから、例の正体不明の訪問者かもしれないってわけなんだろう」

「班長、その線はどうでしょうか。我々は別の推論を導き出したんですよ」

岩尾がそう前置きして、四人で推測したことをつぶさに語った。

「マスコミ王国の三代目は以前、言論を巧みにコントロールしたことがあった。しかし、完全に統制するまでには至らなかった。そこで、伊坂恭吾は進歩的な評論家、哲学者、歴史学者、コメンテーター、改革派の元キャリア官僚を順番にビビらせる気になったのかもしれないな。もちろん三代目が直《じか》に手を汚すことなんかしなかったはずだ。それで、舛井公啓と天瀬是清に汚れ役を押しつけたとも考えられるね」

「ええ。そして、手初めにミスリード工作をしてから、田畑と滝沢を葬らせたのかもしれません」

「そうだね。伊坂恭吾には、やすやすとは接近できないだろう。仮に本人に面会できても、尻尾《しっぽ》を出すようなことはしないと思う」

「でしょうね」

「きみと佐竹君は、きのうに引きつづき天瀬是清の自宅の近くで張り込んでくれないか」

「わかりました」

「風見・八神班には、経済やくざの舛井のオフィスに行ってもらう。事務所がどこにあるかは、組対四課で教えてもらってくれ」

「了解！　張り込んで舛井の動きを探るんではなく、揺さぶりを掛けてみたいんですがね」

風見は言った。

「せっかちだな。しかし、もう第二期に入ってるから、いいだろう。でも、相手は素っ堅気じゃないんだ。二人とも武装していったほうがいいな」

「そうします」

「では、すぐに動いてくれ」

成島が立ち上がり、自席に着いた。

岩尾・佐竹コンビが先に刑事部屋を出ていった。風見は相棒とアジトを出ると、同じフロアにある組織犯罪対策部第四課の刑事部屋を覗いた。親しくしている里吉昌人《さとよしまさと》巡査部長の姿は目に留《と》まらなかった。

新任の刑事に舛井公啓の事務所の所在地を教えてもらう。『舛井エンタープライズ』は、中央区銀座一丁目十×番地、SKビルの三階にあった。風見たちは庁舎内の奥まった場所にある銃器保管庫に移動した。

佳奈が、特別に携帯を許されているNAAガーディアン380ACPを借り受ける。アメリカ製の小型ピストルだが、ダブル・アクションだ。フル装弾数は七発だ。

風見はショルダーホルスターとオーストリア製のグロック26を係員に出してもらった。すでに弾倉《マガジン》には、十二発の九ミリ弾を装塡《そうてん》済みだった。

岩尾と佐竹は、S&W《スミスウエッソン》CS40チーフズ・スペシャルを持つことを許されていた。アメリカ製の自動拳銃である。刑事用に設計されたコンパクト・ピストルだ。

通常の警部補以下の警察官には、ニューナンブM60というリボルバーが貸与されている。警部以上は、重量の軽いS&W37エアウェイトを所持している。公安刑事や女性警察官は小型自動拳銃を持つことが多い。

特命遊撃班は必要ならば、特殊急襲部隊《SAT》の隊員と同じように自動小銃《ライフル》や短機関銃《サブマシンガン》の所持も認められている。

風見たちは銃器保管庫を出ると、エレベーターで地下二階の車庫に降りた。美人警視が先にスカイラインに乗り込む。風見は素早く助手席に坐った。

佳奈が覆面パトカーを発進させ、銀座方面に向かった。

十数分で、SKビルに着いた。捜査車輛を路上に駐《と》め、エレベーターで三階に上がる。

偵察役の佳奈が『舛井エンタープライズ』に入っていった。二分も経《た》たないうちに相棒が事務所から出てきた。

「五人の男女事務員がいるだけで、まだ舛井はオフィスに顔を出してないそうです」

「そうか」

「事務員たちにちょっと探りを入れてみましょうか？」

「いや、それは避けるべきだな。舛井におれたちのことを告げ口されたら、雲隠れしそうじゃないか」

「あっ、そうですね。それでは、エレベーター・ホールの隅で待ち伏せしましょうか？」

「そうしよう。八神、この雑居ビルの八階の上は屋上になってる。経済やくざが現われたら、屋上に連れていくぞ。舛井も小型護身銃を懐に忍ばせてるかもしれないから、決して油断するなよ」

風見は相棒に言って、エレベーター・ホールの物陰に身を潜《ひそ》めた。すぐに佳奈が歩み寄ってくる。

二人は無駄口を慎み、ケージの扉が左右に割れるたびに首を伸ばした。だが、エレベーターから出てくる者は別人だった。

舛井が階下から上がってきたのは、午前十一時四十分ごろだった。風見は黙って経済やくざの行く手を阻《はば》んだ。佳奈が手早く上昇ボタンを押す。

閉まりかけたドアが、ふたたび左右に分かれた。すかさず風見は体当たりをくれ、舛井をケージの中に押し戻した。

「な、何なんだっ」

「騒ぐな。警視庁の者だ。ちょいと屋上までつき合ってもらうぜ」

「おれは何も危《ヤバ》いことなんかしてねえぞ」

舛井が肩をそびやかした。

風見は無言で舛井の片腕をむんずと摑んだ。佳奈がケージに乗り込み、扉を閉めた。

エレベーターが上昇しはじめた。

風見は経済やくざの片方の腕を捉《とら》えたまま、服の上から体を探《さぐ》った。物騒な物は何も持っていない。

ケージが屋上に達した。

風見は舛井をエレベーターから押し出し、塔屋《とうや》の陰に立たせた。佳奈が警察手帳を呈示し、姓を名乗った。

風見も苗字は教えたが、身分証明書は見せなかった。

「おれたちは丸腰じゃない。あんたの出方によっては、暴発を装って太腿《ふともも》を撃つこともできるわけだ」

「暴力団係《マルボウ》刑事だって、そんな凄み方はしないぞ。いったいどんなことで、おれは疑いを持たれてるんだ？」

舛井が訊いた。

「昨夜《ゆうべ》、あんたは南平台の伊坂邸を訪ねたな？」

「えっ!?」

「ばっくれても、無駄だぜ。マスコミ王国の三代目は、リベラルな発言をしてる言論人を脅迫して怯《おび》えさせたんじゃないのか？　そのことを田畑か、滝沢に知られてしまった。で、あんたは、伊坂恭吾に経産省の元キャリア官僚の田畑航平と人気コメンテーターの滝沢修也を始末してくれって頼まれたんじゃないのかい？　実を言うとな、そういう密告があったんだよ」

風見は鎌をかけた。

舛井が目を剝《む》いた。図星だったのか。

「『報国一心会』のメンバーなんだよ、密告者は。あんたは天瀬是清に相談して、利権右翼の手下に田畑と滝沢を殺《や》らせてくれって頼んだらしいな」

「お、おれはそんなことは頼んでない。伊坂さんに頼まれたのは、左翼系出版社をうまく乗っ取ってくれって言われただけだよ。でも、おれは即答してない。下手に動いたら、手錠《ワッパ》打たれるからな」

「あんたが正直者かどうか、体に訊いてみよう」

風見はショルダーホルスターから、オーストリア製のハンドガンを引き抜いた。舛井が全身を竦《すく》ませた。

「嘘なんかついてないよ、おれは。ただ、伊坂の三代目は田畑って奴が『現代公論』に内部告発めいた文章を発表したのは、裏切り行為だと憤《いきどお》ってたね。それから、テレビや講演で青臭いことを言いつづけてた元新聞記者の滝沢修也は偽善者と罵《ののし》ってたよ。おれも、そう思うね」

「二人の抹殺に手を貸す気になったのは、それだけじゃなかったはずだ」

「おたく、しつこいよ。同じことを何度も言わせないでくれっ」

「天瀬は、伊坂恭吾を自分の孫みたいにかわいがってるらしいな」

「先生は、東都タイムズ主筆の創業者や二代目と親交があったんで、三代目の恭吾さんには目をかけてたよ」

「そんな三代目に泣きつかれたら、手下の者に田畑と滝沢を殺《や》れって命令しそうだな」

「天瀬先生はイデオロギーが異《こと》なってても、基本的には同胞を慈《いつく》しむ心をお持ちなんだ。だから、三代目が邪魔者だと思ってる人間がいても、若い者に片づけろなんて言うわけない」

「そうかい。ところで、あんたは元AV女優の相場くららを愛人にしてなかったか？　くららが以前に住んでた『鳥居坂スターレジデンス』のエントランス・ロビー』の防犯カメラの録画映像に、あんたの姿が映ってたんだよ」

風見は、もっともらしく言った。斜め後ろで、佳奈が空咳をした。反則技を使いすぎていると諫《いさ》めたにちがいない。

風見は無視して、グロック26のスライドを滑らせた。舛井が顔を強張《こわば》らせ、反射的に二メートルほど後退した。

「風見さん、やりすぎです！」

「何か言ったか。最近、急に耳が遠くなったみたいで、八神の声がよく聞こえなかったんだ。もう一度言ってくれ」

「やくざ刑事《デカ》！」

佳奈が足を踏み鳴らした。風見は前に踏み出し、グロック26の銃口を舛井の額に押し当てた。

「やめろ！　は、離れてくれーっ」

「動くと、引き金《トリガー》にもっと指が深く絡むことになるぜ。一度、死んでみるかい？　死者が生き返った例はないが、あんたなら、奇跡を起こせそうだ。試《ため》してみなよ」

「ふざけるな。おれは伊坂の三代目に元キャリア官僚と人気コメンテーターを片づけてくれなんて頼まれたこともないし、元AV女優の相場くららとは一面識もない」

「そっちが嘘をついてないなら、伊坂恭吾が天瀬是清に田畑と滝沢の二人を葬ってくれと頼んだのかもしれないな」

「そんなことも考えられないと言ったじゃないか」

舛井が言い終わった瞬間、泣きだしそうな顔になった。スラックスの股ぐらから湯気が立ち昇りはじめた。恐怖のあまり、尿を漏《も》らしてしまったらしい。

「経済やくざも、人の子ってわけだ。死の恐怖には克《か》てないよな。人間臭くていいよ。ビビらせて、悪かったな。勘弁してくれ」

風見は利き腕を下げ、グロック26のスライドを元の位置に戻した。

第五章　背徳の刻印

1

　エレベーターが下降しはじめた。

　そのとき、風見は相棒に射竦《いすく》められた。

「舛井を拳銃で威《おど》すなんて、めちゃくちゃです。違法捜査そのものじゃないですかっ」

「八神の怒った顔も悪くないな」

「こんなときに、ふざけないでください。わたし、本当に呆《あき》れてるんですから！」

「確かに、少しやり過ぎだったよな。けどな、悪党どもを正攻法で追い詰めても、口を割りっこない」

「だからといって、グロック26の銃口を経済やくざの額に突きつけるなんて、警察官としての自覚が足りませんよ」

「おれは反則技を使ってでも、早く事件《ヤマ》を片づけたほうがいいと思ってるんだ。国民の税金を無駄に遣《つか》うのは気が引けるからな」

「それは詭弁《きべん》だと思います」

「そう感じたんなら、それでもいいさ。面倒臭いことを言うなって」

「わたしだって、言いたくありませんよ。でも、風見さんの揺さぶり方は、ごろつきと同じです」

「おれのやり方が気に入らないんだったら、コンビを解消してもいいんだぜ。岩尾さんか、佐竹のどっちかと組めよ」

「コンビを解消する気はありません」

「やっぱり、八神はおれに気があるんだな」

「うぬぼれるのも、いい加減にしてください。わたしは、有能な相棒の悪い癖を直すことが務めの一つだと思ってるんです」

「ご大層なことを言いやがる。八神は、おれよりも刑事歴が長いんだっけ?」

「わたしは、まだ駆け出しです。人生経験も浅いけど、物事の善悪は弁《わきま》えてるつもりです。少なくとも、捜査対象者に銃器で恐怖感を与えることはよくないとわかってます。わたし、悔しいんですよ」

「悔しい？」

「そうです。風見さんは敏腕なのに、時に平気でアナーキーなことをやってしまう。そういう欠点を直せば、警視庁一の刑事になれるはずなのに」

佳奈は涙ぐんでいた。風見は胸を衝《つ》かれて、何も言えなかった。

「わたし、風見さんの反骨精神は大好きなんです。リスペクトしてるんですよ。だから、反則技を使って、ファンをがっかりさせないでください」

「もともと不良だから、おれは優等生にはなれないね。しかし、目に余るような反則技は慎むようにするよ。八神に軽蔑されたくないからな。なにせおれたちは運命の赤い糸で結ばれてるんだからさ」

「結ばれてませんっ」

佳奈が泣き笑いの表情で言った。

ケージが一階に着いた。風見たちはＳＫビルを出た。ちょうどそのとき、成島班長から風見に電話がかかってきた。

「佐竹が天瀬宅の近くで荒っぽい男たちに組みつかれて、強引にワンボックス・カーに押し込まれ……」

「連れ去られたんですね？」

「そうなんだ。佐竹は岩尾君に張り込みを任せて、二人分の弁当を買いに行ったらしいんだよ。その帰りに三人組の男たちに襲われたんだそうだ。岩尾君はすぐにプリウスでワンボックス・カーを追ったようなんだが、一キロほど先で見失ってしまったという話だった」

「で、いま岩尾さんは？」

「佐竹が拉致された場所で、犯人グループの遺留品を捜してるらしい。そっちと八神は、岩尾君と合流してくれないか」

「わかりました」

風見は電話を切り、佐竹が拉致されたことを佳奈に話した。

「拉致犯グループは、去年の暮れに田畑航平を連れ去った犯人と同一なんじゃないのかしら？」

「そうかもしれないな。八神、三番町に向かおう」

「はい」

佳奈が覆面パトカーに走り寄った。風見もスカイラインの助手席に乗り込んだ。

サイレンを鳴らしながら、三番町に急ぐ。二十分弱で、天瀬宅のある通りに入った。利権右翼の自宅の少し先にプリウスが見える。岩尾は屈《かが》み込んで、路面に目を向けていた。

佳奈が捜査車輌をガードレールに寄せる。プリウスの真後ろだった。

風見は先に車を降り、岩尾に駆け寄った。

「何か遺留品《リュウ》は見つかりました？」

「いや、何も遺《のこ》ってなかった。わたしが犯人グループのワンボックス・カーを見失ってなければ、佐竹君が連れ去られることはなかったのに」

岩尾が目を伏せたまま、ゆっくりと立ち上がった。

「別に岩尾さんが悪いんじゃありませんよ。ワンボックス・カーのナンバーは？」

「ナンバープレートに黒いビニールテープが張られてて、数字はまったく見えなかったんだ。車体の色はライトブラウンだったね」

「そうですか。三人組の人相着衣《ニンチャク》は？」

「組員風で、ひとりは三十五、六だったね。残りの二人は二十代の後半だと思う。男のひとりが野戦ジャケットを着てたから、『報国一心会』のメンバーなのかもしれない」

「そうだとしたら、天瀬是清は岩尾・佐竹班の張り込みに気づいて、配下の者に……」

「佐竹君を拉致させたんだろうか。なぜ、彼だけを連れ去ったんだろう。向こうは三人だったわけだから、わたしを拉致することもできたと思うんだがな」

「佐竹は人質に取られたんでしょう」

「人質に取られた？」

「ええ。犯人グループは警視庁の内部にも詳しいようですね。特命遊撃班《うちち》が一連の殺人事件の真相に迫りつつあることを感じ取って、チーム全員をどこかに誘《おび》き出して抹殺する気なんじゃないのかな？」

「ま、まさか⁉」

「岩尾さん、考えられますよ。捜査本部の連中は、まだ事件の核心に迫っていない。おれたち五人を始末すれば、三件の殺人事件は当分は落着しないと読んだんでしょう」

「そうなんだろうか」

「三人組は佐竹を強引に車に押し込んだとき、何か口走りませんでした？」

「男のひとりが佐竹君に〝おみゃあ〟と言ってたね。多分、名古屋弁なんだろう」

「でしょうね」

「きみらが来る前に、本庁《うち》の公安三課に『報国一心会』のメンバーに名古屋出身者がいるかどうか照会してみたんだよ」

「結果は？」

「ひとりもいなかった。しかし、それだけで佐竹君の拉致に『報国一心会』が絡んでないとは言い切れない。天瀬是清は、全国の暴力団とつながりがあるからね。愛知県全域を縄張りにしてる中京会《ちゅうきょう》の下部組織《エダ》の組員を雇った可能性もある」

「そうですね」

「岩尾さん、天瀬は自宅にいるんですか？」

少し前に風見のかたわらに立った佳奈が、元公安刑事に問いかけた。

「ああ、自宅に籠《こ》もったままだよ。もう高齢だから、めったに外出しないようだ」

「そうなんでしょうね。張り込み中に伊坂恭吾の使いの者が天瀬邸を訪ねてきませんでした？」

「来客はひとりもいなかったよ」

「そうですか」

「舛井公啓のほうは、どうだったのかな？」

「おれの心証だと、舛井はシロですね。伊坂に頼まれて、田畑、滝沢、くららの事件《ヤマ》に関わった気配はうかがえませんでしたよ。それから、元AV女優の不倫相手でもないでしょう」

風見は言った。

「そう」

「伊坂の秘書を装って、天瀬に探《さぐ》りを入れてみますか。さらに天瀬の参謀の振りをし、伊坂に偽電話をかける手もあります。そうすれば、二人が一連の事件にタッチしてるかどうかはっきりするでしょう」

「風見君、それは危険だな。こちらが二人に探りを入れたことを覚《さと》られたら、佐竹君が殺害されてしまうかもしれないじゃないか」

「そうですね」

「いったん桜田門に戻ろう。班長が緊急配備《キンパイ》の手配をしてくれたはずだから、拉致犯グループはどこかの検問に引っかかるかもしれない」

岩尾が言って、プリウスに歩《ほ》を進めた。風見たちコンビは、スカイラインに乗り込んだ。

二台の覆面パトカーは警視庁をめざした。十七、八分で、職場に戻った。三人は地下二階の車庫から六階に上がり、アジトに入った。

成島班長は腕組みをしながら、ソファ・セットの周《まわ》りを巡っていた。

「路上に拉致犯グループの遺留品は何も落ちてませんでした」

岩尾が班長に報告した。

「そうか。佐竹を連れ去った三人は、おそらく暴力団関係者なんだろう。犯行に使った車のナンバーを隠し、どの検問にも引っかかってないからね」

「三人組を雇ったのは、天瀬是清か伊坂恭吾のどちらかと思われます。しかし、佐竹君を人質に取られてしまったようですから、二人に揺さぶりをかけるのはリスキーでしょう」

「そうだね。どちらかが拉致犯グループを雇ったとしても、佐竹を連れ去った目的がよくわからないな」

「班長、それは……」

風見は自分の推測を語った。

「佐竹を囮《おとり》にして、おれたち四人をどこかに誘《おび》き出し、チームの五人を始末する気でいるというのか。そうだな、色男の読みは外れてないのかもしれない」

「SAT《サット》に支援してもらうのは、かえって危険でしょう。犯罪者たちは、警察のやり方をよく知ってますからな」

「ここは四人で力を合わせて、佐竹を救出しよう。犯人グループは何らかの方法で、何か言ってくるにちがいない。落ち着かないが、敵の要求を待とう」

成瀬がソファに腰かけた。風見たち三人も椅子に坐った。

都民相談コーナーの女性職員が特命遊撃班の刑事部屋に駆け込んできたのは、午後四時過ぎだった。三十代の職員は、成島様と表書きされた角封筒を手にしていた。

「マルチ商法で羽毛《うもう》蒲団を法外な値段で買わされたという七十代の女性が相談に訪れたんですが、その方が腰かけていた椅子の上にこの角封筒が置かれてたんです。その相談者の氏名や現住所は、でたらめでした」

「そうか。ありがとう」

成島が女性職員を犒《ねぎら》い、上着のポケットから布手袋を抓《つま》み出した。布手袋を嵌《は》め、角封筒を受け取る。

佳奈が腰を浮かせ、女性職員を出入口まで見送った。成島が封を切り、便箋《びんせん》を取り出した。一読した便箋を押し拡《ひろ》げて、部下たちに翳《かざ》す。

便箋には、雑誌や新聞から切り抜いた不揃いの文字が貼付《ちようふ》されていた。風見は文字を読んだ。

〈佐竹を預かった。今夜八時半に三人の部下と一緒に南房総の野島崎《のじまざき》灯台の前に来い。S《サ》AT《ット》や千葉県警に協力を要請した場合は、ただちに人質を射殺する〉

差出人の名はなかった。

「無駄かもしれないが、この脅迫状を鑑識に回すか」

「班長、それはやめたほうがいいんじゃないかな」

風見は反対した。

「どうせ指紋や掌紋は出やしないか？」

「そうでしょうし、警察内部に犯人グループに協力してる者がいるかもしれません。脅迫状を鑑識に回したことを知られるのは、まずいですよ」

「わたしも、そう思いますね。犯人側を刺激したら、佐竹君は即座に殺されてしまうかもしれませんので」

岩尾が同調した。

「そうだな。我々四人でなんとか佐竹を救い出そう」

「ええ、そうしましょうよ」

「八神は外れてもいいんだぞ」

「成島班長は、わたしを半人前だと思ってらっしゃるんですかっ」

「そうじゃないよ。犯人側と銃撃戦になるかもしれないんだ。体力的には、男より女性のほうが……」

「ええ、その通りですね。それに、わたしは射撃術に長《た》けてません。ですけど、仲間のひとりなんです。足手まといでしょうが、仲間外れにしないでください。仮に殉職するようなことになっても、わたし、誰も恨んだりしません」

「八神がそこまで言うんだったら、一緒に南房総に行こう。ただし、必ず防弾胴着《ボディー・アーマー》は付けろよ。豊かなバストを平たく潰《つぶ》さなきゃならないだろうがな」

「班長、セクハラになりますよ」

「あっ、そうか。聞かなかったことにしてくれ」

「いいでしょう。うふふ」

「三人とも、まだ昼飯を喰《く》ってなかったよな。こっちも、そうなんだ。一階の食堂で腹ごしらえしたら、早目に指定された場所に行こう。野島崎灯台から遠くない場所に佐竹が監禁されてる家があるかもしれないからな」

「そうですね」

「よし、一階に降りよう」

成島が促《うなが》した。風見たち部下は班長に従う形で小部屋を出て、エレベーター乗り場に向かった。

一階の食堂は空いていた。四人はそれぞれ好みのメニューを選び、空腹を満たした。武装して、二台の覆面パトカーに分乗する。

班長は、プリウスの助手席に坐った。スカイラインが先導する恰好《かっこう》になった。

京葉《けいよう》道路をたどって、館山《たてやま》自動車道を南下する。館山市内に入ったのは、一時間数十分後だった。

チームの四人は手分けして、館山市内で不審者及び車輛の目撃情報を集めてみた。しかし、拉致事件に関わりのありそうな証言は得られなかった。周辺の千倉《ちくら》町や白浜《しらはま》町も巡ってみたが、結果は同じだった。

やがて、午後八時になった。

風見たちは海洋美術館の前に二台の捜査車輛を駐《と》め、海辺に向かった。三、四分歩くと、前方に灯台の明かりが見えてきた。野島崎灯台だ。

南房総国定公園内の観光スポットだが、人っ子ひとりいない。海から吹きつけてくる潮風は凍《こご》えるほど冷たかった。

「灯台を背にして、横一列に並ぼう。背後から撃たれることはないだろうからな」

成島が言って、佳奈を自分の右横に立たせた。班長のかたわらに、岩尾がたたずむ。

風見は左端に立ち、斜め前にある林の奥を透《す》かして見た。林の中に拉致犯グループの一員が潜《ひそ》んでいるような気がしたのだが、人影は見えなかった。

メンバーはそれぞれボディー・アーマーを着用し、ハンドガンの初弾を薬室《チェンバー》に送り込んであった。成島班長はS&W《スミス　ウェッソン》410を携帯していた。アメリカ製の自動拳銃で、フル装弾数は十二発だ。

前方から、濃紺のワンボックス・カーが低速で近づいてくる。午後八時二十分過ぎだった。

「佐竹君は、あの車に押し込まれたんだと思うよ」

岩尾が小声で言った。少し声が震えていた。

「深呼吸したほうがいいですよ、二、三度ね」

「風見君、悪いね。わたしは公安畑に長くいたんで、銃撃戦には馴《な》れてないんだ。あまり頼りにならないだろう」

「銃弾が飛んできたら、とにかく地に伏せてください。おれが発砲してきた相手をシュートしますんで」

風見は口を閉じた。

数秒後、ワンボックス・カーが停まった。三、四十メートルは先だった。ヘッドライトが消された。

次の瞬間、右手の建物の横でオレンジがかった赤い銃口炎《マズル・フラッシュ》が瞬《またた》いた。

拳銃の発射音ではない。短機関銃《サブマシンガン》の連射音だ。風見たち四人は相前後して、所持しているハンドガンをホルスターから引き抜いた。

だが、誰も撃ち返さなかった。反撃したら、人質の佐竹はすぐさま射殺されてしまうだろう。

サブマシンガンが低周波に似た唸《うな》りをあげはじめた。

連射音は途切れない。扇撃《ファンニング》ちされた九ミリ弾は、後方のコンクリート土台を穿《うが》った。跳弾《ちようだん》が頭上から霰《あられ》のように降ってくる。

「身を伏せて、被弾した振りをしてください」

風見は成島たち三人に言って、中腰で走りはじめた。グロック26を構えながら、左手の林の中に走り入る。

サブマシンガンの銃声が熄《や》んだ。

弾《たま》切れだろう。予備のマガジンを持っているにちがいない。風見は樹木の間を縫《ぬ》いながら、ワンボックス・カーに接近を試《こころ》みた。

二十メートルあまり進むと、ふたたび短機関銃が連射音を響かせはじめた。

風見は狙い撃ちされていた。放たれた九ミリ弾が頭上の小枝や葉を弾き飛ばす。

銃弾は樹幹《じゆかん》にもめり込んだ。樹皮の欠片《かけら》が四散する。

風見は、巨木の根方《ねかた》にうずくまった。

恐怖に取り憑《つ》かれることはなかったが、反撃できない忌々《いまいま》しさを感じた。じっと耐えるほかなかった。実にもどかしい。

風見は撃たれた振りをして、高く呻いた。

サブマシンガンが沈黙した。まだ弾倉は空にはなっていないはずだ。短機関銃をぶっ放した男が、こちらの様子をうかがいに来るつもりなのだろう。

相手を生け捕りにできれば、人質の交換も可能だ。風見は弱々しく呻《うめ》きつづけた。

いくら待っても、敵の足音は近《ど》づいてこない。訝《いぶか》しんでいると、車のスライディング・ドアの開閉音がした。すぐにワンボックス・カーの走行音も耳に届いた。

短機関銃を連射した者は、車内にいるにちがいない。風見は林から走り出た。ワンボックス・カーが脇道に車体を半分ほど突っ込み、ハンドルを切り換えているところだった。

灯台の方から班長たち三人が走ってくる。風見は全速でワンボックス・カーを追いかけはじめた。逃げる車は海洋美術館の前を抜けて、房総フラワーラインに向かった。

風見はスカイラインに飛び乗り、ワンボックス・カーを追跡した。

拉致犯グループの車はフラワーラインに乗り入れると、千倉方面に進んだ。海沿いを走行し、江見《えみ》駅の手前で内陸部に入った。

風見は追った。

数キロ先で、ワンボックス・カーは古びた倉庫のような建物の前で停止した。

車の中から降りたのは、二人の男だった。丸坊主の男は、イスラエル製の短機関銃を持っていた。三十代の半《なか》ばで、体軀《たいく》が逞《たくま》しい。

もうひとりは、二十七、八で痩《や》せていた。丸腰のようだ。ワンボックス・カーを運転していた男だろう。

二人が建物の中に消えた。

風見は銃撃戦になることを覚悟で、敵の牙城《がじょう》に躍《おど》り込んだ。男たちの姿は見当たらない。

風見はグロック26の銃把《グリップ》を両手で保持して、奥に進んだ。

すると、投網《とあみ》にすっぽりと包まれた佐竹が床でもがいていた。顔面に催涙スプレーを浴びせられたようで、瞼は閉じたままだ。

「佐竹、おれだ。すぐに救出してやる」

風見は声をかけた。

そのとき、物陰から坊主頭の男がぬっと現われた。右手にイスラエル製のUZI《ウージー》、左手にS&W《スミスウエッソン》CS40チーフズ・スペシャルを持っている。

「左手の拳銃《ハンドガン》は、おれの仲間の物だなっ」

「そうだがに。おみゃあのグロック26も貰うことになるで。恨まんでちょ」

「中京会の下部団体《エダ》の組員だな。天瀬是清に依頼されて、おまえらが田畑航平、滝沢修也、相場くらの三人を始末したんじゃないのかっ」

「死にとうなかったら、早く拳銃《チャカ》を足許に置いたほうがええで」

「わかった」

風見はグロック26を床に置いた。そのとき、右手から痩身《そうしん》の男が姿を見せた。すぐに乳白色の噴霧《ふんむ》が拡散した。

風見は怒号を放った。

催涙スプレーを浴びせられたことは間違いない。瞳孔《どうこう》に尖鋭《せんえい》な痛みを覚えた。とても目を開いていられなかった。

片膝を落とした瞬間、何かを頭から被せられた。感触で、すぐに投網だとわかった。投網が引き絞られる。風見は達磨《だるま》のように転がった。

少し経《た》ってから、二人の男は先に佐竹を建物の外に運び出した。つづいて風見も、投網にくるまれたままワンボックス・カーの中に放り込まれた。

「こいつらが田畑航平を去年の暮れに拉致したようです。名古屋の中京会の二次か、三次組織の組員なんでしょう」

佐竹が後ろのシートの上で言った。

「雇い主は天瀬なのか？　それとも、伊坂なのか？」

「そこまではわかりません」

「そうか。こいつらの名は？」

「それもわかりません。どっちも警戒して、自分の前では名を呼び合わないんです。風見さん、ほかの三人も野島崎灯台に呼び出されたんでしょ？」

「ああ」

「坊主頭の男にサブマシンガンで三人とも射殺されてしまったんですか？」

「心配するな。誰も被弾してないはずだ。撃たれた振りをしただけだよ。おれの後からワンボックス・カーを追ってきたんだが、追いつけなかったんだ」

「そうですか」

「佐竹、もう喋るな。二人の男が車に近づいてきた」

風見は口を閉じた。

ほどなく男たちが運転席と助手席に乗り込んできた。ハンドルを握ったのは、痩せた男のようだ。

ワンボックス・カーが走りだした。停まったのは、数十分後だった。

スライディング・ドアが開けられた。潮の香が鼻腔《びこう》に滑り込んでくる。波の音が高い。突堤《とってい》だろう。

風見たちは男たちの手によって、防波堤の先端まで運ばれた。どうやら投網に包まれたまま、海の中に投げ落とされるらしい。

風見は全身で暴《あば》れた。しかし、網を蹴破ることはできなかった。

「おれたちを溺死《できし》させるつもりなのかっ」

「運がよけりゃ、投網の結び口が緩《ゆる》むと思うぜ。せいぜい暴れてみればええがね」

坊主頭が嘲笑し、仲間に短く何か言った。二人の男が佐竹を持ち上げる気配が伝わってきた。

「おい、何をする気なんだ!? 夜の海に投げ落とす気なんだなっ。そうなんだろ?」

「いまごろ、とろ臭いことを言いおって。おみゃあは、ばか刑事《デカ》やな」

「二人とも愚かなことはやめろ。やめてくれーっ」

佐竹が悲痛な声で叫んだ。

しかし、男たちは聞き入れない。佐竹は突堤から暗い波間に投げ込まれた。水音は高かった。

間を置かずに、風見も海中に沈められた。

海水は冷たかった。心臓が縮こまり、じきに息苦しくなった。立ち泳ぎの要領で両脚を動かす。だが、投網の中では、自由に膝の屈伸ができない。

風見は姿勢を仰向けにして、全身の力を抜いた。いつからか、瞼は開けられるようになっていた。もがいているうちに、海水が催涙液を洗い流してくれたらしい。

頭上で星が輝いている。

智沙ともう会えないのか。チームの仲間とも永遠に別れることになるのか。死に直面したら、生に対する執着心が膨らんだ。

まだ死にたくない。風見は、そう切望した。やりたいことがたくさんある。くたばるわけにはいかない。佐竹ともども生き延びたかった。

チームメイトは、すでに息ができなくなって海底に沈んでしまったのか。なんとか佐竹の生死を確認したい。

そう思ったとき、腰のあたりに何かがぶつかった。人間の頭だった。佐竹が懸命に風見の体を頭頂で突き上げている。

単なる偶然の接触ではない。佐竹はせめて仲間の命だけでも救《たす》けたいと、もがき苦しみつつ、体を上下させているにちがいない。

風見は胸が熱くなった。自分よりも年下の仲間を若死にさせるわけにはいかない。

いったん風見は海中に沈み、両腕で佐竹の体を浮かせはじめた。海面に顔を出したら、息を深く吸ってほしい。

そう願いながら、風見は佐竹を支えつづけた。少し経《た》つと、佐竹が風見の下に潜《もぐ》り込んだ。そして、頭と両腕で風見の体を浮かせはじめた。

カッコつけるんじゃねえ。風見は、佐竹をそう叱りつけたい気持ちだった。むろん、嬉しかった。しかし、他人《ひと》に返せない借りは作りたくない。

すぐに風見は、佐竹の下に潜った。とうに二人組の姿は防波堤から消えていた。

意識が薄れはじめたとき、突堤を回り込んでくる漁船のエンジン音が近づいてきた。風見は佐竹を突き上げ、緩んできた投網のなかで蛙足《かえるあし》で力強く海水を蹴った。

顔半分が波間に出た。漁船の左舷には、成島、岩尾、佳奈の三人が並んで立っていた。一様《いちよう》に心配顔だった。

風見は四肢《しし》を大きくばたつかせた。白く泡立つ海面に仲間たちが早く気づくことを祈りながら、ひたすら手脚《てあし》を動かしつづけた。

2

くしゃみが止まらない。

風見は登庁してから、数え切れないほどくしゃみをしていた。前夜、冷たい海水に浸《ひた》っていたせいだろう。

斜め前のソファに坐った佐竹は時々、咳き込んでいた。風邪の症状だろう。

特命遊撃班の刑事部屋である。午前十一時を回っていた。成島を含めたチームメンバーはソファに坐って、コーヒーを啜《すす》っていた。

「くしゃみをしたり、咳が出るのは二人がまだ生きてる証拠だよ。色男、智沙さんを悲しませなくてよかったな」

成島が風見をからかった。

「班長たち三人のおかげです。おれと佐竹は溺れ死んでても不思議じゃなかったんですから、命拾いしました。三人は命の恩人ですよ。感謝してます」

「自分も同じ気持ちです」

佐竹が相槌を打った。

「もっと早く救《たす》けに行きたかったんだが、風見が運転してたスカイラインを一度見失ってしまったんで、佐竹の監禁場所を見つけるのに手間取っちまったんだ。でも、よかったよ。地元の漁師が快く船を出してくれなかったら、二人を水死させてたかもしれない。協力してくれた豊栄丸《ほうえいまる》の船主には、二人とも直筆の礼状を出しておいてくれ。パソコン打ちじゃ駄目だぞ」

「班長、わかってますよ。ワンボックス・カーの二人組に逃げられたことは癪《しゃく》だが、館山自動車道に設置されてる車輛通過確認装置のおかげで、奴らが中京会の系列《スジ》を嚙んでる辻《つじ》原《はら》組のワンボックス・カーとわかったわけだ。それから、組対四課の協力で坊主頭の男が服部義臣《はっとりよしおみ》と判明したんですよね？」

風見は言った。

「そうだ。服部義臣、三十七歳は辻原組の舎弟頭だよ。前科《ホシ》は四つしょってた。ワンボックス・カーを運転してた痩せた野郎は安岡雄大《やすおかゆうだい》、二十六だ。服部の直系の舎弟だよ」

「利権右翼の天瀬は、中京会の総長と親しいという話でしたよね？」

「それは確認済みだ。天瀬是清が中京会に田畑航平、滝沢修也、相場くららの抹殺を依頼した疑いが濃いな。ただな、首謀者がまだ判然としないんだよ。黒幕は天瀬なのか、それともマスコミ王国三代目の伊坂恭吾なのか。そのどちらかだと思うんだがね」

「班長、ビッグボスは天瀬でも伊坂でもないのかもしれないですよ。リベラルで正義感の強かった田畑と滝沢が保守思想に凝り固まった人間に葬られた可能性もありますが、元AV女優の相場くららまで殺す必要はないわけでしょ？　おれは、ずっとそのことに引っかかってたんだ」

「色男は、くららを始末する必要があった人間が一連の事件のシナリオを練ったと思ってるのか？」

「そうなんじゃないのかな。人気コメンテーターが撲殺された犯行現場が元ＡＶ女優の自宅マンションだったことがどうも腑《ふ》に落ちないんですよ」

「それは確かにな。くららの部屋には、滝沢修也の複数の洋服と靴があった。しかし、くららが滝沢修也と不倫関係にあったと言ってただけで、それを裏付ける証言は得られてない」

「ええ。ただ、月に何度か『鳥居坂スターレジデンス』の四〇五号室に通ってた五十年配の男がいたというから、その謎の人物が滝沢ではないとは断言できないんですがね。しかし、滝沢の自宅に空き巣が入っていたという事実を考えると……」

「盗み出された人気コメンテーターの服と靴は偽装工作のため、犯行現場に置かれた可能性はありますよね？」

佳奈が風見に顔を向けてきた。

「そうなんだ。くららは撲殺犯に協力して、犯行現場を提供した。それだけ真犯人とは親密な間柄だったんだろう」

「くららの不倫相手は、実は正体不明の男なんじゃないかってことですね？」

「そう考えてもいいだろうな。それで、そいつは滝沢修也が信用してた人間なんだろう。そうじゃなかったら、一面識もなかったと思われる元ＡＶ女優の自宅マンションに人気コメンテーターが無防備に行くわけない。下手したら、スキャンダルの種《ネタ》にされるからな」

「ええ、そうですよね。謎の訪問者は経済やくざの舛井かもしれないと考えたんだけど、彼はシロだった。それに、舛井と滝沢が信頼し合ってたはずはない」

「そうだな」

「風見さん、自分は伊坂恭吾の女性関係を徹底的に洗う必要があると思います」

佐竹が咳き込みながら、そう提案した。

「どうしてそう思った？」

「相場くららは、マスコミ王国に属する出版社からヘア・ヌード写真集を出してます。売れっ子グラビア・アイドルでもなかったのに、写真集を出せるのは異例でしょ？」

「だろうな。くららは伊坂恭吾に手をつけられたんで、ヘア・ヌード写真集を出してもらえたんじゃないのか。佐竹は、そう考えたんだろう？」

風見は確かめた。

「ええ、そうです。だから、伊坂は相場くららに色目を使わせて、滝沢修也を『鳥居坂スターレジデンス』に誘い込ませたんじゃないんですかね？　それで、中京会辻原組の服部か安岡のどちらかにゴルフ・クラブで人気コメンテーターを撲殺させた。実行犯は天瀬に見つけてもらったんでしょう」

「滝沢は二、三十代じゃないんだ。くららの色香に惑《まど》わされたとは考えにくいな。それにな、伊坂は戯《たわむ》れに相場くららを何度か抱いただけで、長くはつき合ってなかったんだろう。愛人関係だったら、くららはAV女優にならなかっただろうし、芸能界追放後も『エスポワール』でチーママになる必要はなかったと思うよ。三代目はリッチマンなんだろうからな」

「そうか、そうですよね。自分の筋の読み方は正しくないみたいだな。余計なことを言ってしまいました」

佐竹が頭を掻《か》いて、また咳き込んだ。

「辛そうだな。佐竹、待機寮に帰って寝《やす》んだほうがいい」

「班長、大丈夫ですよ。熱が出たわけじゃないんですから、どうってことはありません。自分、早く辻原組の服部と安岡を殺人未遂容疑で検挙《アゲ》たいんですよ。監禁罪と窃盗罪も加わるな。自分は投網で身動きとれなくなって、拳銃まで奪われたんですから」

「こっちも同じだよ。服部の野郎にグロック26を奪《と》られちまった。奴の頭に銃弾をぶち込んでやりたいよ」

「風見君は過激だね。いずれ二人の銃器は取り返せるだろう」

岩尾が言葉を切って、成島に喋りかけた。

「佐竹君が閉じ込められてた建物の所有者は、明和会の高梨譲司の母方の祖父だったと判明しました。その高梨は、かつて『報国一心会』のメンバーでした」

「そうだな」

「利権右翼と親交のある中京会の下部組織の辻原組の組員が、特命遊撃班の五人の命を狙ったということは、一連の事件に名古屋の暴力団が関与してるのは間違いありません」

「ああ、それは確かだろう。問題は中京会を動かしてるのが誰なのかだね。その首謀者が見えてこない」

「高梨は、相場くらら殺しの犯人に仕立てられそうになったとは考えられませんか？　もしかしたら、彼は『鳥居坂スターレジデンス』内か、周辺で元AV女優殺しの犯人《ホシ》と擦《す》れ違ったんじゃないだろうか」

「話をつづけてくれ」

成島班長が岩尾を急《せ》かせた。

「はい。くららを絞殺した奴は高梨に顔を見られてしまったという強迫観念から逃れられなくなったんで、明和会のやくざが元AV女優殺しの加害者として捕まればいいと願ってた。結局、高梨の殺人容疑は晴れたわけですが、別件容疑で留置されることになった。そこで、真犯人は佐竹君を高梨の祖父の所有家屋に監禁することによって、六本木のやくざが一連の事件と無縁ではないとアピールしたかったんではないでしょうか」

「元公安刑事の筋の読み方は深いというか、複雑な推測をするんだな」

「見当外れの推測でしたか？」

「そうは思わないが……」

「違うかもしれないな」

　岩尾が照れ笑いを浮かべた。

　そのとき、桐野刑事部長が小部屋に入ってきた。成島が腰を浮かせた。風見たち部下も相前後してソファから立ち上がった。

「高梨譲司が東京地検の駐車場から逃走したらしい」

　桐野が早口で成島班長に告げた。

「詳しいことを教えてもらえますか」

「いま話します。高梨は検事調べを受けて、護送車に乗り込む寸前だったらしい。そのとき、三十六、七の丸坊主の男が護送車に短機関銃の九ミリ弾を扇撃ちしたというんだ。近くにいた検察事務官や麻布署の留置課巡査が退避すると、UZI《ウージー》をぶっ放した奴は高梨を連れて、逃亡を図ったそうなんだよ」

「高梨を連れて逃げた男には、心当たりがあります」

「成《なる》さん、そいつは何者なんです？」

「中京会辻原組の舎弟頭の服部義臣、三十七です。きのうの夜、野島崎灯台で我々四人をイスラエル製のサブマシンガンで掃射した服部が高梨の逃亡を手助けしたんでしょう」

「ということは、高梨も一連の殺人事件に絡んでるわけか？」

「そうなのかもしれませんし、高梨は単に陥《おとしい》れられかけてるだけなのかもしれないな。当然、首都圏に緊急配備を敷き、高梨を指名手配してもらえるんでしょ？」

「理事官にそうするよう指示しておきましたよ。成さんのチームも、高梨の行方を追ってほしいんだ」

「わかりました」

「頼むよ、みんな」

桐野が風見たち四人の顔を見て、刑事部屋から出ていった。

「岩尾・佐竹組は高梨の血縁者や知人に当たって、潜伏先を突き止めてくれ。風見・八神コンビは六本木の明和会の本部事務所に行って、高梨の立ち回り先を割り出してくれないか」

班長が顔を引き締め、部下たちに指示した。

風見たち四人はひと塊《かたまり》になって、すぐさまアジトを出た。地下二階の車庫に下《くだ》り、二班はプリウスとスカイラインに乗り込んだ。

岩尾・佐竹班が先に本部庁舎を後《あと》にした。スカイラインは六本木に向かった。明和会の本部事務所は、東京ミッドタウンの裏手にある。

本部事務所に着いたのは、二十数分後だった。コンビは覆面パトカーを六階建ての明和ビルの前に駐《と》め、一階の受付に足を向けた。

受付には、ホスト風の青年がいた。風見は相手に警察手帳を呈示し、若頭の川路《かわじ》繁《しげる》に面会を求めた。暴力団係刑事時代から知っている四十代の大幹部だ。

受付の青年が内線電話をかけた。短い遣《や》り取《と》りをして、受話器をフックに戻した。

「あいにく来客中でして、お目にかかれないと申しております。相すみません」

「客が来てるかどうか、この目で確かめさせてもらう。若頭は五階にいるんだな？」

「え、ええ。しかし、来客中ですんで、お引き取り願いたいんです」

「そっちを叱らないよう川路によく言っといてやろう」

風見は相棒の片腕を摑んで、奥のエレベーター・ホールに向かった。

五階に上がる。川路のいる部屋はわかっていた。

風見は、いきなりドアを開けた。川路はワイシャツ姿で、パターの練習をしている。室内は暖房が効きすぎ、暑いほどだ。

「客は、透明人間らしいな」

風見は、川路に皮肉を浴びせた。

川路が、ばつ悪そうに笑った。人が好さそうに見えるが、その素顔は冷血漢だ。のし上がるためには、世話になった兄貴分も平気で裏切ったり、陥れてきた。

「組対四課を離れてからは、なんとかいう窓際部署にいるって噂を聞いてたが、まさか暴力団係《マルボウ》刑事に逆戻りしたんじゃないやね？　あんたは、おれたちに厳しかったから……」

「復帰されたくないか、おれに？」

「そうだね」

「安心しろ。まだ窓際部署でくすぶってるよ」

「そう。お連れさん、マブいね。まさか女刑事じゃないんでしょ？」

「キャリア刑事だよ、いまのおれの相棒はな」

「驚いたな。おたく、名前は？」

「八神です」

「下の名前も教えてほしいな」

「川路の旦那よ、おれの相棒にちょっかいなんか出したら、ぶっ殺すぞ」

風見は凄《すご》んだ。

「相変わらず威勢がいいな。で、きょうは何なんです？」

「高梨譲司が恐喝容疑で麻布署に留置されてたことは知ってるな？」

「ええ、まあ」

「少し前に高梨が東京地検から逃《フ》げ《ケ》たんだよ、検事調べを受けた直後にな」

「本当ですかい⁉」

「ああ、嘘じゃない。逃亡を手助けしたのは、中京会辻原組の服部って奴らしいんだが、何か思い当たらないか？」

「明和会は別に中京会とは反目《はんもく》してないが、会長同士が兄弟分の盃を交わしてるわけじゃない。そんなことは、おたくもよく知ってるよな？」

「ああ。高梨は昔、天瀬是清が仕切ってる右翼団体『報国一心会』のメンバーだったよな？」

「そう。そっちのつながりで、高梨は中京会の人間に逃亡の手助けをしてもらったんだろうね。ええ、そうなんでしょう。野郎は中京会とつるんで、どんな犯罪《ヤマ》を踏んだんです？」

「そういう質問には答えられない。高梨の立ち回り先に見当はつかないか？」

「去年の十月ごろまで風俗嬢と半同棲してたはずだが、その娘は関西に逃げたとか言ってたな。中京会の者が隠れ家を提供してくれたんじゃないんですかい？」

「その可能性はあるな。しかし、高梨が中京会の下働きをしてたかどうかはわからないんだよ」

「そうなのか」

「まだ根拠があるわけじゃないんだが、ひょっとしたら、服部って中京会系の組員は高梨の口を塞《ふさ》ぐ目的で、東京地検から逃がしてやったのかもしれないんだ」

「高梨は、中京会とつながりのある人間の致命的な秘密というか、弱みを知ってしまったんですかね？」

「そういう可能性もあるんだよ」

「そうなのか」

「高梨譲司が中京会に自分が狙われてると察してたら、チャンスを見て、服部という組員から遠ざかると思うんですよ。それで、安全な場所に逃げ込むんじゃないかしら？」

佳奈が川路に言った。

「だろうね」

「そういう安全な場所は思い当たりません？」

「もしかすると、高梨は以前、情婦《いろ》にしてたストリッパーの家《ヤサ》に身を隠してやがるのかな」

「その方の名前は？」

「芸名は植草《うえくさ》アリサだった。えーと、本名は平凡だったな。思い出したよ。田中史恵《たなかふみえ》だ。もう三十過ぎなんだけど、働き者で一年のうち七、八カ月は地方のストリップ劇場で踊ってるらしいぜ」

「その踊り子さんの住まいは？」

「新宿の若松町《わかまつちょう》にある『カーサ若松』の二階に住んでるはずだよ。部屋番号まではわからないね。そのマンションは東京女子医大病院の近くにあるって話だったな。行けば、わかると思う」

若頭がゴルフ・クラブのグリップを握り、やや腰を屈《かが》めた。

風見は相棒に目配せして、廊下に出た。二人は明和ビルを出ると、すぐ若松町に覆面パトカーを走らせた。

『カーサ若松』を探し当てたのは、およそ三十分後だった。

風見たちはミニマンションの前でスカイラインを降り、まず集合郵便受けでストリッパーが借りている部屋を調べた。

田中史恵の部屋は二〇三号室だった。

エレベーターは設置されていない。風見たちは階段を使って、二階に上がった。佳奈が二〇三号室のインターフォンを鳴らす。

応答はなかった。部屋の主は地方巡業に出ているのか。

風見はそう思いながら、何気なくドア・ノブに手を掛けてみた。ロックはされていなかった。

「内錠は掛かってないぞ」

風見は相棒に言って、ドアを引いた。

真っ先に目に飛び込んできたのは、ダイニング・キッチンと居室《きょしつ》の間の梁《はり》から垂れ下がった高梨の体だった。その首には、ロープが巻きついている。

「八神は、ここにいたほうがいい」

風見は靴を脱いで、二〇三号室に入った。

ダイニング・キッチンには、便臭が漂っていた。高梨は微動だにしない。

風見は、高梨の首を見た。軽い火傷痕があった。高圧電流銃《スタンガン》の電極を押し当てられたときに負ったのだろう。高梨は気を失っている間にロープの輪を首に掛けられ、一気に梁まで吊り上げられたにちがいない。

明らかに自殺に見せかけた他殺だ。高梨を絞殺したのは、辻原組の服部なのか。あるいは子分の安岡の仕業《しわざ》なのか。それとも、どちらも真犯人の手助けをしただけなのだろうか。

「自殺を装った他殺だな。八神、事件通報してくれ」

風見は佳奈に言って、奥の居室に足を踏み入れた。

特に部屋の中は乱れていない。犯人の遺留品はなさそうだった。

3

外壁は真っ黒だ。

辻原組の持ちビルは異様だった。どこか禍々《まがまが》しい印象を与える五階建てのビルは、名古屋市中村区《なかむらく》の一画にそびえている。JR名古屋駅から数キロしか離れていない。

風見は覆面パトカーの中から、辻原組の本部事務所の出入口に視線を向けていた。

間もなく午後四時半になる。

風見たち二人は検視が終わるまで、『カーサ若松』の二〇三号室に留《とど》まっていた。しかし、その間、本庁機動捜査隊初動班と新宿署刑事課の捜査員が付近の聞き込みに回った。

これといった手がかりは得られなかった。

むろん、検視で首吊り自殺に見せかけた他殺であることは明らかになった。だが、犯人のものと特定できる指掌紋や靴痕は検出されなかった。また、辻原組の服部はどの検問所にも引っかかっていない。

そこで風見たちは成島の許可を得て、名古屋に来たのである。張り込む前に相棒が組事務所に偽電話をかけた。彼女は、服部の愛人になりすましたのだ。

服部は、組事務所にはいなかった。坊主頭のやくざは捜査の手が伸びることを予想し、しばらく組事務所には近づかないだろう。しかし、舎弟の安岡雄大はそれほど警戒していないのではないか。

風見たちはそう読み、安岡を締め上げて服部の居所を吐かせる気になったわけだ。

「安岡も組事務所にいないのかもしれませんよ」

運転席で、佳奈が言った。

「そういうことも考えられるな」

「わたし、安岡の従姉《いとこ》に化けて、また偽電話をかけてみます」

「いや、それはまずいな。怪しまれそうだ。おれが安岡の従兄《いとこ》になりすまそう」

風見は懐から私物のモバイルフォンを取り出し、辻原組に電話をかけた。

受話器を取ったのは、若い男だった。

「わたし、安岡雄大の母方の従兄なんですが、身内に不幸があったんですよ。で、雄大に電話しつづけてるんですが、なかなかつながらないで困ってるんです。おそらく電源を切ってるんでしょう。そちらに雄大はいます？」

「昼過ぎに一度、こっちに顔を出したわ。けど、すぐ愛人《レコ》んとこに行くと言って出ていったよ。携帯の電源を切ってるんなら、つき合ってるキャバ嬢とアレをしてるんじゃないの？」

「雄大がつき合ってる彼女は、どこに住んでるんでしょう？」

「組事務所からタクシーでワンメーターのとこにある『稲森《いなもり》コーポラス』ってマンションの七〇二号室を借りてるはずだ。キャバ嬢の名前は、住吉亜弥《すみよしあや》だったと思うわ。ちょうど二十歳《はたち》だね」

「ご親切にありがとうございました」

風見は電話を切り、佳奈に安岡の交際相手の自宅マンション名を教えた。相棒が私物のスマートフォンですぐに検索をした。

「住所がわかりました。『稲森コーポラス』に向かいます」

「ああ、そうしてくれ」

風見はシートに凭《もた》れかかった。覆面パトカーが走りだした。夕闇が濃さを増しはじめていた。

七、八分で、目的のマンションに到着した。

風見たちは車を降り、『稲森コーポラス』のアプローチを進んだ。出入口はオートロック・システムにはなっていなかった。

二人は七階に上がった。

七〇二号室に近づくと、歩廊に面した浴室から若い女の嬌声《きようせい》が洩れてきた。男の低い声も聞こえた。安岡は、愛人のキャバクラ嬢と湯船の中で痴戯《ちぎ》に耽《ふけ》っているのだろう。波立つ湯の音も耳に届いた。

風見は、七〇二号室のインターフォンを鳴らしつづけた。浴室が静まり返った。安岡と住吉亜弥は息を潜めているのだろう。

風見は、なおも部屋のチャイムを響かせた。

「いま、入浴中なのよ。誰？」

「きみは、住吉亜弥さんだね？」

「そう。おたくは？」

「警察の者だ。一緒に風呂に入ってるのが安岡雄大だってことはわかってる。ドアを開けなかったら、そっちは犯人蔵匿罪《ぞうとく》になるぞ」

「えっ、そ、そんな!?」

部屋の主が黙った。入浴中の男女が浴槽から出る気配が伝わってきた。

「特殊警棒を握ってろ」

風見は佳奈に指示し、ドア・スコープからは見えない場所に移った。

佳奈が伸縮式の特殊警棒を腰から引き抜く。三段式だ。スイッチ・ボタンを押せば、一気に伸びる造りになっていた。

二分ほど待つと、ドアが開けられた。

白いバスローブをまとった部屋の主が姿を見せた。まだ顔はあどけないが、目許はやつれている。

風見はドアを大きく開け、三和土《たたき》に躍《おど》り込んだ。

亜弥の真後ろには、安岡が立っていた。腰に青いバスタオルを巻いただけの恰好で、右手にS&W《スミスウエッソン》 CS40チーフズ・スペシャルを握っている。佐竹から奪った拳銃にちがいない。

「お、おみゃあは……」

安岡が信じられないものを見たような顔つきになった。

「亡霊じゃないぜ。おれの仲間も生きてる。おれたちは突堤から夜の海に投げ落とされたが、死ななかったんだよ」

「やっぱり、そうやったか。テレビ・ニュースでおみゃたちのことが報道されんかったから……」

「おまえと服部は、監禁罪、窃盗罪、殺人未遂罪を犯したことになる。もう逃げ切れないぜ。安岡、おとなしくチーフズ・スペシャルを渡せ！」

風見は声を張った。安岡が一歩退《さ》がって、亜弥の後頭部に自動拳銃の銃口を突きつけた。

「雄大ちゃん、な、なんなの!? あたしを楯《たて》にして、逃げる気？」

「亜弥、死にたくないだろ？ 少しの間、弾除《たまよ》けになってもらうで」

「あんた、あたしのことを愛してるって言ってくれたじゃないの？ 好きな女にこんなことできる？」

「おれ、逮捕《パク》られとうないんだよ。亜弥、わかってくれ」

「あんたなんか、大っ嫌い！ あたしのこと、ただのヤリマン女と思ってたんでしょっ」

「ま、そうだな」

「ひどーい！ ひどいよ。あたし、あんたに一所懸命尽くしたのに」

「うるせえんだよっ」

「あたしを撃ちなさいよ。撃てるもんなら、撃ってみな！」

亜弥が開き直って、湿った声で喚《わめ》いた。キャバクラ嬢は本気で安岡と恋愛している気になっていたのだろう。哀《あわ》れだった。

安岡が細い目を攣《つ》り上げて、拳銃のスライドを引いた。初弾が薬室に送り込まれたはずだ。あとは引き金を絞るだけで、銃弾が発射される。

「てめえは屑《くず》野郎だな」

「わたしも、そう思うわ」

佳奈の声が、風見の語尾に重なった。

「女刑事、もう一遍言ってみろ！　おまえから先に撃ち殺してもいいんだぜ」

「人を殺すには、それなりの度胸がいるはずよ。あんたは、どうせキャバクラ嬢や風俗嬢を喰いものにしてる下種《げす》なんでしょ？」

「黙らねえと、撃つぞ！」

安岡がいきり立ち、チーフズ・スペシャルの銃把に両手を掛けた。腕はぶるぶると震えている。

「そんなに腕が震えてるんじゃ、至近距離でも的《まと》を外すな」

風見は安岡に言って、亜弥の左の肩口を強く押し下げた。亜弥は玄関マットの上にひざまずく形になった。

安岡が引き金に人差し指を深く巻きつけた。

風見は腰の後ろから特殊警棒を引き抜き、強くスイッチ・ボタンを押した。勢いよく伸びた警棒の先端が、安岡の眉間《みけん》を直撃する。

安岡が短い呻きを発し、尻《しり》から玄関ホールに落ちた。幸いにも暴発はしなかった。

風見は亜弥を横にどけるなり、安岡の顎を蹴り上げた。安岡が仰向けに倒れ、両脚を撥《は》ね上げた。股間は丸見えだった。

「わっ、見えちゃった」

佳奈が困惑した声を洩らす。

風見は玄関マットに片足を掛け、安岡の右手からアメリカ製の自動拳銃を捥《も》ぎ取った。

「ちょっとお邪魔するわね」

佳奈がパンプスを脱ぎ、亜弥を奥の居室に導いた。風見はチーフズ・スペシャルの銃口を安岡の心臓部に押し当てた。

「刑事がこんなことをやるなんて、信じられんわ」

「おれが何かいけないことをしてるか？」

「ふざけんな。おれを撃つ気じゃないんだろ？　ただの威《おど》しだよな？」

「甘いな」

「撃つ気なのか!?」

安岡が声を裏返らせた。

「場合によっては、引き金を絞ることになる」

「う、撃たねえでくれ。死んじまったら、いい女を抱けなくなるでよ。うまい酒も飲めなくなる。刑務所《ムショ》にぶち込まれても、生きてりゃ……」

「この世に未練があるだろうな、まだ若いんだから。だったら、おれの質問にちゃんと答えるんだ」

「わかったよ」

「去年の十二月二十八日に、経産省の元キャリア官僚の田畑航平を自宅近くで拉致して山梨県の廃屋の柱に縛りつけ、餓死させたのは兄貴分の服部とおまえだな？」

「そ、それは……」

「答えろ！」

「そうだよ」

「誰に命じられたんだ？」

たらしい」

「組長《オヤジ》の辻原貴広《たかひろ》だよ。服部の兄貴の話によると、本部の赤塚厳夫《あかつかいわお》総長からの指示があっ

「中京会の赤塚総長が田畑に何か恨みを持ってたとは思えない。誰かに田畑を始末してくれって頼まれたんだな？」

風見は矢継《やつ》ぎ早に訊いた。

「そうみたいだが、兄貴も細かいことは辻原の組長《オヤジ》から教えてもらえなかったようだよ。ただ、田畑って元官僚は『現代公論』に内部告発文を書いて、政治家、財界人、エリート役人の黒い関係を何とかっていう元新聞記者と一緒に暴こうとしてたらしいじゃないか」

「白々しいな。おまえら二人は、元新聞記者の滝沢修也殺しにも絡んでるんじゃないのかっ。え？」

「そいつが殺されたことはマスコミ報道で知ってるが、服部の兄貴もおれも事件にはタッチしてにゃあで。信じてちょよ」

「元AV女優の相場くららの死とも無関係だと言い切れるのか？」

「おれたちは、女なんか殺《や》ってないで。辻原の組長《オヤジ》に言われて、あんたらのチームの五人を片づけようとしたことは認めるよ。けど、相場くららは始末してないで」

「明和会の高梨譲司を東京地検から逃がしてやって、首吊り自殺を装って殺害したのは服

部義臣だなっ」

「兄貴はそんなことしてないで。東京地検でサブマシンガンをぶっ放して、高梨って奴の逃亡を手助けしただけだよ。兄貴は、組長《オヤジ》に言われた人物に高梨を引き渡す段取りになってたんだ。その通りにしただけだと思うで」

「高梨を引き取った人間は何者なんだ？」

「おれは、知らんわ。兄貴は組長《オヤジ》から細かいことは本当に聞いてない様子だったで。けど、その人物は高梨に何か危《ヤバ》いとこを見られたんだろうな。だから、自殺に見せかけて始末する必要があったんでにゃあか」

「服部は、もう名古屋に戻ってるんだろ？」

「ああ、多分ね」

安岡が曖昧な答え方をした。

「少し痛い思いをしないと、正直になれないようだな。腕か太腿に一発お見舞いしてやる。どっちがいい？」

「やめてくれ！　服部の兄貴は辻原の組長《オヤジ》に言われて、しばらく身を隠すことになったんだ。それで……」

「口ごもったが、急に日本語を忘れたわけではないんだろ？」

「言う、言うよ。兄貴は、組長《オヤジ》が世話をしてた愛人《レコ》の家《ヤサ》にいる。その女は去年の初夏に交通事故死しちゃって、愛人宅は空き家になったままなんだ」

「その家はどこにある？」

「千種《ちくさ》区の高級住宅街にあるんだわ。辻原の組長《オヤジ》の自宅は守山《もりやま》区にあるんで、通いやすい場所に妾宅《しょうたく》を構えたんだ。死んだ情婦《いろ》は和風美人で、色っぽかった。まだ三十二の女盛りだったんだよ。組長《オヤジ》はその愛人《レコ》にぞっこんだったんで、まだ妾宅を売っ払う気になれないんでにゃあか。で、そのままにしてあるんだ」

「早く身繕《みづくろ》いしろ。それで、おれたちをその家に案内するんだ」

風見は安岡を摑み起こし、素早く靴を脱いだ。それから安岡を立たせ、奥のＬＤＫまで歩かせた。

キャバクラ嬢は居間の長椅子に腰かけ、泣きじゃくっていた。誠実さのない暴力団組員と親密になったことを悔んでいるのかもしれない。

佳奈は長椅子の向こう側に立ち、亜弥の両肩に手を置いていた。無言だった。下手な慰めは逆効果だと思っているにちがいない。

間取りは１ＬＤＫだった。

リビングの右側に八畳の寝室があった。安岡は寝室に入り、衣服をまといはじめた。ダブルベッドは寝乱れていた。若い二人はベッドで狂おしく肌を貪《むさぼ》り合ってから、一緒に風呂に入ったのだろう。

風見はチーフズ・スペシャルのセーフティー・ロックを掛けてから、ベルトの下に差し込んだ。そのあと、安岡に後ろ手錠を掛けた。

寝室を出ると、佳奈が心得顔でリビング・ソファから離れた。

「服部は、辻原組長が囲ってた女の家に潜伏してるらしい。その愛人は、去年の初夏に交通事故死したんだってさ。享年三十二だったそうだよ」

「お気の毒にね。その家は、どこにあるんです？」

「千種区にあるらしい。この安岡に案内させる」

「わかりました」

「もうヤー公となんかつき合わないほうがいいぜ。ろくなことはないからな」

風見は亜弥に言い、安岡の肩を押した。すぐに佳奈が従いてくる。

三人は七〇二号室を出た。マンションの一階に降り、スカイラインに歩《ほ》を運ぶ。

風見は先に安岡を後部座席に押し込み、その横に腰を落とした。安岡は、すっかり観念したらしい。うなだれたままだった。

「道案内してね」

佳奈が安岡に声をかけ、捜査車輛をスタートさせた。

中村区から中区《なかく》を抜けて、千種区に入る。目的の家は平和公園の近くにあった。和風住宅で、平屋造りだ。敷地は七、八十坪で、庭木が多い。電灯は点いていた。

佳奈がスカイラインを隣家の生垣《いけがき》に寄せた。

風見は、安岡をリア・シートから引きずり下ろした。

「そっちが服部を玄関先に誘い出すんだ。いいな？」

「兄貴に恨まれるだろうな」

「妙な気を起こしたら、どっちかの腿《もも》に銃弾を撃ち込むぞ」

「服部の兄貴をちゃんと誘《おび》き出すわ。だから、撃たんでちょ」

安岡が怯《おび》えた表情で言った。佳奈が覆面パトカーを降り、駆け寄ってきた。

「インターフォンを鳴らせ！」

風見は低く命じた。安岡が門柱に歩み寄り、インターフォンのレンズを覗き込む。風見と佳奈は左右に分かれ、死角に入った。

安岡がチャイムを鳴らした。

ややあって、スピーカーから服部の声が流れてきた。

「おう、安岡。どうした？」

「兄貴にご相談したいことがあるんですよ。きのうの南房総の犯罪《ヤマ》の件で千葉県警が動きはじめたみたいなんです。だから、おれ、高飛びしたほうがいいと思うんです。服部さんや辻原の組長《オヤジ》に迷惑かけたくないんでね」

「千葉県警は、まだおれたちのことを嗅ぎつけたとは思わねえがな。とにかく、玄関先まで入って来いや」

「わかりました」

安岡がインターフォンから離れ、門扉《もんぴ》の内錠を外した。

風見たちコンビは、安岡の後につづいた。ポーチに達すると、二人は両端に寄った。風見はベルトの下からチーフズ・スペシャルを引き抜き、安全装置を解除した。

待つほどもなく、玄関戸が開けられた。

服部の横顔が視界に映《えい》じた。風見は銃口を服部のこめかみに突きつけ、手早く体を探《さぐ》った。服部はベルトの下にグロック26を差し込んでいた。

「動くなよ。おれのハンドガンを返してもらうぜ」

「くそっ！」

服部が舌打ちした。風見は服部を腹這いにさせ、相棒に後ろ手錠を打たせた。それから彼は、服部を荒っぽく引き起こした。

「おまえら二人を連れて、守山区にある辻原組長宅に乗り込む。そうすれば、田畑、滝沢、くらら、高梨の死の真相がわかるだろうからな」

「おみゃあ、何を言ってるんだ⁉　おれには、意味がわからんで」

「いいから、表に出るんだ」

「おれたち二人をどうするん？」

服部が訊《たず》ねた。風見は無言で服部の後ろに回り込んだ。佳奈が安岡の背後に立つ。

名古屋のやくざは、後ろ手錠を掛けられた状態で家の前の通りに出た。次の瞬間、左手から猛進してきた無灯火の四輪駆動車が服部と安岡を撥《は》ね上げた。

二つの体は宙を舞い、路上に叩きつけられた。一瞬の出来事だった。無灯火の車が服部と安岡を故意に轢《ひ》いたことは疑いようもない。

組長の辻原が二人の口を封じたのか。

加害車輛は、とうに闇に呑《の》まれていた。佳奈が二十メートルほどまで飛ばされた服部と安岡に駆け寄る。風見も二挺の拳銃をベルトの下に差し込み、相棒のいる場所まで走った。

服部と安岡は、ともに首が奇妙な形に捩《ねじ》れている。

ぴくりとも動かない。すでに二人とも息絶えているようだ。

「近所の者が衝突音を聞いて、もう警察に通報しただろう。八神、辻原組長の家《ヤサ》に行くぞ」

風見は体を反転させた。

佳奈が先にスカイラインの運転席に乗り込んだ。風見は急いで助手席に坐った。

守山区にある辻原組長宅を探し当てたのは、二十分弱後だった。

人目を惹《ひ》く豪邸だ。敷地は三百坪はありそうだった。奥まった場所に白い洋館が見える。

佳奈は、辻原邸の少し前の路肩《ろかた》にスカイラインを停めた。

ちょうどそのとき、組長宅のブロンズカラーの門扉が開けられた。邸内からグレイのレクサスが滑り出てきた。

風見と佳奈は、同時に驚きの声をあげた。ステアリングを捌《さば》いているのは、なんと柿崎友宏だった。人気コメンテーターの義兄が、なぜ中京会辻原組の組長宅から出てきたのか。

風見は我が目を疑いたくなった。しかし、レクサスを運転していたのは紛《まぎ》れもなく滝沢修也の妻の実兄だった。

「風見さん、どういうことなんでしょう？　わたし、頭が混乱してしまって……」

「おれも八神と同じだよ」

「辻原に探りを入れてみましょうか」

「組長クラスのやくざが簡単に口を割るはずない。東京に戻って、柿崎の私生活をとことん洗ってみよう」

風見は言った。

佳奈が覆面パトカーを走らせはじめた。レクサスの尾灯《テールランプ》は、点のように小さくなっていた。

4

そろそろ張り込み場所を変えたほうがよさそうだ。

風見は捜査車輛を発進させ、監視中の雑居ビルの前を通り抜けた。数十メートル先で、白色のアルファードをガードレールに寄せる。チームの予備車輛だ。

同じ覆面パトカーを使っていると、捜査対象者に張り込みや尾行を覚《さと》られやすい。そんなわけで時々、覆面パトカーを替えていた。

名古屋に出かけた翌日の正午過ぎだ。

雑居ビルの三階には、柿崎友宏の税理士事務所がある。ビルは渋谷の宮益坂《みやますざか》から一本横に入った裏通りに面していた。

風見たちコンビは午前十時前から、滝沢修也の義兄のオフィスを張り込んできた。柿崎が自分の事務所にいることは確認済みだった。

「昨夜《ゆうべ》、柿崎友宏が辻原組長の自宅から出てきたときは、わたし、自分の目を疑っちゃいました」

助手席で、佳奈が言った。

「おれもだよ。捜査本部の連中は伊坂恭吾をずっとマークしてたが、どうも一連の事件《ヤマ》には関与してないようだと理事官に報告したという話だったよな？」

「ええ、刑事部長経由で成島班長はそう聞いたということでしたね。マスコミ王国の三代目がシロだとしたら、連続殺人事件の絵図を画《か》いたのは利権右翼の天瀬是清なんでしょうか」

「天瀬と中京会につながりはあるんだが、柿崎と名古屋の暴力団との結びつきが皆目わからない」

「そうですね。でも、きのうの夜、辻原組長宅から出てきたレクサスを運転してたのは人気コメンテーターの義兄に間違いないんですから、柿崎は名古屋のやくざと何らかのつながりがあるはずです」

「そうだろうな。柿崎は大手証券会社を辞めるまでトレーダーとして巨額を動かしてたと妹の自宅で話してた。八神、憶《おぼ》えてるか？」

「ええ、はっきりと。柿崎友宏はバブルが弾けて人生観がすっかり変わってしまったと言ってましたよね？」

「ああ。金を追うだけの日々に虚《むな》しさを感じて、税理士になって自分らしく生き直したくなったというニュアンスのことを柿崎は言ってた。そして、社会的弱者を支援する非営利団体を立ち上げたんだと清々《すがすが》しい口調で喋ってた」

「ええ、そうでした。もしかしたら、柿崎はボランティア活動の運営費が足りなくなったんで、中京会の息のかかった消費者金融から融資を受けたことがあるのかもしれませんね」

「それで名古屋の暴力団と腐れ縁ができてしまって、元トレーダーの柿崎は中京会に利用されることになった？」

「そう推測できるんじゃありません？」

「柿崎は若造じゃない。暴力団とつながりのある金融業者から借金したら、ろくなことにならないことはわかってるはずだ」

風見は言った。

「それは、そうでしょうね」

「どの非営利団体も寄附金集めに苦労してるようだから、柿崎が代表を務めてる『大地の芽』も活動費が潤沢《じゅんたく》ではないんだろう」

「でしょうね」

「おれが組対《そたい》にいたころから、広域暴力団のほとんどが非合法ビジネスとは別に合法ビジネスに力を入れるようになったんだ。麻薬や銃器の密売は旨《うま》みはあるが、リスクも高いからな」

「ええ。だから、どの組織も正業で稼ごうと考えるようになったんでしょうね？」

「そうなんだ。それで暴力団は企業舎弟《フロント》を増やして、軍資金を膨らませてきた。いまやあらゆる業種に進出してるが、特に投資顧問会社に力を入れてる。有望な起業家たちに事業資金を提供して、ハイリターンを得てるんだ」

「それから財テク関係ビジネスにも熱心なんでしょ？」

「八神の言った通りだよ。大半の企業舎弟が株式の先物取引や外国為替証拠金取引《FX》をやってるね。大手証券会社やメガバンクの優秀なトレーダーを引き抜いて、やくざマネーを動かさせてるケースも稀《まれ》じゃない」

「バブル経済が弾けたとき、腕っこきのトレーダーはごっそり外資系投資会社にスカウトされたという記事を、だいぶ前に月刊総合誌で読んだ記憶があるわ」

「それは事実なんだ。そういった連中は長引く不況の時代でも、三、四億円の年収を得てる。柿崎の昔の同僚の中にも、そうしたトレーダーがいるにちがいない。数こそ多くはないだろうがな」

「ええ、いるでしょうね。証券類のトレーディングは投機性があるだけに、とてもスリリングだと思うんですよ。マネーゲームの虜《とりこ》になっちゃうんじゃないのかな、大半のトレーダーが。会社に大損をさせても、自分ならば、いつか大儲けさせられるという幻想を懐《いだ》きつづけてるんじゃないかしら？」

「そうだろうな。バブル崩壊後、外資系の証券会社や銀行にスカウトされなかった元トレーダーたちの多くはチャンスさえあればと歯痒《はがゆ》がってるのかもしれない。外資系企業に引き抜かれた元同僚の羽振りのよさを知ったら、落ち着かなくなるだろうな」

「そうでしょうね。それで、スポンサーがいれば、また昔のようにマネーゲームで勝負したいと思う元トレーダーもいそうだな」

「八神、いいことに気づいてくれた。柿崎はボランティア活動の運営費を捻出《ねんしゅつ》したくて、中京会直営の財テク関係会社に売り込んで、株の先物取引やFXでやくざマネーを何倍、いや、何十倍にも増やしてやって、巨額の報酬を得てるのかもしれないぞ」

「そうなんでしょうか」

「マネーゲームで熱くなった人間がふたたび勝負の世界にカンバックしたら、そこから容易には脱け出せなくなるだろう」

「ええ、そうでしょうね」

「マネーゲームで勝ちつづけることは、至難《しなん》の業《わざ》だ。やくざマネーを減らすようなことがあったら、柿崎は企業舎弟から損失補塡《ほてん》を迫られるだろう。自分の儲けを吐き出しても足りなきゃ、マネーゲームでプラスを出さなきゃならない。そうなったら、やくざと縁を切れなくなる。腐れ縁は、ずっとつづくことになるわけだ」

「そんなことで柿崎が中京会とつながってるんなら、身から出た錆《さび》ですね」

　佳奈が突き放すように言った。

　そのすぐあと、風見の職務用携帯電話が着信音を発した。モバイルフォンを上着のポケットから取り出し、ディスプレイに目を落とす。発信者は岩尾だった。岩尾・佐竹班は、天現寺《てんげんじ》にある高梨譲司の自宅マンションで手がかりを見つけられたのか。

「マンションの管理会社が、すんなりと高梨の部屋に入れてくれました？」

　風見は訊《たず》ねた。

「ああ、入れてくれたよ。それでね、ちょっとした手がかりを得たんだ。殺された高梨が使ってたベッドマットの中に一通の預金通帳が隠されてたんだよ。その通帳に去年の一月から毎月、曽我宗之《そがむねゆき》という人物から三十万円ずつ振り込まれてた」

「岩尾さん、その人物に心当たりは？」

「あるよ。曽我宗之は内外情報調査会の幹部で、五十歳だったかな」

「その調査会は、確か内閣調査室の調査委託団体でしたね？」

「ああ、そうだよ。説明するまでもないだろうが、〝内調〟と略されてる内閣調査室は内閣官房に置かれ、マスコミ論調の分析と工作を行なってる。内外情報調査会は、世界政経調査会、東南アジア調査会、国民出版協会、民主主義研究会とともに〝内調〟の下働きをしてるんだ。風見君も知ってるよな？」

「ええ。〝内調〟は例のマスコミ王国や右寄りの政治結社と距離を保《たも》ちながらも、協力関係にある。『報国一心会』もその一つでしょ？」

「そうなんだ。天瀬是清は中京会と親交がある。その中京会の辻原組の舎弟頭だった服部義臣と子分の安岡雄大は、一連の事件の犯人に加担してる疑いがあるよな？」

「そうですね。少なくとも、昨夜《ゆうべ》、無灯火の車に撥《は》ねられて死んだ服部は田畑航平を拉致し、高梨譲司殺しに関与してたと思われます」

「そうだね。別に確証があるわけではないんだが、内外情報調査会の曽我宗之は雇い主の〝内調〟に恩を売る目的で、中京会の力を借りて硬骨漢の田畑と滝沢修也の抹殺を企《たくら》んだんではないのかな？」

「岩尾さんの推測通りだとしても、元AV女優の口まで封じる必要があったんだろうか」

「そのことなんだが、相場くららの前の自宅マンションを月に何度か訪ねてた正体不明の五十男は、曽我宗之だったとは考えられないかい？」

岩尾が言った。

「年恰好《としかっこう》に問題はありませんが、曽我という男が若い愛人を囲えるほど金銭的な余裕はありますかね？」

「そう言われると、確かにそれほどのゆとりがあるとは考えにくいな。しかし、わたしは曽我が中京会を使って〝言論統制〟工作のために田畑と滝沢の二人を始末したような気がしてるんだ。しばらく佐竹君と曽我をマークしてみようと思ってる」

「そうですか。わかりました。おれたち二人は、柿崎の動きを探ってみます」

「了解！　お互いに何か動きがあったら、すぐに班長に報告しよう」

「わかりました」

風見は終了キーを押し、モバイルフォンを折り畳んだ。それから佳奈に岩尾との遣《や》り取《と》りをかいつまんで伝えた。

「高梨は、内外情報調査会の曽我が中京会の手を借りてリベラリスト狩りをしようと企んでたことを知り、月々三十万円の口留《ど》め料を自分の銀行口座に振り込ませてたんでしょうか？」

「そうなのかな。高梨は、かつて『報国一心会』の一員だった。どんな理由で天瀬の許《もと》を去ったのかわからないが、古巣の連中の陰謀を強請《ゆすり》の材料にはしないと思うんだよ」

「そうかもしれませんね。となると、高梨は何を種《ネタ》にして、曽我宗之から月々三十万円をせびってたのかしら？」

「案外、曽我は下半身スキャンダルを恐喝材料にされたんじゃないのかな。たとえば、未成年の女の子を金で買ってたとかさ。少女買春はれっきとした犯罪だろう？」

「そうですね」

佳奈が口を閉じた。

それから間もなく、雑居ビルの地下駐車場から見覚えのあるレクサスが走り出てきた。

風見はルームミラーとドアミラーを交互に見た。レクサスのハンドルを握っているのは、柿崎だった。

風見たち二人は、ほぼ同時に顔を伏せた。レクサスがアルファードの横を通過していった。柿崎の車がかなり遠のいてから、風見は捜査車輛を走らせはじめた。

レクサスは宮益坂に出ると、青山通り方向に向かった。青山通りを進み、赤坂見附《あかさかみつけ》から四谷方面に走行している。

風見は一定の距離を保《たも》ちながら、追尾しつづけた。

レクサスはJR四谷駅前から新宿通りに入り、四谷署の近くで左折した。左門町《さもんちょう》だ。数百メートルほど行き、三階建てのミニビルの前で停まった。

柿崎が車を降り、あたふたと小さなビルの中に入っていった。風見はアルファードをレクサスの三十メートルあまり後方に停め、ごく自然に車を降りた。通行人を装って、ミニビルの前を抜ける。

歩きながら、小さなビルに掲《かか》げられたプレートの文字を読んだ。『赤塚《あかつか》トレーディング』と記《しる》してあった。中京会の総長の姓は赤塚だ。本部直営の企業舎弟だろう。

風見は四つ角まで歩き、脇道に入った。

道端にたたずみ、本庁組織犯罪対策部第四課の里吉の携帯電話を鳴らす。ツウコールで、通話状態になった。

「里吉、ちょっと教えてくれ。四谷の左門町にある『赤塚トレーディング』という会社は、名古屋の中京会直営の企業舎弟じゃないのか？」

「ええ、そうですよ。その企業舎弟《フロント》を任されてるのは、中京会の金庫番と呼ばれてる小倉《おぐら》満男《みつお》って奴です。五十七歳で、名古屋大を中退したインテリやくざです。前科《ホシ》は一つもしょってません。悪知恵が発達してるんで、要領よく立ち回ってきたんでしょう」

「だろうな。『赤塚トレーディング』は財テク関係の会社なんだろ？」

「そうです。小倉社長は証券会社や銀行の元トレーダーに中京会の内部留保を株やFXで膨らませて、高額な報酬を与えてるんですよ」

「やっぱり、そうだったか。しかし、優秀なトレーダーだって、常に利益を得られるとは限らないよな？」

「そうですね」

「元手のやくざマネーを減らした場合は、トレーダーたちに損失の穴埋めをさせてるんだろ？」

風見は質問した。

「その通りです。現金を吐き出させ、場合によってはトレーダーたちの不動産を売却させてます。損失額が小さいときは、裏ビジネスの材料になるものを提供させてるんですよ」

「たとえば、どんな材料を提供させてるんだい？」

「マネーゲームでしくじったトレーダーには、麻薬の運び屋を集めさせたり、投資詐欺のカモを見つけさせたりしてるんです。それから、偽装養子縁組の片棒を担《かつ》がせてもいるんですよ。最近はその種のネーム・ロンダリングを資金源にしてる組織が急増してますから、おそらく損失を出したトレーダーたちにも不正養子縁組ビジネスを手伝わせてるんでしょうね」

里吉が言った。

偽装養子縁組というネーム・ロンダリングの錬金術の仕組みは、少しも複雑ではない。暴力団は、金に困っている若者や多重債務に苦しんでいる弱者をまず探す。そうした人々を二次や三次の下部組織の幹部たちと養子縁組させ、とりあえず名字を変えさせる。

それが済んだら、〝養子〟にクレジットカードを作らせて目一杯借金をさせ、半額を手数料として取り上げる。最初に狙うのは、もちろん審査の緩《ゆる》いカード会社だ。その後、複数の消費者金融に借金を申し込ませ、最低三百万円前後は借りさせる。

貸し手に怪しまれないよう〝養子〟の住所を〝親〟の関連所有物件に変更させたり、縁組後に本籍を変えさせることもある。

暴力団は〝養子〟がスムーズに金を借りられるよう悪知恵を絞っている。その工作は、なかなか巧妙だ。

住所変更を繰り返すと、運転免許証の裏面に履歴が書き込まれ、不審に思われやすい。

そのため、〝親〟は〝養子〟に運転免許証を紛失したことにして、新たに交付請求をさせる。〝養子〟の勤務先はアリバイ会社に用意させ、偽造源泉徴収書も入手するケースが多い。

〝養子〟が使っていた預金通帳は、振り込み詐欺の口座や麻薬代金の受け取りに使われることもある。〝養子〟が消費者金融や警察に怪しまれたら、できるだけ早く養子縁組を解消してしまう。そうすれば、〝親〟は罪にならない。

「ネーム・ロンダリングが暴力団の新たな稼《シノ》ぎになってることは間違いありません。広域暴力団の三次や四次の下部組織《エダ》になると、上納金も都合できないほど遣《や》り繰《く》りがきつくなってます。ですから、幹部でも半年以内に養子縁組を三回以上して、次々に解消してしまう例が決して珍しくないんですよ」

「それだけおいしい違法ビジネスなんだろうな」

「ええ、それは確かです。現在の戸籍法では、その種の不正養子縁組を防ぐ規定がないんですよ。成人同士の場合、養親と養子、証人の署名した届出書があれば、市区町村は原則として認めざるを得ないですから」

「そうだな。今後は、もっと闇社会で偽装養子縁組が増えるにちがいない」

「そうでしょうね。都内では豊島区だけが不正養子縁組と疑える申請を受けた場合、警察に照会し、居住実態を調べることを盛り込んだ暴力団排除条例を制定する方針を去年の十一月に固めて、今年の四月の施行をめざしてます。ですが、ほかの区はまだそこまで……」

「池袋周辺には指定暴力団の組事務所が三十三ヵ所もあって、構成員が六百三十人以上もいるからな」

「ええ、そうですね。都内のやくざの約一割が池袋周辺に住んでるわけですから、豊島区としては少しでも悪いイメージを拭《ぬぐ》いたいんでしょう」

「だろうな。中京会の三次、四次の組の幹部たちも、不正養子縁組ビジネスに励んでるんだろう」

「そうなんでしょうね。『赤塚トレーディング』のやくざマネーを減らしたトレーダーたちは金で穴埋めできなかったら、〝養子〟を探してこいと脅迫されてるんじゃないのかな？」

「里吉、『赤塚トレーディング』に引き抜かれたトレーダーたちのことはもう把握してるのか？」

「五年前までメガバンクにいた遣《や》り手のトレーダーの後藤昇《ごとうのぼる》が、中京会の金を膨らませていることは間違いないんですが、ほかの協力者のことは正確には摑んでません」

「そうか。参考になったよ」

風見は電話を切って、アルファードに急ぎ足で戻った。運転席に坐り、里吉から得た情報を教える。

「柿崎は『赤塚トレーディング』で株の先物取引やFXをやってるのかもしれませんね。それで損失を出してしまったんで、ネーム・ロンダリングのカモを見つけてこいなんて言われてるんでしょうか」

「柿崎はボランティア活動で多くの貧しい人たちと接してる。その気になれば、不正養子縁組に協力はできるな」

「ええ。風見さん、その線は考えられますね」

佳奈が言った。

「そうだな。しかし、柿崎が一連の事件に深く関わってるのかどうかはまだわからない」

「そうですね」

「もう少し人気コメンテーターの義理の兄貴の動きを探ってみるか」

風見は、両腕でハンドルを抱き込んだ。

5

三階建てのビルから男が出てきた。およそ三十分後だ。

柿崎だった。張り込んで、レクサスの運転席に乗り込んだ。

風見はミラーを上目遣《うわめづか》いに見た。柿崎が

表情が暗い。『赤塚トレーディング』の小倉社長に証券取引の損失を早く穴埋めしろと脅迫されたのか。それとも、偽装養子縁組の〝養子〟の数が足りないと発破をかけられたのだろうか。

レクサスが走りはじめた。

「小倉を少し揺さぶってみます？」

佳奈が言った。

「まだ早いな。柿崎が中京会のプール金を株の先物取引やFXで運用して損失を出し、何か非合法ビジネスに協力させられてるという確証を得たわけじゃないからな」

「ええ、そうですね」

「また柿崎を追尾するぞ」

風見は低く言って、アルファードを発進させた。レクサスは新宿通りに出ると、来た道を引き返しはじめた。渋谷の自分のオフィスに戻る気なのか。

風見は慎重に柿崎の車を尾行しつづけた。レクサスは外苑前《がいえんまえ》交差点を左折した。

「柿崎の行く先は、『大地の芽』だと思います。非営利団体の事務局は、南青山四丁目の雑居ビルの五階にあるはずですから」

佳奈が口を開いた。

「そうだったな」

「風見さん、柿崎はマネーゲームで失敗したんで、ボランティアで支援してる弱者たちを中京会の下部組織に〝養子〟として紹介してるんじゃありませんか？　左門町のミニビルから出てきたとき、柿崎は途方に暮れたような顔をしてましたでしょ？」

「ああ、そう見えたな。しかし、予断を持つことはやめよう。先入観に引きずられると、大事な手がかりを見落とすことがあるからな」

「そうですね」

「おれ、なんか柄にもないことを言っちまったな。先輩風を吹かすつもりはなかったんだがね」

「わかってますよ」

「とにかく、もう少し柿崎の動きを見守ろう」

風見は言って、レクサスとの車間を少し詰めた。

ほどなく柿崎の車が茶色い磁器《じき》タイル張りの雑居ビルの前に停まった。八階建てだった。

風見は車をレクサスの三十メートルほど後方で路肩に寄せ、雑居ビルの袖看板を見上げた。五階に『大地の芽』の事務局があることを示す白い看板が張り出している。

「八神の読み通りだったな」

「ええ、そうでしたね。あら、柿崎は車の中で携帯でどこかに電話してるわ」

佳奈が言った。風見は視線を伸ばした。相棒が言った通りだった。

柿崎は通話を切り上げると、レクサスを走らせはじめた。

「八神は、この車でレクサスを追ってくれ。おれは『大地の芽』の職員に探りを入れてみる」

風見は急いでアルファードを降りた。

佳奈が運転席に移り、すぐにステアリングを握った。

風見はアルファードが発進してから、八階建ての雑居ビルに足を踏み入れた。細長いビルだった。

エレベーターで、五階に上がる。『大地の芽』の事務局はホールの左手にあった。事務局に近づくと、ドアの向こうから男の怒声が響いてきた。声から察して、五、六十代と思われる。

風見は灰色のスチール・ドアに耳を寄せた。

「息子は鉄道自殺する前に二年以上も音信不通だった実家に電話してきて、ひどい目に遭《あ》ったと涙声で訴えてきたんです」

「その話は事実なんでしょう。ですけどね、柿崎代表が志賀《しが》秀太《しゅうた》君に名古屋のやくざの養子になってでも多重債務から逃れて、人生をリセットしたほうがいいとアドバイスしたなんて話は信じられません」

年配の女性が応じた。『大地の芽』のボランティア・スタッフだろう。

「あんたは、わたしが作り話で柿崎に難癖をつけに来たと思ってるのかっ」

「そうは申してませんでしょ？　お父さん、少し冷静になっていただけませんか」

「わたしは怒《いか》ってるんだ。ひとり息子が柿崎にうまく嵌《は》められ、中京会辻原組の大坪《おおつぼ》という幹部の養子にさせられ、借金塗《まみ》れにされてしまったんだぞ。両親に無断で戸籍謄本を取り寄せた倅《せがれ》にも非はあるよ。しかし、多重債務で苦しんでた秀太は自己破産の申請の仕方を教わりたくて、『大地の芽』を訪ねたんだと言ってた。あんた方は、弱者や貧者を救済する活動をしてるんだろ？」

「ええ、そうですよ。柿崎代表は、これまでに多くの相談者の再生に力を尽くしてきました。寄せられた感謝の手紙は二百通を超えています。志賀さんにお見せしてもかまいませんけど」

「そんな手紙、見たくもない。柿崎は善行を施《ほどこ》してたのかもしれない。でもね、わたしの息子はひどい目に遭って、絶望感を深めてしまったんだ。大学を中退してフリーターをしながら、声優をめざしてた秀太の考えも甘かったんだろう。だが、息子は両親に経済的な負担をかけまいと孤独と闘いながら、東京で必死に生きてきたんだ」

「ええ、大変だったと思います」

「秀太は幼いころから、あまり体が丈夫じゃなかったんだよ。だから、短期の重労働で健康を害してしまった。倅は遊興費が欲しくてサラ金や闇金から金を借りたわけじゃないんだ。生き延びるため、やむを得ずに……」

「その話は、秀太君から直《じか》に聞きました」

「だったら、なぜ親に教えてくれなかったんだっ。そうしてくれてたら、自宅を売却してでも、ひとり息子の借金は返済してたよ」

「息子さんが父母に迷惑をかけたくないと言ってたもんですから」

「ならば、せめて格安で自己破産の手続きをしてくれる弁護士を紹介してほしかったね。それが弱者救済の基本じゃないのか！」

「おっしゃる通りですが、いくらなんでも柿崎代表が秀太君を名古屋のやくざの養子にさせたなんて話は信じられないわ」

「あんたは、まだわたしの言葉を信じようとしないのかっ。秀太は、まんまと柿崎に嵌められたんだよ。先月、わたしは大坪という暴力団の幹部に会った。大坪は知り合いの紹介で秀太と知り合い、同情して養子に迎えたというだけで、決して柿崎の名は出さなかった」

「そういうことでしたら、大坪という方の言い分は正しいのではないでしょうか？」

「大坪と柿崎はグルなのさ。大坪は倅が姓が変わったのをいいことにあちこちから借金をして、連夜、キャバクラや性風俗店に行ってたと言ってたが、それは嘘に決まってる。秀太は真面目一方だったんだ」

「貧しく辛い日々がつづいてたんで、破目を外したくなったんじゃないのかしら？」

「倅は、そんな軽い奴じゃない。ひとり息子に自殺されて、家内は精神のバランスを崩してしまった」

「それは、お気の毒なことです」

「柿崎は、なんでわたしに会いたがらないんだ？　自宅、オフィス、そして『大地の芽』に数度ずつ訪ねたのに、いつも柿崎はいなかった。避けてるとしか思えないな」

「志賀さん、それは曲解《きょっかい》ですよ。柿崎代表は、そのような卑劣な人間ではありません。税理士の仕事を極力《きょくりょく》減らして、ボランティア活動に打ち込んできたんです」

「柿崎は何かサイドビジネスで負債を抱え込んで、中京会に偽装養子縁組のカモを探せと命じられてるんじゃないのかね？　おそらく息子と同じようにカモにされた相談者が何人もいるんだろう」

「わたしは、そういう話は聞いたことありません」

「あんた、柿崎に口留《ど》めされてるんじゃないのかね？　それとも、名古屋のやくざに威《おど》しをかけられたのかな？」

「失礼なことを言わないでくださいっ」

スタッフの女性が声を尖《とが》らせた。

「柿崎の居所、わかってるんでしょ？」

「わたし、本当に知らないんですよ。代表はお忙しい方ですから、あちこち飛び回ってるんだと思います」

「さっき事務局に電話があったね？」

「えっ、ええ」

「電話をしてきたのは、柿崎だったんじゃないの？」

「ち、違いますよ」

「少しうろたえたね」

「気のせいですよ、そんなふうに見えたんだとしたら」

「そうかね。柿崎に伝えておいてくれないか。まだ心根《こころね》まで腐ってないなら、沼津のわたしの家に詫《わ》びに来いとね。必ず伝えといてくれよ」

「わかりました」

会話が熄《や》んだ。風見は『大地の芽』の事務局から離れ、エレベーター・ホールの反対側に向かった。

歩廊の端にたたずんだとき、非営利団体の事務局から五十代半《なか》ばの男が出てきた。中肉中背だ。志賀秀太の父親だろう。全身に怒りの色がにじんでいた。

風見は、危《あや》うく相手に会釈《えしゃく》しそうになったが、すぐに思い留《とど》まった。身分を明かしても、もう手がかりは得られないだろう。

男がエレベーターのケージの中に消えた。

風見は『大地の芽』の事務局に引き返し、ドアをノックした。応対に現われたのは、六

十三、四の銀髪の女性だった。
「失礼ですが、こちらの事務局のスタッフの方ですね？」

「はい、梶山光枝《かじやまみつえ》といいます。元高校教師なんですが、ボランティアでお手伝いをさせていただいてるんですよ。あなたは？」

「警視庁の者です」

風見は警察手帳を見せながら、姓だけを名乗った。

「それで、ご用件は？」

「柿崎さんのことで少しうかがいたいことがあるんですよ。現在、スタッフの方は？」

「きょうは、わたしひとりだけです。多いときは、四人のスタッフが詰めてるんですけどね。あいにく三人とも、きょうは都合がつかなかったんですよ」

「そうですか。ちょっとだけお邪魔させてください」

「あっ、はい」

梶山光枝が風見を請《しょう》じ入れ、ソファ・セットに導いた。十五畳ほどの広さで、スチール・デスクが四卓置かれている。壁際にはキャビネットが並んでいた。

二人はソファに腰かけた。向かい合う形だった。

「別に聞き耳を立ててたわけじゃないんですが、あなたと志賀さんの遣《や》り取《と》りは耳に入ってきました」

「そうですか」

「志賀秀太という相談者を中京会辻原組の大坪という幹部の養子にさせたのは、柿崎代表だと父親は疑ってるようでしたね？」

「ええ。でも、曲解されてるんですよ。代表が不正養子縁組の片棒を担ぐわけありません」

「さっき帰った志賀さんと同じように言ってきた相談者の家族は？」

「怒鳴《どな》り込んできたご家族はいませんけど、ここに相談に見えた方の親族から二、三。代表が相談者に養子縁組で苗字を変えたほうがいいとアドバイスしなかったかという電話による問い合わせはありました。柿崎代表は、そんな助言など一度もしてないと言い切ってましたよ。それから、名古屋の中京会とはなんのつながりもないときっぱりと……」

「柿崎さんは嘘をついてますね」

風見は、柿崎が辻原組長宅から出てきたことを明かした。さらに中京会直営の企業舎弟にも出入りしている事実も語った。

元高校教師の光枝が驚きの声をあげ、そのまま固まってしまった。

「代表は大手証券会社を辞めて税理士になったことに満足してたんでしょうかね？」

「だと思いますよ。サラリーマン時代は拝金主義に陥ってたんで、ボランティア活動で人間らしさを取り戻したいと考えてたようです。現に生き生きと『大地の芽』の活動をしてましたね。でも、寄附金が思うように集まらないで、運営費のことでは頭を悩ませてました」

「そんなことで、柿崎さんは中京会のやくざマネーを株の先物取引やFXで何倍、何十倍にも増やしてやってたんじゃないのかな。その疑いがあるんですよ。梶山さん、運営費が潤沢な時期はありませんでした？」

「ええ、ありました。三年前から一年半ぐらいの間だったかしら？　老資産家夫婦が億近いお金をカンパしてくれたとおっしゃって、わたしたちスタッフにも交通費のほかに金一封をくださったの。でも、ふたたび運営費がまた底をつくようになってしまったんですよ」

「そうですか。これは想像なんですが、柿崎さんはやくざマネーのトレーディングに失敗して、その穴埋めに不正養子縁組に協力することを強《し》いられたんでしょう。それで、中京会に養子に仕立てられそうな生活困窮者《こんきゅうしゃ》を紹介してたんじゃないのかな。志賀秀太君は、そのひとりなんでしょう」

「代表がそんなことをしてたんだとしたら、善人面《づら》した……」

「ええ、悪人ですね。柿崎さんは中京会のダーティー・ビジネスに加担したことを暴《あば》かれたくなくて、もっと凶悪な犯罪を重ねたかもしれないんです。具体的なことは話せませんがね。ところで、ボランティア活動費に余裕があったころ、柿崎さんが不倫をしてる気配はうかがえませんでした？」

風見は相場くららのことを思い浮かべながら、元高校教師に問いかけた。

「柿崎さんが不倫してたかどうかはわかりませんけど、一度、代表の奥さんが事務局に見えて、スタッフの中に若い女性がいないかどうか確かめに来たことがありました。柿崎代表は、あのころに不倫してたのかしら？」

「多分、そうなんでしょう。梶山さん、警察の者がここに来たことは柿崎さんには黙っててくださいね」

「は、はい」

光枝が神妙な顔でうなずいた。

風見は礼を述べ、ソファから立ち上がった。

『大地の芽』の事務局を出て、エレベーターで階下に下《くだ》る。雑居ビルの外に出たとき、成島班長から電話がかかってきた。

「さきほど岩尾君から報告が上がってきたんだが、思いがけない収穫があったよ」

「班長、声が弾んでますね。早く聞かせてください」

「わかった。殺された高梨譲司は『報国一心会』の一員だったころ、内外情報調査会の曽我に過激派に関する情報を買ってもらってたらしいんだ」

「岩尾・佐竹班は、曽我を揺さぶってみたんですね？」

「そういう話だったね。去年の春先、やくざに転向した高梨は地下鉄駅のエスカレーターで、若い娘《こ》のスカートの中を盗撮してる曽我に気づいたみたいなんだ」

「高梨はそのことを恐喝材料にして、毎月三十万円の口留《ど》め料を曽我に自分の口座に振り込ませたんだな」

「そうなんだってさ。曽我はそのことを渋々、認めてから、さらに高梨に脅迫されてた事実も喋ったらしい。その脅迫内容を岩尾君から聞いたときは、思わず口笛を吹いてしまったよ」

「班長、もったいつけてないで、早く教えてくださいよ」

「いいとも。高梨は、自分の代わりに柿崎友宏から三千万円の口留め料を曽我に脅し獲《と》れと命じたというんだ。色男、もう読めただろう？」

「ええ、まあ。一月十三日の夜、高梨は『鳥居坂スターレジデンス』の周辺で柿崎の姿を見てるんじゃないですか？」

「当たりだよ。高梨は、マンションの非常階段を慌《あわ》てて駆け降りてくる柿崎の姿をちらりと見たらしいんだ。ほんの一瞬だけ目が合ったようだな。高梨は後日、柿崎から口留め料をせしめられると思って、別件容疑で捕まったとき、そのことは故意に黙ってたんだろう」

「そうなんでしょう。謎の訪問者は、柿崎だったのか。元AV女優の本当の不倫相手は柿崎だったわけだ。そう見当をつけてはいたんですけどね」

「そうか。曽我は盗撮の件で弱みを握られてたわけだが、高梨の命令には従う気はなかったらしい。というのは、曽我と柿崎は大学でゼミが一緒だったというんだよ」

「そういう偶然もあるんだな、現実に」

「曽我は年に数回柿崎と酒を酌《く》み交わしてて、証券会社の凄腕トレーダーが税理士になり、ボランティア活動に励んでたことも知ってたという話だったよ」

「柿崎と中京会とのつながりも曽我はわかってたのかな?」

風見は呟いた。

「ああ、知ってたそうだ。柿崎が中京会直営の企業舎弟でトレーダーとして、やくざマネーを膨らませるきっかけになったエピソードを曽我は岩尾君に喋ったらしいよ」

「そうですか」

「およそ三年前、柿崎は銀座の並木通りで証券会社時代の同僚トレーダーとばったり行き会ったそうなんだ。相手の男はバブル経済が破綻《はたん》した直後に外資系保険会社にスカウトされて、トレーダーとして巨額の利益を弾き出し、ものすごく羽振りがよかったみたいだな。柿崎は昔の同僚に高級クラブを三軒も奢《おご》ってもらったみたいなんだが、とても惨《みじ》めな気持ちになったらしい。相手は自分よりも二つ年下だったし、トレーダーとしても格下だったみたいなんだ」

「金に余裕のない柿崎は、たった一軒の勘定も持てなかった。男として、情《なさ》けなかっただろうな」

「柿崎の屈辱感はわかるね。そんなこともあったし、『大地の芽』の寄附金も思い通りに集まらなかった時期だったらしいんだ。柿崎は金を追う生き方をやめたわけだが、惨めさは二度と味わいたくなかったんだろう。それで、『赤塚トレーディング』の小倉社長に中京会本部のプール金を大きく膨らませてやると話を持ちかけたらしいんだ」

「中京会は、柿崎に株の先物取引やFXで軍資金を増やしてもらった報酬として億近い金を払ってやったんだろうな」

「さすがに曽我も、柿崎が名古屋の暴力団から総額でいくらの金を貰ったかまでは知らなかったそうだが、とにかく急にリッチになったというんだ。そのころ、赤坂のサパークラブに別の男と来てた相場くららに柿崎は一目惚れして、プレゼント攻勢をかけ、自分の愛人にしたらしい」

「しかし、その後、柿崎はマネーゲームでしくじって、中京会のプール金を減少させ、偽装養子縁組の片棒を担《かつ》がされたわけか」

「そっちのコンビにも収穫があったようだな。わかった新事実を教えてくれないか」

成島が促《うなが》した。風見は聞き込みの成果を詳しく伝えた。

「滝沢修也は、義兄の柿崎の不正の事実を知って、自ら警察に出頭するよう勧めたんじゃないだろうか。柿崎は自首したら、自分は一巻の終わりだと考えた。それで偽装工作をして、妹の旦那にもっともらしいことを言い、くららの自宅マンションに誘《おび》き出したとは考えられないかね。色男、どうだい？」

「ええ、そうだったんでしょう。予《あらかじ》め愛人宅に隠れてた柿崎はアイアンで人気コメンテーターの頭部を何回もぶっ叩いて、撲殺したんだろうな。去年の十二月二十八日に服部たちに田畑航平を拉致させ、山梨の廃屋に置き去りにしたのはマスコミ王国の三代目か利権右翼の天瀬是清の仕業に見せかけるための小細工だったんでしょう。中京会は不正養子縁組のダーティー・ビジネスが表沙汰になるのは危《ヤバ》いんで、柿崎に協力したんでしょう」

「田畑を連れ去ったのは、三人組だったはずだがな」

「服部と安岡を無灯火の車で撥《は》ねて死なせた奴が、拉致犯グループのひとりなんでしょう。相場くららを絞殺したのは、柿崎自身なんでしょうね」

「高梨譲司を首吊り自殺に見せかけて殺害したのは、柿崎なんだろうな。一月十三日、柿崎は『鳥居坂スターレジデンス』から逃げる際《さい》、高梨に姿を見られてる。高梨を生かしておいては、柿崎は身の破滅じゃないか」

「班長の言う通りなんでしょう。柿崎が高梨も始末したのかもしれません。実の妹の夫の滝沢修也を撲殺するなんて、柿崎は救いようのない冷血漢だな」

「そうだね。岩尾・佐竹班と合流して、柿崎に任意同行を求めてくれ」

成島が先に電話を切った。

風見も終了キーを押した。すると、すぐに着信音が鳴りだした。

「レクサスはいったん宮益坂のオフィスに着いたんですけど、柿崎は車を急発進させ、裏通りに入ったんです」

佳奈が早口で報告した。

「八神はすぐにレクサスを追ったんだが、途中で見失ってしまったんだな？」

「そうです。すみません！」

「ま、いいさ。本部事件の実行犯は柿崎と思われる。田畑、くらら、高梨の死にも関わりがあるな。服部と安岡の口を封じさせたのは、辻原組長だろう」

「無灯火の車を運転してたのは？」

「まだ正体はわからないが、田畑航平を拉致した三人組のひとりだろうな。八神、とりあえず、おれを迎えに来てくれ。岩尾・佐竹班とどこかで合流して、柿崎の行方を追おう」

風見は通話を切り上げ、コートのポケットから煙草と簡易ライターを摑み出した。


被疑者は逃亡したにちがいない。

風見は、世田谷区用賀《ようが》二丁目にある柿崎宅のポーチで確信を深めた。玄関ホールの端には、大きく膨らんだトラベルバッグが置かれている。

柿崎の妻の明美《あけみ》は、トラベルバッグを隠すような形で玄関マットの上に立っていた。素振りが落ち着かない。

トラベルバッグの中身は、夫の衣類や貴重品だろう。どうやら柿崎は、妻にトラベルバッグを潜伏先に届けさせる気らしい。

「奥さん、本当にご主人の居所はわからないんですか？」

佳奈が問いかけた。詰問口調だった。

「ええ、知りません。渋谷の事務所にも『大地の芽』にもいないんでしたら、顧客企業か商店にお邪魔してると思うんですがね」

「オフィスの方の話では、柿崎さんが得意先を回る予定にはなっていないとのことでしたが……」

「それなら、ボランティア活動でどなたかに会いに行ったんでしょう。でも、わたしは夫のボランティア活動のことは知らないんですよ」

「そうですか。それはそうと、ご旅行の予定がおありなんですね？」

「えっ!?」

「奥さんの後ろに、トラベルバッグがありますでしょ？　バッグは男物ですよね？」

「息子が少し前に旅行から戻ってきたんですよ」

明美の狼狽ぶりがありありと伝わってきた。問い詰めれば、柿崎の居所はわかるかもしれない。しかし、明美が夫の犯罪を知っている可能性もある。そうなら、決して潜伏先は明かそうとしないだろう。

「柿崎は何か事件を起こしたわけじゃありませんよね？」

「ええ。ご主人には、ある犯罪の証人になってもらいたいと思っただけなんですよ」

風見は笑顔で言い繕《つくろ》った。

「そうだったの」

「どうもお邪魔しました」

「いいえ」

明美が安堵《あんど》した表情になった。

風見は相棒に目配せして、ポーチの短い石段を下《くだ》った。佳奈が従《つ》いてくる。風見は先に柿崎宅を出て、アルファードの運転席に乗り込んだ。

陽《ひ》が傾きはじめていた。午後四時近い。

岩尾・佐竹班は、滝沢宅の近くで張り込んでいる。柿崎が実妹の家に立ち寄るかもしれないと考えたわけだ。

佳奈が助手席に坐るなり、口を切った。

「奥さんは、柿崎の潜伏先を知ってますね。トラベルバッグの中身は、夫の着替えなんかだと思います」

「だろうな」

「この近くで張り込んで、明美夫人を尾行しましょうよ」

「張り込んでも無駄だな。おそらく奥さんは警戒して、夫のいる隠れ家には向かわないだろう」

「わたしがトラベルバッグのことで探りを入れたんで、奥さんに警戒されてしまったんですね？」

「そうなんだろう」

「ごめんなさい！　わたし、まだ半人前だな」

「八神、落ち込むなよ。柿崎の居所を突き止める手は、まだある。『赤塚トレーディング』に行って、小倉社長に迫ろう。そうすれば、多分、柿崎の潜伏先はわかると思うよ」

「小倉満男を痛めつけて、口を割らせる気なんじゃないでしょうね？」

「おれは紳士なんだ。そんな野蛮なことは一度もやったことがないぜ。八神、そうだろ？」

風見はにやついて、アルファードを走らせはじめた。

左門町のミニビルに着いたのは、三十五、六分後だった。風見たちは小倉社長が三階の社長室にいることを社員から聞き出すと、一気に最上階に駆け上がった。

風見は勝手に社長室のドアを開けた。

小倉社長は執務机に向かって、書類に目を通していた。商社マン風だが、目の配り方で堅気でないことはわかってしまう。

「両手を高く挙げろ！」

風見はショルダーホルスターからグロック26を引き抜き、机に走り寄った。

「警察か？」

「そうだ。本庁の者だよ」

「何かの捜索なら、まず令状を見せてもらわんとな」

小倉が言いながら、両手を掲《かか》げた。風見は手早く小倉の体を探《さぐ》った。上着の内ポケットに手を突っ込むと、指先が硬い物に触《ふ》れた。

摑み出す。ローシンL25だった。アメリカ製のポケット・ピストルだ。口径は六・三五ミリと小さいが、護身用拳銃として生産国では安価で販売されている。

小倉が溜息をついた。

「組対《そたい》五課の情報は間違ってなかったな。あんたがポケット・ピストルを持ち歩いてるという情報を貰ったんだよ」

風見は、平然と嘘をついた。

「銃刀法違反で現行犯逮捕する気か？」

「そっちの出方次第では、司法取引に応じてやってもいいぜ」

「日本では、司法取引は禁じられてるはずだ」

「そうなんだが、おれは話のわかる男なんだよ。柿崎の潜伏先を教えてくれりゃ、ポケット・ピストルをうまく処分してやる。もちろん、あんたはお咎《とが》めなしだ」

「本当なのか!?」

「ああ。どうする？」

「司法取引したいね。柿崎は、真鶴岬《まなづるみさき》にある父方の叔父の別荘に身を隠してるよ。叔父は柿崎司《つかさ》という洋画家で、別荘をアトリエとして使ってたらしい。いまは持病の心臓疾患《しっかん》が悪化して、入院中だという話だったな」

「そうかい。柿崎は三年ぐらい前から中京会本部の内部留保を株の先物取引やＦＸで膨らませて、結構な報酬を得てたんだろ？」

「それは……」

小倉が言い澱《よど》んだ。風見はローシンＬ25を佳奈に手渡し、無言で腰から手錠を引き抜いた。

「は、話が違うじゃねえか！」

「あんたは司法取引する気がなくなったんだろ？」

「ま、待ってくれ。裏取引したいんだ、おれは」

「だったら、捜査に全面的に協力するんだなっ」

「わかったよ。おたくが言った通りだよ。柿崎は少しまとまった銭《ぜに》が欲しくなったから、中京会のプール金でマネーゲームをやらせてくれって売り込んできたんだ。こっちは柿崎が証券会社にいたころの噂を耳にしてたんで、話に乗ったんだよ。一年七ヵ月ぐらいはでっかいプラスを出してくれた」

「金回りのよくなった柿崎は、元AV女優の相場くららを愛人にしたんだな？」

「よく知ってるな。けど、その後がいけない。柿崎はFXで大きな損失を出して、元手まで減らしやがったんだ。だから、貯《たくわ》えをそっくり吐き出させて……」

「偽装養子縁組のカモを提供させたんだな？」

「そうだよ。柿崎は『大地の芽』に救いを求めてきた貧乏人たちをうまく説き伏せて、中京会《ちゅうきょうかい》の下部組織《エダ》の幹部たちの〝養子〟にさせてくれたんだ」

「カモにされた連中は何人なんだ？」

「八十二、三人だよ。そいつらにできるだけ金を借りまくらせ、〝親〟が吸い上げてるんだ」

「辻原組の大坪って幹部の養子になった志賀秀太は借金塗《まみ》れにされて、鉄道自殺してしまったらしいぞ。てめえら中京会は、屑《くず》だ。あこぎすぎる！」

「それは知らなかったな。ちょっとかわいそうだね」

「その言い方は赦《ゆる》せねえな。こいつを暴発させるか」

「銃口をこっちに向けないでくれ」

小倉が上体を反《そ》らせた。

「経産省の元キャリア官僚の死に柿崎が深く関わってることはわかってる。去年の暮れに田畑航平を拉致した三人組は、辻原組の服部と安岡のほかに誰だったんだ？」

「おれは、そこまで知らないんだ。本当だよ」

「そうかい」

風見はグロック26のスライドを引き、銃口を小倉の眉間に密着させた。

「嘘なんてついてない」

「念仏でも唱《とな》えやがれ！」

「もうひとりは中京会《ちゅうきょうかい》の赤塚総長のボディーガードをやってる幕内利光《まくうちとしみつ》って男だよ。三十五だったかな。元陸上自衛隊のレンジャー隊員で、射撃術に長《た》けてる」

「そいつが無灯火の車で服部と安岡を撥ねて死なせたんだな？」

「そうだよ。赤塚総長と辻原組長が相談して、あの二人を始末させたんだ。服部と安岡は柿崎に頼まれて、田畑を餓死させたからな。それに服部は、東京地検から明和会の高梨譲司を逃亡させて……」

「首吊り自殺に見せかけて殺したんだな？」

「いや、高梨を始末したのは柿崎だよ。柿崎は不倫相手の元AV女優を絞殺して逃げるとき、高梨に顔を見られてしまったんだ。高梨に強請《ゆす》られることを恐れて、柿崎は明和会の構成員を片づけたのさ」

「なぜ柿崎は、不倫相手の相場くららまで始末しなければならなかったんだ？」

「柿崎は、義弟の滝沢修也をくららの自宅マンションに誘い込んで撲殺したんだよ。中京会の裏ビジネスに協力してることを警察で何もかも話すと嘘をついて、妹の旦那を『鳥居坂スターレジデンス』の四〇五号室に呼び出したんだ。滝沢は女房の実兄が中京会の財テクに協力してることを知って、追及してたみたいだな。柿崎はつい白状してしまったが、警察に出頭したら、人生終わりだろ？」

「だから、柿崎は経産省の元キャリア官僚、族議員、会社社長、それからマスコミ王国の三代目や利権右翼の犯行と見せかけ、田畑や滝沢を亡き者にしたんだな。田畑は、偽装工作の犠牲にさせられたわけか」

「そういうことになるな」

「いずれ中京会の総長、辻原、大坪はもちろん、不正養子縁組に関わった者はすべて検挙《アゲ》られることになるな。そっちは裏切り者になったわけだから、早く逃《フケ》げたほうがいいぜ」

「なんてことだ」

小倉が天井を仰いだ。

風見は冷笑し、目顔で相棒を促した。二人は社長室を出て、階下に駆け降りた。

アルファードに乗り込むと、風見は岩尾の携帯電話を鳴らした。小倉から聞いた情報を伝え、柿崎の潜伏先で合流することに決めた。

捜査車輛を走らせはじめ、真鶴半島に急ぐ。

柿崎の叔父の別荘を探し当てたのは、およそ一時間半後だった。すでに半島は黄昏《たそがれ》に染まっていた。

別荘は真鶴サボテンランドの近くにあった。山荘風の造りだった。窓は電灯で明るい。

岩尾・佐竹班はまだ到着していなかった。

「おれたちが先に柿崎の身柄を確保しよう」

風見は佳奈に言って、アルファードの運転席を出た。次の瞬間、風圧に似た銃弾の衝撃波が耳を掠《かす》めた。

銃声は轟かなかった。消音型拳銃で狙われたのだろう。

「八神、伏せろ！」

風見は相棒に叫んで、片膝を落とした。闇を透かして見ると、三十五メートルあまり離れた暗がりに男が立っていた。サイレンサー・ピストルを両手保持で構えている。

型《タイプ》は判然としない。ロシア製のマカロフＰｂか。赤塚総長の番犬の幕内利光だろう。

「そっちは動くなよ」

風見は佳奈に言って、ショルダーホルスターからグロック26を手早く抜いた。ジグザグを切りながら、狙撃者に接近していく。

すぐに二発目が放たれた。

しかし、的《まと》から大きく逸《そ》れていた。風見は追いながら、オーストリア製の拳銃の引き金を絞った。威嚇射撃だったが、相手は怯《ひる》んだ様子だ。

全速力で逃げ、ワンボックス・カーに飛び乗った。すぐに車は走りだした。深追いしなくても、数日中には幕内は逮捕されることになるだろう。

風見は佳奈のいる所まで駆け戻った。

「サイレンサー・ピストルをぶっ放したのは、中京会の総長の用心棒だろう」

「幕内とかいう男ですね？」

「ああ。後《あと》で緊急配備《キンパイ》を敷いてもらおう」

「そうですね」

「八神、柿崎の確保だ」

「はい」

佳奈が緊張感を漲《みなぎ》らせた。

風見たちは表札を確かめてから、洋画家の別荘内に足を踏み入れた。建物を回り込んで、サンデッキに近づく。大広間《サロン》には白いレースのカーテンしか引かれていない。

室内の様子はうかがえる。男と女がハグしているように見えた。

片方は柿崎で、もう一方は滝沢七海だった。兄妹はチークダンスをしていたのか。

風見は一瞬、そう思った。だが、人気コメンテーターの未亡人の顔つきは険《けわ》しい。

二つの体が離れた。

滝沢七海は、鮮血に染まった果物ナイフを握り締めていた。その腕は大きく震えている。顔面蒼白だった。

兄の柿崎が脇腹に手を当て、カーペットに頽《くずお》れた。七海が刃物を逆手《さかて》に持って、高く振り翳《かざ》した。血の雫《しずく》が床に落ちた。

「滝沢七海は実兄が夫を撲殺したことを知って、復讐する気になったようだな」

「どうして自分の兄が夫を殺害したとわかったんでしょう？」

佳奈が首を傾《かし》げた。

「滝沢の洋服と靴を盗み出したのが実の兄貴だと気づいたんだろう。家の中に実兄の整髪料か、アフターシェービング・ローションの残り香が漂ってたんで、空き巣は兄貴だとわかったのかもしれないな」

かった。

「そうなんでしょうか」

「未亡人を殺人者にさせるわけにはいかない」

風見はサンデッキに駆け上がり、大きなガラス戸を横に払った。内錠は掛けられていなかった。

「刑事さん……」

七海が目を丸くし、右腕を下げた。

風見は靴を履《は》いたまま、サロンに躍《おど》り込んだ。棒立ちになっている七海の右手から果物ナイフを奪い、ハンカチで包み込む。

「奥さん、実の兄さんがご主人を殺害した犯人とわかったのは、空き巣の残り香に馴染みがあったからなんですか？」

佳奈が大広間に入ってきて、七海に優しく問いかけた。相棒は、ちゃんとパンプスを脱いでいた。

「そうです。兄が独身のころから使ってたヘア・トニックの匂いが家のクローゼットの中に籠《こ》もってたんですよ。それに兄嫁から、連れ合いに愛人がいるようだと聞かされてましたんで……」

「お兄さんを疑うようになったんですね？」

「ええ。死んだ夫は田畑さんと協力し合って、堕落した政官財人たちを告発することを兄に打ち明けていましたんで、それも犯人捜しのヒントになりました」

「そうだったんですか」

「わたし、兄を刺し殺して、自分も死ぬつもりだったんです。夫を殺害したのが実の兄だったなんて、あまりにも哀《かな》しすぎるわ」

七海が悲痛な声で言い、泣き崩れた。嗚咽《おえつ》は高まる一方だった。

「ナイフを持ち出したのは、このわたしなんだ。悪事を重ねてることを七海に知られてしまったんで、義弟や相場くららと同じように妹も亡《な》き者にしようと思って……」

「元AV女優まで、なぜ葬らなきゃならなかったんだ？」

風見は柿崎に訊いた。

「くららはいろいろ協力してやったんだから、わたしに一億円の手切れ金を出せと脅迫してきたんだよ」

「性悪女を愛人にしたことが人生のつまずきの因《もと》だったな」

「返す言葉がないね。それはそうと、妹と揉《も》み合ってるうちに果物ナイフがわたしの脇腹に突き刺さってしまったんだ。七海にはなんの罪もないんです。だから、妹は無罪放免にしてやってください。お願いします」

柿崎が呻きながら、切々と訴えた。右手の五指は、あらかた血糊に塗《まみ》れていた。刃先は腸《はらわた》には達していないようだ。

「八神、滝沢七海さんをアルファードで自宅まで送り届けてやってくれ。おれは岩尾・佐竹班のプリウスで桜田門に戻る」

「いいんですか？」

「おれは、この目で柿崎がてめえの脇腹に果物ナイフを突き立てるとこをサンデッキから見てた。そっちも目撃したろうが？」

「ええ、見ました。そうでしたね」

佳奈がウインクして、泣きじゃくっている七海を立ち上がらせた。二人は、じきに大広間から出ていった。

「粋な計《はか》らいに感謝します」

柿崎が謝意を表した。

「礼はいらないよ」

「はあ？」

「おれは、あんたが失血死するまで救急車を呼ぶ気がないんだから」

「死なせてもらえたら、ありがたいな。生き恥を晒《さら》しながら、服役するのは辛いですからね」

「その程度の傷でくたばりゃしないよ。妹を庇《かば》ったからって、善人とは思わないぜ。ちゃんと罪を償《つぐな》え！」

風見は柿崎を鋭く睨んでから、近くのソファにどっかりと坐り込んだ。床《ゆか》に血溜まりができるまで一一九番通報する気はなかった。

少し経《た》ったら、刃物の柄をハンカチで拭って、柿崎に果物ナイフを握らせよう。

風見はそう考えながら、脚を組んだ。血溜まりが少しずつ拡《ひろ》がりはじめた。

著者注・この作品はフィクションであり、登場する人物および団体名は、実在するものといっさい関係ありません。

犯行現場

一〇〇字書評

切り取り線

購買動機（新聞、雑誌名を記入するか、あるいは○をつけてください）	
□（　　　　　　　　）の広告を見て	
□（　　　　　　　　）の書評を見て	
□ 知人のすすめで	□ タイトルに惹かれて
□ カバーが良かったから	□ 内容が面白そうだから
□ 好きな作家だから	□ 好きな分野の本だから

・最近、最も感銘を受けた作品名をお書き下さい

・あなたのお好きな作家名をお書き下さい

・その他、ご要望がありましたらお書き下さい

住所	〒				
氏名		職業		年齢	
Eメール	※携帯には配信できません	新刊情報等のメール配信を 希望する・しない			

この本の感想を、編集部までお寄せいただけたらありがたく存じます。今後の企画の参考にさせていただきます。Eメールでも結構です。

いただいた「一〇〇字書評」は、新聞・雑誌等に紹介させていただくことがあります。その場合はお礼として特製図書カードを差し上げます。

前ページの原稿用紙に書評をお書きの上、切り取り、左記までお送り下さい。宛先の住所は不要です。

なお、ご記入いただいたお名前、ご住所等は、書評紹介の事前了解、謝礼のお届けのためだけに利用し、そのほかの目的のために利用することはありません。

〒一〇一‐八七〇一
祥伝社文庫編集長　坂口芳和
電話　〇三（三二六五）二〇八〇

祥伝社ホームページの「ブックレビュー」からも、書き込めます。
http://www.shodensha.co.jp/bookreview/

祥伝社文庫

犯行現場《はんこうげんば》　警視庁特命遊撃班《けいしちようとくめいゆうげきはん》

平成24年2月20日　初版第1刷発行

著　者　南《みなみ》　英男《ひでお》
発行者　竹内和芳
発行所　祥伝社《しようでんしや》
東京都千代田区神田神保町3-3
〒101-8701
電話　03（3265）2081（販売部）
電話　03（3265）2080（編集部）
電話　03（3265）3622（業務部）
http://www.shodensha.co.jp/

印刷所　堀内印刷
製本所　積信堂
カバーフォーマットデザイン　芥　陽子

Printed in Japan ©2012, Hideo Minami ISBN978-4-396-33734-6 C0193

祥伝社文庫の好評既刊

南　英男
刑事魂《デカだましい》　新宿署アウトロー派
不夜城・新宿から雪の舞う札幌へ…愛する女《ひと》を殺され、その容疑者となった生方《うぶかた》刑事の執念の捜査行！

南　英男
非常線　新宿署アウトロー派
自衛隊、広域暴力団の武器庫から大量の武器が盗まれた。生方猛警部の捜査に浮かぶ〝姿なきテロ組織〟！

南　英男
真犯人《ホンボシ》　新宿署アウトロー派
新宿で発生する複数の凶悪事件に共通する「真犯人《ホンボシ》」を炙《あぶ》り出す刑事魂とは！

南　英男
三年目の被疑者
元検察事務官刺殺事件。殉職した夫の敵を狙う女刑事の前に現われる予想外の男とは…。

南　英男
異常手口
シングルマザー刑事と殉職した夫の同僚が、化粧を施された猟奇死体の謎に挑む！

南　英男
嵌《は》められた警部補
麻酔注射を打たれた有働警部補。目を覚ますとそこに女の死体が…。誰が何の目的で罠に嵌めたのか？